赵洪香◎著

## 散文集

YONGYUAN
DEANZIWAN

永远的安子湾

近乡情更怯，不敢问来人。
　多少次踏上回乡路，心里总惴惴不安。
万千思绪乍风起，往事纷繁入心头。我突然
品咂到乡愁的滋味，触感到故土的魂脉。

 中国出版集团　　📖 现代出版社

图书在版编目(CIP)数据

　　永远的安子湾 / 赵洪香著. — 北京：现代出版社，
2022.11
　　ISBN 978-7-5231-0082-0

　　Ⅰ. ①永… Ⅱ. ①赵… Ⅲ. ①散文集 – 中国 – 当代
Ⅳ. ①I267

　　中国版本图书馆CIP数据核字(2022)第227353号

# 永远的安子湾

| | | |
|---|---|---|
| 作　　者 | 赵洪香 | |
| 责任编辑 | 毕椿岚 | |
| 出版发行 | 现代出版社 | |
| 地　　址 | 北京市安定门外安华里504号 | |
| 邮政编码 | 100011 | |
| 电　　话 | 010 64267325　010 64245264（兼传真） | |
| 网　　址 | www.1980xd.com | |
| 电子信箱 | xiandai@vip.sina.com | |
| 印　　刷 | 北京建宏印刷有限公司 | |
| 开　　本 | 880×1230　1/32 | |
| 印　　张 | 9 | |
| 字　　数 | 21.8万字 | |
| 版　　次 | 2022年11月第1版　2023年1月第1次印刷 | |
| 书　　号 | ISBN 978-7-5231-0082-0 | |
| 定　　价 | 79.80元 | |

# 回眸一笑百媚生

## ——读赵洪香散文集《永远的安子湾》

胡军生

老实坦白,我为人写序已经不下 N 次了;扪心交代,我为人写序敷衍塞责的时候也已经有 M 次了。可是,这一次,我决定一改以前 M 次的做法,继续以前少数几次(即 N 次减去 M 次的那几次)的认真了。

为什么这次这么一本正经呢?是因为作者是个"处于牛 A 和牛 C 之间"的文坛大腕吗?恰恰相反,这本书的作者只是一个普通作者。那么,我为什么又乐于为这位普通作者作这篇序呢?那是因为,这位作者对文学孜孜矻矻的追求实在令人感动。

"白头宫女在,闲坐说玄宗",文学在今天的地位和影响,早已不复 20 世纪八九十年代。当年,连报纸上的征婚广告都离不开四个字:"爱好文学!"否则,这场征婚就很难成功。而现在呢,很遗憾,"蛾儿雪柳黄金缕,笑语盈盈暗香去"!一个普遍存在的残酷事实是,万千屌丝"吟诗作赋北窗里,万言不直一杯水",甚至一些文坛老将也"笔底明珠无处卖,闲抛闲掷野藤中"。

然而,此情此景下,赵洪香却还虔诚地坚守在文学这块日渐贫瘠的土地上默默耕耘,其情可佩,其志可嘉也!尤其难能可贵的是,一位从天府之国而来的作家,居然对溧阳文史知识如数家珍。她在《濑江水岸》一辑里写溧阳的傩文化,溧阳的美意田园乡村,溧阳的省市级劳模,溧阳的历史名人,溧阳的文物故事等，内容丰富，考证翔实，令人惊叹。"我常常想起小 B 那脸上的光影和那依然骄傲的神气，想起小 A 那慢条斯理地钉和缝的样子，生命的流光溢彩常常让人心生感动。鲜花稗草、杨柳荆棘都是生命存在的意义，而尊严，正是它璀璨夺目的原因。"这样的文字，充满了哲思，令文章极具内涵。

赵洪香在《乡愁悠悠》一辑里，尝试了大散文的写作，其中《永远的安子湾》尤其出彩。注入赵洪香笔触的乡恋、亲情和故土情，或许应该反照人与自然与自我日益冲突的现代精神生态脉象去解读：时下社会众生的物欲膨胀，崇高理想的空白话，精神家园日渐失却的荒原化，使一种群体性寻根心理衍生的幽幽乡愁，幻化在一片梦境般的潜意识里。梦笔生文，文学的"安子湾"便油然闪发哲学的光亮。"大哥领着我们上了父亲的坟山。他先用手拔掉父亲坟头上的野草，又自然地把坟身上的土用手抚平，然后点燃一支香烟放在坟头石上，又斟了满满一杯酒浇到坟头石前，再把三支蜡点燃插到坟前的土里。他做这些，表情安静，动作娴熟，就像来赴一个老友的约会。我突然眼眶发热，这么些年，也许只有大哥才是父亲'真正'的孩子，他一直住在安子湾，陪父亲抽烟喝酒摆龙门阵，替父亲守着老宅，守着我们倦飞而返的老路。我局促地点燃三支香插到父亲的坟前，忐忑于自己对祭奠父亲的陌生，生怕这种疏离会伤了父亲的心，让他踟躇于今天的赴约。有的伤痛一直藏在心底，它不影响你正常的生活，甚至不影响你对生活的贪享，但它不可触碰。"这样的文字像一首歌，平白如话却一咏三叹，作者对故乡的这一回眸，无疑是"回眸一笑百媚生"，令无数思乡文字黯然失色。

赵洪香的散文因文化底蕴深厚，情感饱满、立意高远而在淡淡的忧伤中彰显出豁达和澄澈。比如"大家表面拥护英雄标兵，叫他雷又峰，暗地里却期待他的破绽，想看他犯点儿错，露点马脚什么的。刘峰的'严重缺乏弱点'让人有点焦虑，他好得缺乏人性，缺乏人的卑琐自私。如果说'触摸'事件的爆发是众望所归，也许有点夸大其词，但不得不说，刘峰果真'触摸'了，大家都长舒了一口气。一旦发现英雄也会落井，投石的人便格外勇敢，人群会格外拥挤。文工团里的那些可怜虫，十几二十岁，都缺乏做人的看家本领，只有在临时集体，相互借胆迫害一个人的时候，才觉得自己强大一些。"作者对人性的复杂有着清楚的认识，但她理解并尊重人性，表现出一个专业作家的客观和文学素养。

正如赵洪香说的"写作于我是一场修行。它让我休憩、调整、倾诉、发泄，让我不断积蓄向上的力量，让我的生命因它的存在而韧劲十足。它让我跳出自我的种种局限，站在一个更高更远的地方观察他人，审视自我"。"坚持就是最好的写作方式。愿文学不老，青春不老，愿我们的勇气一直都在。"希望赵洪香在大散文写作上作更多的探索，我们期待她继续沉淀、奔跑，在无声的跌倒中保留些骄傲，离开潮湿黑暗的墙角，紧握双手轻轻跳跃。

"仗义每多屠狗辈，负心多是读书人"是明人曹学佺之对联；"有大狗，有小狗，小狗不该因为大狗的存在而心慌意乱。所有的狗都应该叫，就让它各自用上帝给他的声音"是俄人契诃夫之名言。观作者之为人，乃知古人不余欺；看作者之作品，始信外人之精辟！付梓之际，嘱余短引；研墨濡毫，欣为之序。

（胡军生，江苏省作协全委会委员、常州市作协名誉主席。）

# 目录 CONTENTS

回眸一笑百媚生 ………………………………………… （1）

### 第一辑 濑江水岸

从来赛社说金渊 ………………………………………… （2）

徐文长受邀归得园 ……………………………………… （6）

汤义仍盘桓溧阳情 ……………………………………… （9）

风雅上兴 ………………………………………………… （12）

唱响美意田园行动之田冲村 …………………………… （15）

"工匠精神"成就的项目经理 ………………………… （18）

从落榜少女到养鸡能手的华丽转身 …………………… （22）

雄才大略张荣华 ………………………………………… （26）

临危受命铁将军 ………………………………………… （29）

晓战金鼓宵眠鞍 ………………………………………… （32）

不拟回头望故乡 ………………………………………… （36）

横扫千军如卷席 ······························ （40）

匣里军刀血未干 ······························ （44）

阳澄湖畔播火种 ······························ （48）

沐浴在党的光辉下 ·························· （51）

华地百货的故事 ······························ （54）

绿色出行——永安行 ······················ （58）

两个修鞋匠 ······································ （61）

第二辑 乡愁悠悠

永远的安子湾 ···································· （66）

母语的"天空" ·································· （75）

出　走 ·············································· （84）

打碎一只碗 ······································ （95）

乡愁小伙伴 ····································· （103）

年味儿 ············································· （111）

第三辑 亲子·亲师

九　月 ············································· （116）

正衡中学七年级家长会发言 ············ （120）

祝你好运，我亲爱的儿子！ ············ （126）

正衡2017届毕业聚餐晚会发言稿 ······ （129）

遇见更好的自己 ······························ （132）

这没什么，不重要！ ······················ （134）

谁都不容易 ……………………………………………… （137）

一个妇产科医生的"恨" ……………………………… （141）

礼 物 ………………………………………………… （143）

老师该如何自处？ …………………………………… （146）

做一个有温度的教师 ………………………………… （149）

网课糗事多 …………………………………………… （152）

班级里有个王李嘉琪 ………………………………… （155）

隔代师生 ……………………………………………… （158）

## 第四辑 人生五味

鱼上水 ………………………………………………… （162）

屋顶漏水以后 ………………………………………… （164）

那些年，我们一起惧怕过的流言 …………………… （167）

死 磕 ………………………………………………… （169）

吃自助餐随想 ………………………………………… （171）

办公室里的"小强"团队 …………………………… （174）

生病是一种保护 ……………………………………… （177）

新疆的紫外线 ………………………………………… （180）

坎儿井 ………………………………………………… （183）

到喀纳斯湖边访人家 ………………………………… （187）

查家湾 ………………………………………………… （191）

阅读的幸福 …………………………………………… （196）

人到中年是一部"西游记" ………………………… （199）

疫情面前，我们都是义工 …………………………… （201）

沙家浜、尚湖两日游琐记 …………………………… （204）

同学来了 ………………………………………………………… （210）

第五辑 泥丸小议

武汉"封城"，我们应该心存感激 …………………………… （214）

评课中的"真实" ………………………………………………… （218）

交换阅卷 ………………………………………………………… （221）

朋友圈中的微商 ………………………………………………… （224）

你是哪种人 ……………………………………………………… （227）

第六辑 读书观影

也说惜春 ………………………………………………………… （232）

爱，请不要伤害 ………………………………………………… （237）

热腾腾的饮食男女 ……………………………………………… （243）

《芳华》时代的人性 …………………………………………… （247）

道是无情却有情 ………………………………………………… （250）

从一而终 ………………………………………………………… （253）

永远的三毛 ……………………………………………………… （257）

为自己喝彩 ……………………………………………………… （263）

力　量 …………………………………………………………… （266）

花儿为什么这样红？ …………………………………………… （269）

后记：愿我们的勇气一直都在 ……………………………… （274）

第一辑

# 濑江水岸

「从来赛社说金渊，鼓笛钲旗隘市廛。地上鬼神行白昼，夜中风雨洗青天。妖氛旱魃驱无迹，和气欢声兆有年。车马纵观儿女事，老夫闭户读韦编。」

# 从来赛社说金渊

　　"从来赛社说金渊，鼓笛钲旗隘市廛。地上鬼神行白昼，夜中风雨洗青天。妖氛旱魃驱无迹，和气欢声兆有年。车马纵观儿女事，老夫闭户读韦编。"

　　这是元代大诗人仇远任溧阳儒学教授期间所写的一首古诗。仇教授笔下的驱鬼祈丰的民间赛会热闹非凡：尘隘市井，由昼到夜，和气欢声；击鼓吹笛，摇铃扬旗，昼行鬼神，夜雨洗天，妖魃无迹，丰年有兆。

　　据《溧阳县志》记载，溧阳傩舞的最早文字记载，并非仇远，而是唐代大诗人孟郊。他在溧阳任县尉期间，曾写过一首古诗《弦歌行》："驱傩击鼓吹长笛，瘦鬼染面惟齿白。暗中峷峷拽茅鞭，倮足朱裤行戚戚。相顾笑声冲庭燎，桃弧射矢时独叫。"

　　孟郊在诗里活灵活现地给我们描摹了一幅驱傩的场景：鼓声隆隆，笛声萧萧，一群开颜染面的人扮成瘦鬼，只看到白白的牙齿。黑暗中驱鬼的茅鞭在嗖嗖作响，赤脚穿着红裤子的跳傩人急急地行进舞蹈。他们看到各自的扮相放声大笑，笑声冲溅起手中火把上的火星。他们用桃木制的弓箭射靶驱邪，射中的人不时兴奋地高叫起来。

　　《弦歌行》是一幅生动的唐代傩舞图，是研究傩文化史不可多得的珍贵史料。它传递给我们很多傩文化的信息：当时的傩乐有鼓有笛，具有江南特色；跳傩者乃"染面"，证明当时不戴面具；傩者赤足红裤，还没有戏袍背旗；傩仪有桃弓射矢过程，而且在夜里举着火把举行。

　　仇远所写民间赛会与孟郊所述如出一辙，都是关于溧阳傩舞的生动记载。

　　溧阳傩文化是一种远古的原始文化，在我国，自商周以来三千多年的时间里，"傩"几乎无时不在，无处不在。从驱赶猛兽到驱鬼逐矣；从祈求风调雨顺、国泰民安到祈福请愿、祛病去灾；从皇宫到民间、军队、寺院；从傩文化发源的汉民族到各少数民族，无不奉傩。远古先民在征服自然的过程中获得生息，繁衍后代，生存的欲望需要宗教（自然宗教）观念的帮助来超越自我，他们以伟大的浪漫主义心性创造了灿烂的巫傩文化。

　　溯行历史的长河，追寻傩文化的渊源，我们会发现傩的形成发展、兴衰传承并非一气贯通。它时而"冰泉冷涩弦凝绝，凝绝不通声暂歇"；时而"银瓶乍破水浆迸，铁骑突出刀枪鸣"。那份乖张狞戾，那份奇异神秘，摄魂夺魄，令人惊叹。

　　溧阳之傩事自唐至宋而元，流传有序。它虽常常被妖魔化、另类化，常常处在被绞灭、铲除的边缘，但它还是顽强地存活下来，以不同的载体传承下来。正如黑夜里闪烁的群星，照亮了历史长河的一隅。

　　地处溧阳西南的社渚镇，由于其独特的荡滩地理风貌，历史上曾多次遭遇水灾水患。相传，祠山大帝张渤变卖家产，开河筑坝为民治水。张渤志在将广德至泗安、长兴，以及广德与郎溪南漪湖之间的河道开凿贯通，形成内河水系网，既便利航运交通，又便于防汛抗旱。张渤一生为民治水，死后老百姓立庙祭祀，称张渤为祠山大帝。后来，祠山被封为专管人间风调雨顺、太平安乐的菩萨。"跳祠山"也因此成了社渚傩舞中的核心部分，而祠山大帝也成了当地民众的一种信仰。社渚傩舞形式众多，如：蒋塘的竹马灯（舞）、乘马圩的冻煞窠、嵩里的跳幡神等。傩舞的重要表现形式之一是傩面具，面具的形象往往是人们想象中的神的化身。社渚傩舞的面具由红杨树雕刻而成，木质轻，不易腐烂，雕刻好后涂上彩漆，粘上用刺猬皮制成的眉毛，整个面具粗犷朴实，庄严华丽。社渚傩舞既有唱词又有风格粗犷、劲猛的幡神表演，这和只舞不唱的江西傩舞形成了鲜明的对比。

社渚傩文化，源于农耕文明，是百姓祈求风调雨顺、祛邪消灾的民间情绪表达。社渚地域内，因中原移民世代繁衍生息，中原的傩文化也随之世代传承，在传承的岁月里，不断吸纳当地江南文化，从而形成了中原傩文化与江南民间文化交相辉映的社渚傩文化。蒋塘的竹马灯（舞）已列入国家级非遗名录；乘马圩的冻煞窠、嵩里的跳幡神、河口的祠山庙会被列入江苏省级非遗名录；大田的跳五猖、刘家边的跳祠山被列入常州市级非遗名录；帐墓的祠山鼓乐、河口的祠山祭鼓、新塘的跳观音、宋村的关公舞、西里的祠山舞、社渚的龙舞、东里的恩鸽锣鼓、杨树沟的划龙船等相继列入溧阳市非遗名录。除此之外，社渚还拥有打莲厢、打腰鼓、唱山歌、舞狮等民间艺术活动。这些珍贵的非遗项目以原生态形式在居民的日常生活、生产过程中实践与传承，积淀深厚，体系完整，形式多样。

从1992年起，社渚傩文化表演团队，每年都在中国溧阳茶叶节或天目湖旅游节期间表演，受到中外来宾的喜爱。从1998年起，社渚镇在每年农历正月初八，举行"社渚傩文化"表演艺术节，已经成为社渚镇的文化品牌。2008年，社渚镇成为江苏省傩文化研究基地。2013年，嵩里跳幡神参加中国社火节获得了中国民间文艺最高奖——山花奖。中国文联、中国民协、中国傩戏学会以及省市文化部门高度重视社渚傩文化的保护传承，提出了建设民俗文化村及傩文化博物馆的设想。

社渚傩园应运而生。它主要包括博物馆、原生态表演舞台、中国傩文化研究基地、傩庙、傩村、傩文化衍生产品开发和休闲度假区。2015 年 10 月 15—16 日在社渚傩园举办了"中国江苏溧阳傩文化国际学术研讨会"，近百名中外专家学者共同探讨研究中国傩文化的传承保护，同时举行"中国傩文化研究基地"揭牌及溧阳市傩文化博物馆——傩园的开馆仪式。傩文化博物馆的建成，是溧阳傩文化研究进入系统化和专业化的开始，它翻开了溧阳傩文化研究的新篇章，促进傩文化研究不断走向深入和广博。

2018 年，习近平总书记在蓝城发表重要讲话，重视三农经济，建设美丽田园乡村。国务院根据讲话精神把每年的秋分日正式确立为中国农民丰收节。溧阳戴埠 2018 金秋十月在蓝城举行了举世瞩目的农民丰收节庆祝活动。丰收庆典上，社渚傩舞的民间艺术家们跳幡神"祈盼丰收"的祭祀表演，让大家感受到了丰收节的别样精神内涵。

傩，从远古走来穿越千年时光，它是"中国古代音乐舞蹈的活化石"。时间沉淀了它深厚的文化底蕴，时间检验了它丰富的表演形式，它依附于农耕文化，而农耕文化又赋予它驱鬼祈丰、文化传承的伟大使命。

接上仇教授的诗，把傩事说完：从来赛社说金渊，金渊傩舞看社川。

# 徐文长受邀归得园

才高八斗、名满天下的徐文长，何以会屈尊来到溧阳夏庄村的归得园，并现场为史氏连题两首诗呢？除了溧阳山水甲天下这个原因，事情还得从一场抗倭战争谈起。

明朝嘉靖年间，倭寇频繁侵扰我国东南沿海一带。在一些汉奸的带领下，倭寇在沿海各省到处烧杀掳掠。朝廷虽然派遣大批官兵进行了严厉清剿，但倭寇往往分散成小股，到处乱窜，官兵整日疲于应付。

徐文长一方面以诗歌进行尖锐的抨击，一方面满怀热忱地投入抗倭战争中。嘉靖三十三年（1554），倭寇进犯浙闽沿海，绍兴府成为烽火之地。平时好阅兵法的徐文长，先后参加了柯亭、皋埠、龛山等地的战役，并出谋划策，初步显示了其军事才能。

次年，徐文长以才名为时任总督东南军务的胡宗宪所招，入其幕府掌管文书，参与制定诱降海盗汪直、徐海等人的计谋。而同一时期的溧阳史际为了捍卫国家和民众利益，一方面捐米 5000 石助饷，支持官军清剿倭寇。一方面出资千金，组织乡兵进行训练，配合官军，自行抗倭。他在太湖西洞庭山拦击，倭寇败逃。不久，倭寇又进犯应天府（南京城），未能得逞，乃向东南攻破溧水县城。倭寇沿途抢劫到达溧阳时，史际即率领乡兵敢死队在旧县迎头赶上，双方展开了一场激烈的战斗。倭寇不敌，且战且退，史际紧追不舍，一直追到太湖边，终于全歼这股倭寇。

嘉靖三十五年（1556）丙辰，浙江巡抚胡宗宪率官兵云集平湖清剿倭寇，长时间不能取胜。史际得到消息后，即刻率领数千家丁乡兵开赴平湖，与官兵合力清剿倭寇。

而作为胡宗宪幕僚的徐文长，及时提出了"先定大局，谋而后动"。对汪直和徐海先后采用了怀柔战术、分化瓦解、诱敌深入、财务贿赂等策略，直到嘉靖三十五年八月，徐海率舰队抵达胡宗宪驻地平户城，向胡宗宪请降。

正是这场抗倭之战，让徐文长和史际结下了不解之缘。史际虽年长徐文长二十几岁，自身也是满腹经纶，却对徐文长的胆识才干仰慕不已；而徐文长对史际的仗义疏财抗倭寇也深为感佩，虽然徐文长位列明代三大才子之一，才名远胜史际，但当史际发出邀请时，徐文长还是欣然前往。

史际功成不居，告老还乡，经营着其父史后修筑的夏庄"归得园"，享受田园山水的乐趣。《嘉庆县志》曾记载："园占地达千亩，其中山占十分之一，水占三分之一。楼台馆榭，斜倚坡池竹木间，石台安放划一，像棋盘一样，池水萦回环绕……"

徐文长受邀前来，一见之下，欣喜异常。两人泛舟湖上，把酒言欢。沿途山水回环，楼榭交错，假山亭台，相映成趣。天光云影间，两人纵论学术，交流心得，大有惺惺相惜之意。徐文长27岁时拜王阳明的嫡传弟子季本为师，即有相见恨晚、"过空二十年"之感，他推崇王阳明的心学，与诸多心学人物有过交往。巧合的是，史际年少时就师从王阳明、湛若水两位明代中期的理学大师，对心学也是推崇备至。这两位胸怀天下，一心报国为民，又神交已久的朋友终于在这次会面中成了真正的忘年交。

游览途中，徐文长兴之所至，一挥而就，为溧阳史氏题写了两首诗：

《柳浪堤》："夹岸千章柳，青春翠浪浮。如将曲池水，共作绕堤流。长蛇偃青荫，水鸟悦芳柔。试于垂缕处，一系木兰舟。"

此诗写尽堤边柳树、池水、堤坝的万种风情，让人情不自禁

7

停舟柳树下，欣赏美景。

《楚颂亭》："屈子颂匪今，轼也志空寓。千载伊谁子，后皇锡嘉树。曾刿刺崇檐，青黄揉广庑。永与兹亭留，不迁乃其素。"

楚颂亭是以橘树为主体背景的亭子，命名是以楚国屈原作的《橘颂》为依据，所以"楚颂"和"橘颂"实际上是同一个概念。千百年来，谁能和自然界赐予的嘉树相对相亲呢？楚颂亭提供了这个条件。橘树枝干带着尖刺冲出高高的屋檐，青黄相间的果色，混杂在开阔的庭阶前。

徐文长本是性情中人，他把对史氏的答谢、赞赏都融入诗的意境中去了。乘兴而来，尽兴而归，实在是不虚此行。

# 汤义仍盘桓溧阳情

汤义仍是与英国莎翁齐名的戏剧大师，这一点毋庸置疑。其戏剧作品"临川四梦"中，尤以《牡丹亭》最受人追捧。事实上，汤义仍还是一位才华杰出的诗人，只是他在戏剧上的卓越成就掩盖了他在诗歌上的光芒。他的诗歌题材宽泛，内容丰富：或感于世事、或赠怀友人、或抒家庭悲欢，形成了寓情于景、情景交融、不逐藻饰、语言朴素的艺术特点。

汤义仍缘何会到溧阳游玩盘桓，并留下脍炙人口的诗章呢？

想当年，汤义仍天资聪慧，勤奋好学，12 岁能诗，13 岁师从徐良傅学古文诗词，14 岁便补了县诸生，21 岁中了举人。在仕途上本可望拾青紫如草芥，但汤义仍洁身自好，不肯与高层同流合污。《明史》记他"意气慷剀""蹭澄穷老"。这为他赢得了海内外人士的交口称赞，却也让他一直处于"落第"状态。直到 34 岁时，汤义仍才以极低的名次中了进士。他先在北京礼观政（见习），次年以七品官到南京任太常寺博士，一住 7 年。自永乐以来，南京是明朝的留都，虽各部衙门俱全，实际上却毫无权力，形同虚设，太常寺尤为其中的闲职。有人咏之于诗曰："印床高阁网尘纱，日听喧蜂两度衙。"其闲寂可想而知。

但对汤义仍来说，这未尝不是一种福气。"才情偏爱六朝诗"，远离了尔虞我诈的朝廷，置身处处引发思古之幽情的六朝古都，汤义仍开始了令天下文人羡慕的读书漫游生活。

正是在此期间，风光旖旎、山水秀美的古邑溧阳以其深厚的历史文化底蕴、人文荟萃的熠熠星光，深深吸引了在南京为官的汤义仍。他曾多次前来溧阳游玩盘桓，有诗为证。《溧阳洞山》一诗，就是他在万历十五年左右来溧阳游玩后即兴所作：

"瓦屋如云春作花，华阳绛气属青蛇。中开百尺仙人掌，摇漾金光落紫霞。"

诗的大意是说：从洞山上观看瓦屋山，她好像一朵彩云；到了春天，草木繁茂，又会变作一朵鲜花。茅山华阳洞的绛气通连着洞山的青龙洞。青龙洞中一块巨石，形似张开的仙人的手掌。太阳下山时，金光摇漾，满山飘落紫霞。

据《溧阳县志》记载，青龙洞主洞长150多米，盘旋蜿蜒，极像一条曲体而卧的青龙。主洞道两侧，有不少岔洞岔道，真是洞中有洞。洞内怪石嶙峋，数目繁多体形巨大。走近主洞十多米，便是"龙口"，道中盘踞着一块椭圆形大石，当地人称为"龙舌"，也就是汤义仍诗中的"仙人掌"。诗人描写洞山，美轮美奂，如彩云似鲜花，不是仙境却胜似蓬莱，尤其华阳洞中的祥瑞绛气，诗人引用了传说中茅山华阳洞与青龙洞相通的典故，认为乃是青龙洞中青龙所吐纳。诗人的想象瑰丽奇特，比喻新颖独到，读来令人神往！

溧阳山水固然令人流连忘返，但与友人曲词相和，倾心相交，恐怕才是汤义仍多次盘桓溧阳的真正原因。从《送王小坏去溧阳》这首诗中我们不难窥知一二：

"阳羡山光春气流，平陵东望曲坛幽。即知金碧明湖上，细雨能开大小浮。"

在这首诗中他就点明了"阳羡（宜兴）、平陵（溧阳）"和"长荡湖浯（浮）山"的风光。从"曲坛幽"中可以看出"王小坏"是通晓韵律的名人，是诗人送别到溧阳，借景生情。上黄进士芮畿曾将浯山作湖中盛开的荷花，故汤义仍表达的诗意是：阳羡山中已是春光明媚、和风拂煦的时候，东望平陵因曲坛无人继承而寂静。我一定知道在夕阳下的碧湖上，你会像随着霏霏细雨开出涪山般的荷花来。

在《送周起西去溧阳》这首诗中，诗人这样写道：

"到日芙蓉花满池，高斋残烛醉还移。三山客梦潮生早，十月飞鸿雪下迟。"

去矣自饶歌《白纻》，凄其吾欲系青骊。江关一别能相忆，春市桥头听雨时。

这首送别友人周起西的诗，惜别之情缠绵悱恻。江边送别，愁绪万千，联想到溧阳春市桥边听淅沥雨声的感受。"三山"在南京附近的长江边，李白有"三山半落青天外"的诗句。"白纻"系流行吴地的歌舞名。李白诗有"吴歌《白纻》飞梁尘"句。春市桥，又名春雨桥，在溧阳城内，今称东风桥。

这两首诗虽没有直抒诗人畅游溧阳之痛快，但从侧面反映出诗人对溧阳山水的熟悉程度和深厚感情：山川湖泊，街道桥梁，风土人情，乃至民歌童谣，诗人无不熟悉备至，信手拈来。可见诗人在畅游溧阳之时，但凡目之所见，耳之所闻，无不萦绕其心间，一旦情动于中，便形之于言，发而为诗。

溧阳，已经融入诗人的血液里了。

# 风雅上兴

天很冷，风正盛。

随处可见冬的空茫、节制和悠远。

没有"乱花渐欲迷人眼"，没有"接天莲叶无穷碧"，更没有"青山隐隐水迢迢"，有的只是"江寒雁影梅花瘦"。冬，寒山瘦水，静谧孤寂，正适配采风，领略上兴之风雅。

上兴因是溧阳经济开发区的主战场而风雅。

采风车从接轨南京的地标性建筑入口开始，驶过方圆6平方千米的拆迁地，其中可用面积大约2平方千米，合3000多亩，工业用地成本平均每亩100多万元。

据工作人员介绍，左边的62亩地已由腾讯IDC（大数据中心）项目拿下，公司已派人来实地考察过，目前已进入合同洽谈阶段，达产后，估计纳税可达一个亿。右边是上海的博飞特落户之地，企业对机械的精密度要求非常高，大众、奔驰、宝马的机器人手臂均由其生产，是常州市的两个重点项目之一。工作人员还介绍了中国电子商务、中外合资饲料厂、工业园区的园中园、深圳引资的康正企业等。他还特别提到市委书记亲自参加签约的德国法德尔公司搪玻璃设备项目，称该项目计划用地65亩，主营搪玻璃设备。据悉，法德尔公司是目前世界上最大最先进的搪玻璃设备制造商。

招商引资的欣欣向荣在冬日里格外鼓舞人心，引起我们特别注意的还有北湖科技园和休闲产业园。早在两千多年前，李白游瓦屋山时就曾写下"朝登北湖亭，遥望瓦屋山。天清白露下，始觉秋风还"的诗句，可见当时就已有了北湖的记载。工作人员称，北湖是一条生态湖，园区综合服务核心——北湖科技园将以北湖为中心打造，届时将有七家企业入驻。而北湖的600多亩湖面将成为这座科技园最重要的生态景观。

172亩的休闲产业园，主打则是食品。比如东方航食、绝味等。工作人员戏称，明年这个时候来，就可以请大家品尝绝味鸭脖了，车里的气氛立马活跃起来。

上兴因网红村落"牛马塘"而风雅。

一夜冬雨淅沥，牛马塘村在氤氲的雾气中半梦半醒。今天是周四，又非节日，牛马塘村格外的宁静，颇有"结庐在人境，而无车马喧"的意境。正在建设中的牛马塘村是一个丘陵地貌的小村落，两年前，"七彩曹山"旅游项目整体规划开发，让位于度假区入口的牛马塘，搭上了"休闲经济"发展的顺风车。牛马塘首创的"中华薯文化特色文创农业"，让山芋找到了延伸产业链的可能。如今，村里对接了台湾一家企业，正着手开发山芋酒等创新品牌。村口的"中国溧阳地瓜村——牛马塘"的标志让人忍俊不禁，旁边竖着卡通护瓜人。我正兀自沉入"三塘拥田舍，悠然见曹山"的牛马塘，文友一声提醒，薯院到了。下车一看，正是一个吃小吃、路食的绝佳所在。玻璃材质的墙体显得小院洁净通透，进得屋内，桌上已被盛情的主人摆上了各种地瓜点心，小屋正中间摆着几个脸盆大小的山芋。我和几个爱臭美的文友忍不住捧起山芋凹起了造型，还戏称这几个山芋是中国最幸福的山芋，不知被多少人捧在手心里。尝完各种小点心，我忍不住潜伏到对面的农家院里一探究竟。大院的门敞开着，似乎习惯了对游客的开放姿态，进得大门，左侧是一个厨房，堆着从地里刚摘的大白菜，米似乎是秋收才碾的新米，颇有年代感的土灶台上，正蒸着一锅红心山芋，沙土中长出的山芋果然不同凡响，那蒸汽中的香味特别诱人，一时竟让人生起"围炉夜话"的念头。

上兴之风雅，还在已成熟的曹山。

与开发区的正在规划和牛马塘的正在建设不同，曹山已经是一个集生态农业、乡村文化、运动休闲、养生度假于一体的成熟旅游度假区。春风十里，你可来赏花采茶；夏果采摘，你可来星空露营；秋日骑行，你可来康养登山；冬韵年味，你可来虔诚祈福。车沿七彩道路一直开到京林古刹，京林古刹具有一千多年的历史，起源于西晋年间，起初称为娘娘庙。尽管已经多次听过郭云郭雨的传说，但在今天这样静谧的日子，传说和禅寺更配哦。传说、古井、古刹，无不传递着善念、传递着给予、传递着体谅。世尊拈花，迦叶微笑，法师们在寺中修行，我们在红尘中修行。一花一世界，一树一菩提，善念不分大小，修行不论出处，初冬的寂寥，让人静中生慧，我竟悟了。

车从京林古刹开抵紫竹林，后又抵达白露山。冬日看山，看的是筋骨。曹山多树。近看，叶落枝出，筋骨陡现；远眺，满坡枝枝丫丫，苍凉遒劲。林间地面的一地枯黄，是我们儿时全部的念想，也许牛马塘的山芋正适合用这里的枯枝落叶来烧烤。篝火，野餐，撞上迎面而来的风，炫出儿时激动的脸庞。

冬日看水，看的是气韵。曹山之水，冬日从容。风吹过来，水面微漾，泛着璞玉一样的白光，倒显出几分撩人来。岸边芦荻摇荡，山影倒映，水汽淋漓，岚烟升腾。充满负氧离子的清新空气扑面而来，冷，却怡然自得。

冬日的念想，是吃，曹山有特色美食；冬日的眷念，是酒，曹山有"花酒""留云酒"；冬日的盼头，是驱寒，曹山有手工姜糖膏……

上兴之风雅不止于此，还在于交通，在于瓦屋，在于留云，在于创新和创意满满的上兴人。笔墨虽有限，但创意无限，愿上兴之风雅与时俱进，独领风骚。

# 唱响美意田园行动之田冲村

乡村是家的方向。出走半生，希望归来仍是少年。

今年以来，我市以美意田园行动为突破口，以特色田园乡村建设为引领，以美丽宜居乡村建设为重点，动员各方力量，整合多方资源，强化多项举措，统筹城乡发展，统筹农村生产生活生态；以溧阳1号公路为干线，深入开展沿线沿路的环境提升、景观设计、河塘整治、垃圾处理等"五项"行动，掀起了农村人居环境整治的新高潮。

10月下旬，笔者参加社渚政协委组活动时，走进了社渚镇新塘村委田冲村。田冲村，是美意田园行动中的一般村。进入村庄，村里面貌焕然一新。房前屋后，花团锦簇；田间地头，瓜果飘香。宽阔平整的水泥路，由村里一直延伸到村外。道路两侧的菜园子、竹林子四周都扎着浅浅的竹篱笆，竹篱笆下方则垫着一两尺高的石基。那金灿灿挂在枝头的果子，也不知是橘子还是柚子，惹得人眼馋。下意识想伸手摘一个尝尝，同来的委员笑说："不拿群众一针一线。"便也笑着作罢。村里老树下随处可见青灰石或砖头搭筑的桌凳，茶余饭后正可聚此闲聊，当然也可以"樽酒乐余春，棋局消长夏"。一切都规规整整，井然有序。没有臭水沟，只有清水塘；没有蚊虫苍蝇肆虐，只有鲜果花红飘香。恍惚间，倒像是误入了陶公笔下的桃花源："土地平旷，屋舍俨然，有良田美池桑竹之属。"

村干部介绍说，美意田园行动刚开始的时候，村里来人要帮老百姓把菜园重新弄弄。村民当时感觉不会有这么好的事送上

15

门，思想上有过顾虑。但后来看到原先杂乱的小菜园被整治得像花园一样，村民打心眼里感到开心，这是他们怎么也没想到的变化。

站在路边的一位张姓老大爷插嘴说，现在看到有点脏东西我就顺手弄一下，这里环境比原来好多了。原来的样子你们也知道，又脏又差。后来镇党委领导多次过来，整治进度很快，工程也让老百姓满意，对学生、老人出行都有好处。

他指了指自家的菜园，果然如花园一般，红红绿绿的煞是好看。周围浅浅的竹篱笆就像果篮，盛着鲜嫩的蔬菜，想要招待八方来客。蔬菜长势喜人，似乎还自带清甜的香味。他又指指自己的房屋，清灰的砖头砌成的围墙，白墙黑瓦的独立院落。在乡村，土地广袤得足以让每个村民都活得像个"地主"，他们的房屋就是一幢幢的"独体别墅"。现在张大爷每天都和老伴儿在菜地里忙活忙活，小日子过得别提有多惬意了。

美意田园行动正是把老百姓的事当作了天大的事，把老百姓的生活宜居当作了天大的民生社稷。

继续朝前走，我们看到了漂亮整洁的公厕。有人说厕所文化才是村庄文明的底蕴和内涵。这话我不反对。谁到溧阳南山竹海旅游，不为它厕所的五星级标准而折服呢？厕所，的确可以反映一个村庄的况味。

村干部带领我们走进村口村民歇脚的地方，这地方有个诗意的名字，叫仙山岗驿站。古时的驿站是供传递官府文书和军事情报的人（或来往官员）途中食宿、换马的场所，主要充当着"物流"的作用。如今，我们老百姓歇脚的地方叫驿站，倒颇有点古为今用的意思。进得驿站，发现里面特别宽敞，除了一些常用农具外，就是几张宽大的木桌木凳，特别是那宽大厚实的木凳，让人一望而生亲切感。要是夏天纳凉，往木凳上一躺，薄睡一场也未尝不可。

改善农村环境，既是为了村民，也更要依靠村民。

在社渚镇新塘村委田冲村，镇村干部们身先士卒做表率，发动村民动手清理家园。有很多村民自发地打扫卫生，平整场地。据介绍，为了营造浓郁的建设氛围，除了镇村两级工作人员经常性地组织村民开展清理活动外，村民们的自觉性和主动性也大大提高，他们真切地感受到，美意田园行动，最终的受益者是他们自己。

一位王姓奶奶说，她家门前的花儿都是自己花心思种的，每天看到这些鲜花，她都感到特别开心。这老奶奶有点意思，让我不由想起东坡居士的诗句："人老簪花不自羞，花应羞上老人头。""村里环境一天比一天好，大家的生活越来越有那什么……""仪式感。"大家接话。王奶奶哈哈大笑，笑出一脸慈祥的褶子。因为有了参与感、成就感、自豪感和获得感，王奶奶这样的村民把幸福都写在了笑眯眯的褶子里。

为了让美意田园行动进一步落到实处，社渚镇在精心打造的基础上，以长效管理保障环境优化，让农村环境整治工作真正做到"习惯成自然"。如今经过整治，村庄环境面貌、公共服务水平明显改善，村民获得感、满意度明显提升。

美意田园行动已唱响，它将成为乡村振兴的新生代名片。田冲村，听着像是一个武夫的名字，但这丝毫无损它的诗意。来吧，来田冲村，这是家的方向。

# "工匠精神"成就的项目经理

精于工、匠于心、品于行。

人们从未像今天这样热切地呼唤"工匠精神"。应当指出，"工匠精神"不是宗师巨匠们的特有殊荣，每个在岗位上兢兢业业、用心钻研的劳动者都是当代"工匠精神"的诠释者、传承者。

杨国富，从最初溧阳锅炉设备安装公司的一名普通技术员，到苏华建设集团有限公司南京分公司的负责人，凭借的正是"工匠精神"。他从坚守自己的本分做起，从拧紧每个螺丝钉、认真对待每个顾客的电话做起，最终成为全国优秀项目经理之一。

1983 年，杨国富进入溧阳锅炉设备安装公司（苏华建设集团的前身）。当时，他只是一个普通的技术员，但机遇总是垂青那些有准备的人。1985 年杨国富有幸参与了"江西景德镇焦化煤气厂 20000 ㎥ 煤气柜制作安装调试运行"项目。该项目本是中国第四冶金公司的总包工程，"四冶"为完成此项目，专门培训了 100 多名技工人员。但工程开工后，由于施工工艺、系统流程、安装技术的难度太大，"四冶"没有十足的把握完成该项目。最后，"四冶"决定外包该项目给溧阳锅炉设备安装公司。当时杨国富被安排负责煤气柜导轨及挂圈的制作校正工作。导轨及挂圈（螺旋状）的制作难度大，要求高，每根导轨和挂圈都有 10 多米长，重达 1000 多斤，制作加工偏差必须控制在 3~5 ㎜。"四冶"公司担心工期无法保证，建议将其送到上海江南造船厂，用万吨水压机加工生产。杨国富感觉到了肩上担子的分量，但他没有退缩，勇敢地迎难而上。在宋小华主任（现苏华建设集团董事长）的带领下，杨国富土法上马，和众位工友通过简陋的制作工具：千斤顶、大铁锤、手拉葫芦、起导机，夜以继日地制作胎具，顶着烈日用割刀火焰校正，历经千难万险，终于把导轨及挂圈加工成型，偏差不超过 3 mm，达到了制作工艺要求，为该项目的最终完成奠定了良好的基础。该项目成功完成后，摘获了江西省优秀奖，它不仅为公司赢得了巨大的声誉，也让杨国富在历练中迅速成长。

1987 年，公司接下"云南西南海口 200 号兵工厂 20t/h 锅炉设备安装"项目时，杨国富被委任为该项目的施工队长。1990 年，杨国富被公司安排到扬子石化公司，负责石化项目改造扩建工程。1998 年，公司委任杨国富为南京分公司的负责人，公司业务进一步拓宽至仪征化纤、安徽马钢公司、安庆石化、华润电力、镇江谏壁电厂、山西阳光、河南永宁等地方，工程涉及化工设备管道、大型电厂脱硫脱硝、大型电厂超低排放、市政热网、新能源光伏发电。其中最艰难的莫过于 2008 年承接的徐州 20MW 光伏发电项目。该项目当时属于全国最大的光伏项目，时间紧、任务重、施工条件艰苦。但怕苦怕难就不是杨国富了，接受挑战，把各种不可能变成可能才是他的职业习惯。在杨国富的带领下，大家齐心协力，凭着责任、担当和奉献精神，最终顺利完成光伏发电。

天道酬勤，厚德载物。2014 年，杨国富迎来了自己职业生涯中更大的挑战和机遇——"青海格尔木光伏并网发电"项目。该项目让杨国富所在的团队成功摘获了中国工程项目最高级别奖——中国安装工程优质奖（中国安装之星）。这个来之不易的综合荣誉，是对杨国富团队"工匠精神"最好的诠释和褒奖。杨国富也早已由一个普通的技术员成功蜕变为公司的优秀项目经理。他几乎年年获得公司的先进个人荣誉称号。2015年，他获得溧阳住房和城乡建设委员会创三"十佳"先进个人荣誉称号；2016年获得江苏省住房和城乡建设厅省级工法证书，同年他还获得全国优秀项目经理荣誉称号；2017年，他获得溧阳市建安行业优秀项目经理荣誉称号。

这些荣誉的取得见证了一个建筑人的凤凰涅槃和华丽转身。随着国家对环保要求的提高，安装工程也迎来了前所未有的挑战。比如脱硫，从最初的 200 mg/N㎥ 到现在的 50 mg/N㎥，超低要求是 35 mg/N㎥；脱硝，原来要求 200 mg/N㎥，现在要求 100 mg/N㎥，超低要求是 50 mg/N㎥。随着环保要求的日渐提高，人工成本也在不断上涨，为了防止人才流失，杨国富施行人性化管理：不管分公司是否接到项目，工人工资福利一律照发；同时及时听取工人心声，与工人打成一片，把工人遇到的问题当作整个分公司的问题认真对待，帮助落实；他还特别注重培养青年才俊，为分公司的后续发展注入新鲜的血液。目前为止，杨国富亲自培养的项目经理和技术人员已经多达几十人。整个分公司形成了上下相互体谅，共谋发展的团队意识。

据员工反映，杨国富做事总是身先士卒，以身作则，既有能力，也有担当，让大家深为信服；据同事反映，杨国富是一个非常和善、乐于助人的人，朋友的困难就是自己的困难，只要力所能及，他一定会主动相帮；据对口业务单位反映，杨国富是一个特别较真的人，他的口头禅是"做工程其实就是做人"，他对接下的项目不论大小，无关利润，一律狠抓工程质量关和安全关。

采访杨国富时，他的微笑给我留下了深刻的印象。在我问他："你在公司不可替代的优势和长处是什么"时，他连连摆手："不是不可替代，没有不可替代……"甚至还因此露出了羞涩的表情。采访中只要我问到他的个人成就，他总是把公司对自己的栽培和帮助放在首位，把底下员工对自己的信任和支持归结为主要原因。

我想正是这"高调做事、低调为人"的作风，才成就了今天的全国优秀项目经理吧！

# 从落榜少女到养鸡能手的华丽转身

1984年6月，毛建群中专落榜，18岁的少女满心沮丧地回到了家乡。

由于土地早已承包到户，无农可务，毛建群一时陷入了待业状态。这令吃苦耐劳、惯于优秀的她失魂落魄、寝食难安。幸运的是镇委书记下乡工作，及时得知了这一情况，便亲自上门安慰开导她。镇委书记指出党的富民政策为知识青年自主创业提供了政策保障，知识青年在农村也大有用武之地。

自此，她茅塞顿开，不再自怨自艾，而是主动查阅报刊，自学有关书籍，打开了眼界。

在父亲的鼓励和支持下，她决心创办种鸡场，为家乡填补种鸡繁殖的空白。为此，她做了充分的前期准备：自费外出学习取经，购买阅读各种养鸡书籍几十本，订阅相关报纸杂志20多种，如饥似渴地学习。

当年初秋，她便购回800只新品种苗鸡，养在仅有25平方米的平房里。村邻们众说纷纭：什么"黄毛丫头乳臭未干，竟想吃大茶饭"；死了几只鸡后，又说什么"想发财必倒霉"。随着小鸡逐渐长大，房子不够用，毛建群将仅有的三间房子全部空出来养鸡，母女俩住在小坯房里，又有人说什么"鸡住人屋，人住羊棚"。初秋的晚上，人们手执芭蕉扇在外乘凉，而毛建群日夜待在30℃的鸡房里陪伴小鸡，不辞辛苦地操劳，弄得满身热疮，痛痒难耐。就连她的外婆也质疑："漂漂亮亮的姑娘弄得满身血疮，这是何苦嘀！"舅母也责骂："没事找事做！"这些责难和嘲讽固然令毛建群伤心落泪，但她自主创业的决心从没动摇过。

年底，毛建群的养鸡场盈利 3000 元，首战告捷。

她出席了县先进表彰大会。当时才 18 岁的她以气吞山河之势在大会上提出"1985 年养鸡万羽，养猪 10 头，养鱼万尾，鸡猪鱼综合发展"的宏伟计划，赢得与会者热烈的掌声。她说："党的改革开放、富民政策是我创业的中流砥柱，生财有道是我创业的宗旨，知难而进是我创业成功的关键。"

时势造英雄，机遇从来都属于那些有准备的人。毛建群有胆有识，敢为人先，终于站到了时代的前沿，从落榜少女成功蜕变为养鸡能手。

表彰大会后，毛建群更坚定了自己的创业方向。她想方设法筹集资金 40000 余元（其中政府贷款 20000 元），在百日内即完成了筹建工作：盖起了鸡房 27 间，开挖鱼塘 3 亩，修建了一条从鸡场到公路的沙石大道，从一里外的电灌架通电线，打井一口。

鸡场建成后，毛建群遵循党的富民政策，本着生财有道的宗旨，努力实现自己的诺言，一年一个新台阶：1985 年，养种鸡 1400 羽，肉鸡 7800 羽，养鱼 9300 尾，除去开支获纯利 12900元；1986 年养种鸡 1400 羽，肉鸡 7000 羽，养猪 10 头，养鱼8000 尾，获纯利 11000 多元（蛋禽价格波动大）；1987 年，在遭受两次台风袭击，整修鸡场的情况下，养种鸡 800 羽，肉鸡 7500羽，养猪 9 头，养鱼 8500 尾，获纯利 14000 多元……

毛建群养鸡十年，是艰辛的十年，创新的十年，亦是收获的十年。

1986 年春末夏初，蛋禽大幅度跌价，饲料价格却一路上涨，每出售 2 公斤蛋，就要亏本 5 毛钱。毛建群根据事物发展规律，认定这是生产和消费缺余的轮换变化。她毅然在高温季节进行强制换羽，等待秋后早下蛋，多下蛋，适应市场需求。事实证明她再次抢占了先机，鸡场也因此扭亏为盈。

1987年，是毛建群最艰难的一年。毛建群两次购买的种鸡均有气管炎，迫使毛建群不得不及时处理掉鸡场所有的母鸡，进行全厂消毒。祸不单行，同年8月两次强台风的袭击，刮掉了鸡房顶上的油毛毡，有19间房已经破烂不堪，难以为继。鱼塘护坡亦被水浪冲塌。在天灾人祸面前，毛建群再次显示出了她非凡的胆识和魄力，经过激烈的思想斗争，她毅然决定卖掉全部种鸡，翻修鸡房，重整旗鼓。

灾难促人成长，成长催生智慧。

从1987年至1988年，毛建群根据鸡场的实际情况，逐步推行了十大改革：一改陈旧的头痛治头的学习方法为系统提高、急用先学相结合的方法。基本上独立诊断和医治鸡猪鱼常见疾病；二改鸡舍和设备。本着土洋结合，少花钱多办事、办好事的精神，对原鸡舍和设备不合理的地方加以改革和完善，降低成本，提高收益。三改地养为架养。减少鸡与地面粪接触，大大降低鸡的发病率；四改种鸡全天开放运动场为定时开放运动场。既促进运动生长，又节制活动、积蓄热能、减少疾病。五改单一品种为多系品种。分组对比饲养，以积累资料，鉴别优劣，确定主攻方向。六改自然光照为补充调节光照。适应不同鸡龄不同品系对光照的需要，达到增加食欲、提高增重率和产蛋率的目的。七改自由采食为限制饮食。保持蛋鸡对热能和蛋白质的合理需求，防止过肥少产蛋，并降低死亡率。八改以圈容量养鸡为全进全出定期养鸡。既便于整修设备和全面消毒，又解决了"瘪壳点仓"以利再生产。九改自然换羽为强制换羽。既能解决高温鲜蛋和种蛋的出路，又可以缩短停产期，确保秋孵种蛋的供应。十改两两结合为多项结合。形成"鸡粪养猪，猪粪养鱼，淤泥还田"的良性循环新模式。砌建沼气池，用沼气照明，以自种蔬菜取代维生素，自种药材降低医药成本。

毛建群成了远近闻名的致富能手。党和政府给予了她应有的荣誉：全国三八红旗手、江苏省劳模、江苏省生产能手等。但社会上尚有极少数人对改革开放政策理解不深，对先进典型看不顺眼，红眼病一时难以根治，一有机会就刁难、嘲笑她。毛建群非但不计较，还向村干部提出要施行"三免""两优惠"。即免费育雏，免费防疫，免费传经；优惠供应种蛋，优惠供应苗鸡。并立即付诸行动，为村民提供力所能及的帮助。这种以德报怨的行为，使她在村民中的威信越来越高，大家都愿意跟着她学习养鸡技术，脱贫致富。她再遇到难事时，村民便一呼百应，倾巢出动。

当年的失意少女已经华丽转身，成了时代真正的弄潮儿！

# 雄才大略张荣华

1991 年对张荣华来说，是特殊的一年。

因为这一年他面临人生的重大选择，这次选择不仅彻底改变了他的生活，也让他所在的汤山村发生了翻天覆地的变化。

张荣华本是宜兴一家石灰厂的承包商，事业做得风生水起，早早就在镇上买了住房，还另外购置了四间门面房，年收入逾 20 万元。上级领导看准了他的才干和魄力，决定任命他为汤山村的支部副书记，带领全村人民脱贫致富。为此，政府领导一天四次找上门来，都被张荣华婉拒了。不是张荣华没觉悟，而是汤山村的实际情况摆在那儿：汤山村地处茅山老区丘陵地带，山地多、耕地少，是全镇 20 多个自然村中最贫穷的一个；村财政欠内外债务 23 万多元，人均年收入仅为 460 元，多项工作难以开展；九龙沟内杂草丛生，野兽出没；村里仅有的一家石灰厂也因管理不善而负债累累；村民小农经济意识严重，全村 1300 多人，满足于在人均一亩多的耕地上刨食；村里没有任何公共设施，出村的道路还是下雨要穿高筒雨靴的土路。这样的烫手山芋，谁敢轻易接手？乡镇组织科科长最后使出了撒手锏："听镇党委书记说，你是个野心家，不肯担任副职，想一步到位？"接着又说："你入党的性质是干什么的？"

正是：请将不如激将，张荣华接招了。这是一个超越性的嬗变。

然而，好事多磨。不久，"张荣华有钱，他的官是花钱买来的"的谣言就在全村传得沸沸扬扬。镇党委分派他分管工业，村支部书记却直接通知矿长："张荣华来了，你别睬他！"因为惧怕年轻的张荣华"夺位"，汤山村上演了村里石灰厂须到外地采购石灰石，本村的石灰石却又销往外地的咄咄怪事。仅为副职的张荣华在村里根本无法施展拳脚，一年下来自己也仅落到两千元的收入。干部间离心离德，在群众中缺乏威信，党员、村民人心涣散，张荣华就算有通天的本领，也只能仰天长叹。

1992年初，镇党委根据汤山村的实际情况，审时度势，及时调整了领导班子。委任张荣华担任汤山村党支部书记，重新组建了党支部一班人。张荣华一展才华的机会来了。

张荣华上任后，本着"要想富先修路"的理念，首先自掏腰包，垫付23万元为村里修路，支部统一了思想："以工建农，以农补工，靠山养山，靠水养水。"面对采石矿拖欠的20万元贷款及村贫人穷的落后面貌，他没有退却。他坚信：贫穷不可怕，可怕的是干部没志气，群众没士气。支部一班人只要同心协力，具有"发展汤山，造福一方"的责任感和使命感，就一定能闯出一条适合本村的致富之路。

为探索经济发展的突破口，张荣华带领支部一班人整日翻山越岭，跑遍了全村的大小山头。察看地形，测定土壤，走访群众，召开"诸葛亮会"，经过反复论证，确立了"开发山区资源，壮大集体经济"的新思路。

开发，说起来容易做起来难，难就难在开发资金的落实上。面对这一难题，张荣华迎难而上，殚精竭虑，创出了一条以集体投入为主的股份合作制丘陵山区资源综合开发之路。几年来，村集体投入开发资金180余万元，确立了集体经济的控股地位，群众通过资金投入、劳力输出、土地使用权等多种形式，积极参与开发。有了资金保障和广大群众的支持，张荣华带领支部一班人逐步实施"绿色银行"工程。他们本着"宜林则林，宜果则果，宜桑则桑"的原则，采取山顶栽松树，山坡腰栽果树，山下茶园套种银杏的立体种植方式。先后完成开发茶园 300 亩，开发使用材林 1000 亩。先期开发的 300 亩茶园，1996 年获纯利 20 万元。据测算，按现有开发面积，进入盛产期后，汤山村每年可从这"绿色银行"中支取"利息" 2000 余万元，真是全村的"聚宝盆"。同时，村集体投资 45 万元，对原有的采石矿进行技改，扩建了年产 10000 吨的石灰窑，实现资源的加工增值。1996 年，全村开采和销售石灰石 16 万吨，获纯利 60 万元。对此，省长郑斯林来溧阳视察时，盛赞汤山村是："山区开发的典型，农民致富的示范，小流域治理的样板，立体种植的田园。"

短短五年时间，汤山村制作的九龙茶连续三年在茶叶节摘得"特等奖"，1997 年还摘获了省"陆羽杯"奖。1996 年，汤山村经济总收入达 1818 万元，人均年收入达 5800 元，居全镇前列，成为全市 50 个重点村和示范村之一。村党支部被溧阳市委、市政府授予"先进基层党组织"和市"文明单位"荣誉称号。张荣华也因此被评为常州市劳动模范、江苏省劳动模范，其先进事迹入选《中华魂·中国百业领导英才大典》。村民的腰包鼓起来了，张荣华在群众中的威信也与日俱增。

面对接踵而来的荣誉，张荣华没有躺在功劳簿上沾沾自喜。他时刻牢记党的宗旨，保持艰苦朴素的作风，狠刹党组成员的吃喝风，把有限的资金全部用于村公共事业的发展和山区经济再开发上。在他任职期间，村里开通了程控电话、有线电视、自来水；办起了合作医疗站；浇筑了 2.5 公里长、11 米宽的水泥大道；另外每年对 60 岁以上的老人发放养老补贴，减免村民的"两金一费"。1996 年，村里又投资 10 余万元，兴办了茶厂，睢宁大山羊良种繁殖基地，万只鸡与百头猪的养殖场，投资 380 万元加快"汤山九龙沟立体观光农业示范区"建设。

汤山村需要张荣华，汤山村也成就了张荣华。

# 临危受命铁将军

　　说到中国最具传奇色彩的开国上将，那一定非叶飞莫属。除了多次在战场上险象环生，九死一生，他还多次临危受命，令人瞩目。1958 年由毛泽东同志亲自点将，叶飞受命指挥了震惊中外的炮击金门，圆满地完成了党中央和毛泽东的战略意图，取得了军事斗争和政治斗争的重大胜利。1980 年 1 月，叶飞以 66 岁高龄接任海军司令员一职，着手中国海军现代化建设。

　　叶飞任海军司令员时的军服目前保存在溧阳新四军江南指挥部纪念馆，是 2000 年 7 月 8 日由叶飞儿子捐赠。文物等级标为三级。军服是靛蓝色，配着鲜红的领章，扣子深棕色。裤子看上去有些肥大。不知何故，衣服比裤子褪色严重得多，肩部、袖口、背部、领口、胸前及口袋处都已泛白。这套军服是"65 式"海军服，材质看上去像棉布或是粗呢子，仅有两个胸袋。

　　这种靛蓝色，我们更喜欢称呼它为海军蓝。20 世纪 60 年代中期，当兵是一件非常荣耀的事，大人小孩都以能穿军装为荣，就连到照相馆照相，也喜欢拍一张身着军装的神气照。尤其是作为海军贴身衣着的海魂衫，更是风靡一时。那种蓝白相间的条纹，寓意广阔的大海与蓝天，穿在一代年轻人身上，在街头巷尾美成了一道亮丽的风景线。

　　在所有开国上将中，叶飞应该是拥有雅号最多的将军。"华侨将军""打不死的铁将军""抓不住的飞将军""敢于负责的首长""拒腐蚀将军""围棋将军""梅兰芳式的人物"都是他的雅号。最后一个雅号出自华东野战军副政委谭震林之口。言下之意，军中叶飞好比戏界梅兰芳，是个"大腕"人物。没有梅兰芳戏无法开场，没有叶飞，仗就难打。这样的叶飞屡次被委以重任，也就不足为奇了。

据1999年4月29日版《光明日报》记载：1979年2月，叶飞奉命调到海军工作，先后担任海军第一政委、海军党委第一书记、海军司令员。1979年7月，在叶飞主持下，海军党委决定在团以上领导干部中开展"实践是检验真理的唯一标准讨论"的补课，端正思想路线，同时抓紧落实政策，解放干部。他深入部队掌握第一手材料，对海军装备建设、编制体制、战场建设和提高海军综合作战能力等重大问题，提出了一系列指导意见。1980年，在我国向南太平洋发射运载火箭试验中，他和其他领导同志一起，指挥部队首次远航太平洋，圆满完成了党中央、国务院和中央军委赋予海军的任务。他为海军部队革命化、现代化、正规化建设，为人民海军的发展壮大，倾注了大量心血，付出了艰辛努力。

据王昌太回忆文章称，叶飞上任时，海军机关召开了隆重的欢迎大会。叶飞在会上发表了热情洋溢的讲话，表达了搞好海军建设的决心。此后不久，叶飞来到作战部作战处办公室看望参谋人员。大家看到首长来了，都停下手中的工作给将军让座，但叶飞没有坐下，而是站在那里与参谋人员谈话。他说作战部门是海军的首脑部门，责任重大，鼓励大家要努力完成海军各项作战勤务工作。并说，如果大家有兴趣，转业后可以到远洋轮上当大副或二副，大家听到这里都笑了起来。当时要上远洋轮工作非常不容易，因为按有关规定，出国的海员一年可以带"四大件"（洗衣机、电视机、电冰箱、手表）回国，而那时这些东西在国内很难买到，因此远洋海员是一个很热门的专业。在到海军工作之前，叶飞担任交通部部长，曾经从海军调了不少退役舰艇老兵，充实到天津、上海、广州远洋局的轮船上工作，此举既解决了海军舰艇退役老兵的生活出路问题，也解决了远洋船舶专业技术骨干缺乏的问题。

这样可亲可敬、平易近人的叶飞，正是三野"悍将"、华野三虎之一的叶飞，对敌人，他可没有好脾气，誓与其斗争到底；对自己的兵，他爱之不及，唯恐思虑不周，考虑不全。这样的首长，有谁不爱呢？

在叶飞任海军司令员期间，有一件小事足以佐证他不仅在战场上头脑清醒，目光明锐，出手果决；在和平年代，他同样头脑灵活，思想前卫，既实事求是又具有前瞻性。1980年海政文工团歌唱演员苏小明，以一曲略有通俗韵味的《军港之夜》蹿红。苏小明"柔中有甜、甜中有情"的演唱风格，也招来了极大的非议。有人认为这是"靡靡之音"，影响部队战斗力。上级领导和有关业务部门多次不点名地批评海军。叶飞知道后，让海军政治部邀请部分懂行的老同志一起观看有苏小明参加的演出。之后，叶飞在病房里接见了海政文工团的领导和苏小明，他明确表态说：《军港之夜》这首歌，反映部队生活，有海味，有兵味，不错。革命歌曲也不一定非得都是进行曲，都是硬邦邦的口号，表现形式可以多种多样。只要战士喜欢、部队喜欢，就可以大胆地演、大胆地唱！"叶飞一锤定音，《军港之夜》风波由此平息。苏小明在相当长的一段时间里独领风骚，成为中国大陆演唱通俗歌曲的先锋人物。据说，那一时期，许多青年就是听了《军港之夜》才选择当海军的。

睹物思人，我们不由悲从中来。但我宁愿相信将军只是换了一种生命形态，也许是一山一草一木，也许是一水一方土地，从而与山川河流融为一体，生命就此循环往复，生生不息。他将与我们同在，激励我们，鞭策我们，指引我们。

# 晓战金鼓宵眠鞍

刘飞将军有一双很特别的军袜，是他夫人亲手为他缝制的。这双军袜用旧毛线和棉线混织而成，袜底从中间剪开，翻过来，加入厚厚的袜底再缝上，又暖和又耐磨。袜子是高筒的，可以起到护膝的作用。刘夫人爱夫心切，她选用了铁锈红的旧毛线和淡青色的棉线混织，袜子针脚绵密、厚实。这双军袜伴随刘飞直到抗战结束，是刘飞的心爱之物之一。在刘飞小女儿刘凯军的记忆中，她上初中、高中时还看见父亲穿过这双军袜。虽然军袜的脚趾头处已有好几个大小不一的补丁，脚踝以下褪色严重，袜筒上也有三三两两补过的痕迹，袜底更是补过数次，但这双军袜整体保存完整，看上去还能穿。刘凯军说，她母亲非常珍视父亲战争年代用过的物品，每到梅雨季节，就会把父亲的军服、军帽、挂包等物件找出来清洗、晾晒，难怪这双军袜看上去还有几分颜色，原来都是刘夫人的功劳。

2005年是刘飞100周年诞辰，溧阳新四军江南指挥部纪念馆举行了隆重的纪念仪式。刘夫人因年事已高没有到场，但刘飞的子女全部亲临现场。他们按照老母亲的要求，把这双军袜现场捐给了溧阳新四军江南指挥部纪念馆。交接仪式隆重而热烈，刘凯军大弟双手奉上军袜，老馆长双手接过军袜，刘飞子女围成一圈，影像留下了一家人郑重其事的表情。

抗日战争爆发后，刘飞被派往江南新四军工作，从此与水西结下了不解之缘。

1938年春，刘飞调任新四军三支队六团政治主任。当时，战争的条件非常艰苦，战士吃不饱，穿不暖，甚至到了十二月底，战士们还穿着薄薄的单衣。刘飞非常重视做战士们的思想工作，他很少讲大道理，而是用生动的例子，让大家时刻牢记自己的使命：推翻三座大山，解放劳苦大众。战士们都喜欢听刘飞讲话，觉得他的话实在，能说到自己的心坎上。

1939 年 5 月，六团使用"江抗"二路的番号东进抗日，在武进戴溪桥与"江抗"三路会合，成立江南抗日总指挥部，刘飞任政治部主任。六团东进，受到日、伪、顽军的三面夹击，危机四伏，困难重重。一晚上转移两三次都是常态，每天都会有战斗，每天都少不了两三次的火拼。但东进队伍克服千难万险，先后经过黄土塘遭遇战、夜袭浒墅关火车站、火烧飞机场等战斗，打击了日伪军的嚣张气焰，同时收编了大量地方抗日武装，与国民党顽固派"忠义救国军"进行了坚决的斗争。苏南老百姓亲切地称呼这支人民的队伍为"老四""四爷"，奔走相告队伍取得的节节胜利。

战场上的刘飞与平时温文尔雅、对战士嘘寒问暖的刘飞判若两人。据刘飞警卫员回忆，刘飞打仗时总是冲在班排队伍的最前面，警卫员多次提醒"首长，你不能这样子"，他却依然故我。有一次，警卫员急了，以党员的身份严肃地说："刘飞同志，你不能这样往前。"刘飞回答："指挥员不上一线，怎么掌握敌情？"边说边往前冲，警卫员紧张得浑身冒汗，生怕首长有什么闪失。

通过东进，仅仅四个月，"江抗"就从 1000 余人发展为 5000 余人，武器装备也大大增强。而此时，国民党三战区也发现这支"江抗"就是新四军。于是向新四军军部施加压力，蛮横要求"江抗"西撤，同时调集"忠义救国军"准备与"江抗"决战。为了顾全大局，1939 年 9 月，"江抗"奉命西撤。在江阴顾山反顽战斗中，为了占领高地，掩护大部队"江抗"撤离，刘飞带领警卫班率先冲杀向敌人。政治部主任冲杀在前面，江抗将士们士气高涨，很快冲破敌人封锁线。刘飞带领部队刚刚突围到半山坡，突然敌人的一颗子弹打中了刘飞的左胸，警卫员哎呀一声，刘飞问："背后有没有血？"（言下之意，有没有打穿）警卫员答："没有。""没有，那就继续冲。"在继续往前冲时，刘飞一头栽在了地上。

刘飞这次负伤，差点丢了性命，却因此收获了江阴姑娘朱一的爱情，也算是"大难不死必有后福"。朱一第一次见到刘飞，就侃侃而谈："首长是'老江抗'政治部主任，在我们家乡江阴县顾山镇负的伤，是'忠义救国军'犯下的罪行！这谁不知道！当时，你负伤和吴锟副司令牺牲的消息传来，不光是部队，连江阴县的许多老百姓都哭了呢。"

部队顺利突围了，受伤的刘飞被送往阳澄湖畔的后方医院养伤。六团的后方医院，说是医院，其实就是几艘小渔船。伤病员中数刘飞的职务最高，大家自动团结在刘飞身边，同前来"扫荡"的日伪军、发起"搜捕"的"忠义救国军"顽军，进行坚决的斗争。刘飞长篇回忆录《火种》里讲到了阳澄湖畔养伤的情形："……江抗只得西撤继续坚持抗日斗争，在东路，留下了36个伤病员。""当时，党告诉我们36个同志说，留下我们，并不单单是因为身体条件不行，跟不上主力部队频繁地流动，留下我们，重要的是党需要留下一把火种在东路。"1939年11月6日，在中共东路特委代理书记张英的主持下，东路地方党、江抗、民抗三方负责人在东唐附近的一个庙里召开了会议。会议决定成立"江南抗日义勇军东路司令部"，即新"江抗"。新"江抗"成立后，首先组建了特务连，就是由36名伤病员为骨干组成的。以他们为火种，江南东路地区的抗日力量又开始了新的燎原之势。

1940年2月，刘飞伤愈归队（子弹靠心脏太近，未取出），先后任江南人民抗日救国军政治部主任、救国军第五支队司令员，4月，他随谭震林等重返东路前线。在谭震林和刘飞的率领下，新"江抗"部队迅速扩大，多次开展对敌斗争，粉碎日伪的"扫荡"和"清乡"，打开了东路抗战的新局面。革命样板戏《芦荡火种》（后被毛泽东改名为《沙家浜》）中勇敢机智的指导员郭建光，与刘飞的革命经历最为符合。大家都说，郭建光就是刘飞，刘飞却从不承认。他说："我不是，我不是，郭建光应该是新四军所有的指挥员。"

刘凯军说，水西就是他们的第二故乡，没有水西，就没有"江抗"，没有"江抗"就没有他们的家，没有他们这些子女。水西是他们的根，水西有他们割舍不下的情怀。

水西又何曾忘记革命先烈？何曾忘记英雄儿女？陈列在溧阳新四军江南指挥部纪念馆的刘飞军袜，它很真实，让我们触手可及，就像刘飞将军从不曾离我们远去一样；它静寂无声，却荡涤心灵，它见证了战斗的残酷与血腥，也见证了革命时期的爱与温情。它让我们内心变得坚强而丰盈，坚定而充满信心。

# 不拟回头望故乡

在溧阳新四军江南指挥部纪念馆，陈列着一件55式陆军校官马裤呢常服上衣。上衣有灰领衬，肩上各有一个肩扣，与肩扣相对的是肩绊摘除后留下的两个小洞。该上衣有四个口袋，袋上有盖。从上至下五颗纽扣上隐约可见五角星形状。军服胸前已是斑斑点点，但从领口露出的部分看，内衬还在，整体保存完整。

这件军服是开国少将王胜的生前遗物，文物等级标记为三级。

1996年2月28日，王胜因病于南京逝世。"丧事从简，严格按中央指示精神办。不发讣告，不开追悼会，不举行遗体告别仪式，不收花圈，拿出5000元支持家乡'希望工程'。"这是他最后的遗言。在生命的最后一刻，他坚守着一个老共产党人的革命风骨。他博大的爱国敬民情怀、无私奉献和忘我的精神令人动容。3月22日，他的骨灰安放在闽西革命公墓。同年4月，他的家属遵照遗嘱，回乡捐款，支持母校才溪小学建设。

将军已逝，但他的精神永存。瞻仰他的军服，让我们想起了他的戎马一生。

王胜生于福建省上杭县才溪乡，先后在官庄高小和上杭县立中学读书。1927年8月，土地革命开始，王胜报名参加了才溪农民协会。1929年王胜参加了才溪人民武装暴动，同年冬加入中国共产党。1930年王胜参加中国工农红军，任上杭县独立营的连党代表。1931年夏，王胜进入永定虎岗彭杨军事学校第二大队的轻重机枪连学习，毕业后，王胜历任红十二军第三十六师特务连排长，作战科科员，独立第十师参谋。后调中央红军学校干部队学习，1933 年毕业后，分配到福建省军区教导营任青年队队长。

1934 年 5 月，王胜带领 100 多人到上杭、永定交界地区打游击，后转至永定金丰大山与红八团会合，编入红八团第四连任连长。同月下旬，红八团团部在永定岐岭乡洋背受到广东军阀陈济棠部一个营的突袭，王胜指挥 3 个连的兵力，歼敌 60 多人、打伤 40 多人。这是红八团战史上以弱胜强的典型战例之一。战后，王胜任红八团副团长兼参谋长。

红军主力长征后，王胜留守闽西南，坚持艰苦卓绝的三年游击战争。他英勇善战，机智顽强，为保卫土地革命胜利果实做出了贡献。

1935 年春，敌人以十几倍于我军的兵力，在龙岩搜山"围剿"，实行"三光"政策和移民并村。国民党"清剿"司令、第十师师长李默庵放言"十个拼一个也是胜利"，妄图把红军游击队斩尽杀绝。在这危急关头，王胜率红八团一营突围，并采取分散作战方式，将部队进行整编，成立游击队，王胜任参谋长，打破了敌人的"清剿"美梦。

1936 年，红八团在岩南漳一带广泛开展游击战争，捷报频传。红八团还曾在紫金山坳里消灭国民党军队一个连及伪乡警百余人。同年，闽西南军政委员会对红八团进行了改编，王胜任闽西南红三团参谋长。

1937 年 7 月 16 日，国民党军队蓄意制造震惊全国的"漳浦事件"，致使红三团严重受挫。当晚，王胜与卢胜果断带领一批骨干突围，并在闽西南特委的领导下，集中了 100 多人，重新组建红三团，并赶往永定向闽西南军政委员会报告情况，为保存革命力量做出了贡献。彻底粉碎了国民党反动派"红三团已经不存在"的反动宣传，揭露了国民党的假抗日阴谋。

1937 年冬，闽西国共和谈成功后，闽西南红军游击队改为抗日义勇军第一支队，王胜任支队司令部参谋。在上杭双髻山杀人崇，与广东军阀黄涛部 600 余人激战，毙伤敌数百人。

抗日战争爆发后，王胜转战江南地区，历任新四军二支队四团参谋长，江南指挥部第四团参谋长，新四军第六师第十六旅参谋长等职，先后在茅山地区，太（湖）滆（湖）地区等开展敌后游击战争，巩固和发展抗日根据地，与溧阳水西结下了不解之缘。

1938 年春，闽西红军游击队与闽南、浙边、汀瑞游击队组成新四军第二支队，王胜任支队第四团参谋长，全团 1300 多人。1938 年 2 月 27 日下午，新四军二支队在龙岩白土举行了抗日誓师大会。3 月 1 日，王胜从龙岩出发，经过一个多月的长途跋涉，到达安徽歙县岩寺，与新四军第一、三支队会合。5 月 6 日，王胜率全团移往泾县田坊进行整训。5 月底，王胜率部挺进茅山地区，为创建茅山抗日根据地做出了重大贡献。1938 年 8 月初，王胜和廖海涛一起率领第四团的大部队从安徽南陵出发，为巩固和发展苏南的江宁、句容、溧水、溧阳地区的抗日根据地，忘我地工作。

1941 年 1 月，蒋介石发动了震惊中外的"皖南事变"，制造了江南千古奇冤。"皖南事变"后，新四军进行整编，新二支队被整编成第六师第十六旅，王胜任第十六旅参谋长兼第四十八团团长。江南大地遍布他的革命足迹。他与王直曾在溧阳塘马合影留念，他与妻子史易也曾在茅山合影留念。后为避敌锋芒，王胜率部队撤离茅山，转移到太（湖）滆（湖）地区开展敌后游击战争。

1941 年 11 月 25 日，日寇突然袭击驻在溧水县白马桥地区的第十六旅第四十六团。王胜果断指挥部队英勇还击，为取得白马桥反扫荡的胜利立下战功。

王胜将军的一生，是革命的一生，是战斗的一生，是为共产主义事业奋斗的一生，他高尚的人格、廉洁奉公的优良作风永远值得我们学习。如今，陈列在溧阳江南指挥部纪念馆的军服具象了他的精神，让我们得以寄托哀思。沿着文物的轨迹，我们追寻将军的脚步，学习充电，勇往直前。

【参考文献】

林开泰主编：《才溪九军十八师》

# 横扫千军如卷席

在溧阳新四军江南指挥部纪念馆陈列着粟裕大将的一套"65式"军服。中国人民解放军"65式"军服，是解放军装备时间最长的制式军服，也是解放军废除军衔制后的第一种军服。全体官兵一律戴解放帽，佩红色领章，帽徽改为全红五角星。三军一致，官兵一致。夏服为纯棉府绸布，冬服为纯棉卡其布。

粟裕大将的这套"65式"军服保存完整。上衣、裤子折叠得整整齐齐，军帽上的红五星尤其光彩夺目。"65式"军服俗称"一身绿三片红"，参军头三个月只有一身国防绿，没有三片红。这是因为帽徽的红五星采用的是当时国内的顶级工艺——烤漆工艺，成本高，颜色特别鲜艳，历久弥新。而领章的两片红里则藏了战士姓名、血型，如果战士在战场上负伤，撕开领章就可以找到他的个人信息，便于及时救治。20 世纪六七十年代，"一身绿三片红"并不是军人的专利，它还是全中国的时尚。满大街都是"65式"军服的忠粉，不穿"65式"就觉得丢份儿，没面子。那时候，还流行两句话："一颗红星头上戴，革命的红旗挂两边。"

在人民解放军众多的高级将领中，粟裕称得上一位常胜将军。战场上，粟裕运筹帷幄，横扫千军如卷席。当年华东地区老百姓的门联上曾写着："毛主席当家家家旺，粟司令打仗仗仗胜。"但粟裕的军事才能并不是天生的，而是在艰苦的战争中磨炼出来的。

1938 年 4 月 28 日，粟裕奉命组建新四军先遣支队，任先遣支队司令员，向苏南敌后执行侦察任务。6 月 11 日，奉命执行挺进南京、镇江间破坏铁道任务。6月17日，在韦岗伏击日军，歼灭日军少佐土井以下官兵30多人。1939年1月，粟裕在指挥水阳镇伏击战、横山战斗、奇袭官陡门等战斗中，歼日伪军400余人，俘日伪军57人，并炸毁火车一列。11月，新四军江南指挥部在水西成立，粟裕任副指挥，统一领导第一、第二支队和苏南地方抗日武装。

1941年8月13日，粟裕指挥苏中军民反击日伪军报复性的"扫荡"，连续作战42昼夜、130余次，歼日军1300余人。8月中旬起，领导和指挥持续8个月的要点争夺战，"七保三仓""五保丰利"，毙伤日军800多人。保持了相对稳定的根据地基本区。

1944年1、2月间，粟裕发起春季攻势作战，解放国土近三千平方公里，村镇一百五十多处，争取日伪军一千余人反正。3月，指挥车桥战役，歼日军三泽大佐以下官兵460余人、伪军480余人，摧毁日军碉堡50座。6月26日，发起南坎战役，共拔除日伪据点七八十处。9月21日至10月31日，指挥讨陈战役，歼灭陈泰运部及日伪军2300余人。

1945年10月，粟裕任华中军区副司令员、华中野战军司令员，指挥高邮战役和陇海线徐（州）海（州）段战役，歼灭拒降日伪军2万余人，为迎击国民党军的进攻，准备内线作战，创造了有利条件，使华中、山东解放区连成一片。

粟裕在红军时期和抗日战争时期久经历练，屡建奇功。由于毛主席慧眼识金，陈毅元帅大度用将，粟裕的军事才能在三年解放战争时期大放异彩，成为与林彪齐名的后起之秀。

内战爆发后，国民党当局即在各个战场向解放区发动了全面进攻。1946年7月13日至8月27日，粟裕、谭震林指挥刚整编就绪的华中野战军共15个团约2.5万人，在苏中同国民党军整编第83师第19旅第56、57团及旅属山炮营等12万国民党军队作战，连续取得宣泰、皋南、海安、李堡、丁堰、如黄路、邵伯七次战斗的胜利，歼敌5.3万余人，史称"七战七捷"。

苏中战役是全面内战爆发后发生在江苏地区的第一个重大战役。它的胜利，对于扭转整个解放区南线战局的形势，实现中央军委的战略计划，及对尔后战局的发展，都产生了重大影响。毛泽东等中央军委领导对苏中战役给予了高度评价，肯定华中野战军在苏中战役中"造成辉煌战果""取得伟大胜利""创造了很好的经验"。粟裕在1946年9月25日华野干部会议上对整个战役作了总结报告——《苏中七战七捷的概述》，报告详细介绍了战斗经过，客观、中肯地总结了作战经验，是我军军史上十分重要的文献。

1947年1月起，粟裕率华东野战军先后发起了宿北、鲁南、莱芜、泰蒙、孟良崮等战役，共歼国民党7个军（整编师）和1个快速纵队。在最有影响力的孟良崮战役中，一举歼灭国民党"王牌军"整编第74师及整编第83师一个团，共3万余人。人民解放军转入战略进攻后，粟裕率华东野战军主力挺进鲁西南，掩护晋冀鲁豫野战军主力南下大别山，指挥沙土集战役，歼国民党整编第57师，迫使国民军从山东和大别山区抽调4个整编师来援，实现了华东战区由内线向外线、从战略防御到战略进攻的转折。

1948年11月6日，粟裕率华东野战军发起淮海战役。该战役共投入解放军66万人，地方部队40万人。在战役中，粟裕指挥华东野战军17个纵队作战，歼灭国民党军44万余人，解放军伤亡13万余人。战役过后，毛泽东说："淮海战役，粟裕同志立了第一功。"

老子说："知人者智也，自知者明也。"粟裕是一位在战争中学习成长起来的将军，他有着深刻的自省能力。晚年的粟裕曾回忆说："我跟毛泽东、朱德打仗所得到的最深刻的体会是：战争有它自己的规律，克敌制胜的办法必须依据敌我双方的实际情况和战斗的内在规律去寻找。我学到的这条道理，使我终身受益。"

粟裕打仗是一位足智多谋的大将，做人是一位具有自知之明的智者，其境界堪称一代儒将。对于粟裕的"让"，毛主席给予了高度评价，他说："你担的是大将衔，而干的却是元帅的任务"，"难得粟裕，壮哉粟裕，竟三次辞让，1945年让了华中军区司令员，1948年让了华东野战军司令员，现在又让元帅衔，比起那些要跳楼的人，不强千百倍嘛！"

1984年2月5日粟裕逝世后，家人从他火化的头颅骨灰中，竟发现了三块弹片，这三块弹片留在将军头颅中长达54年之久。震惊之余，我们悲痛万分。将军是人，却拥有钢铁般的意志，他是我们心目中永远的将军，永远的战神！我们将跟随将军的脚步，千锤百炼，淬火涅槃，踏出时代的强音。

# 匣里军刀血未干

刘飞将军有一身"蛮力"在部队是众所周知的。他摔跤赢过许世友，因而许世友还亲自指点过他几招武术。但刘飞又很"文气"，擅长做战士们的思想政治工作。打仗休息的间隙，他喜欢给战士们讲一些生动的革命故事，对战士们的生活尤为关心，嘘寒问暖，像个知心大哥。一旦上阵杀敌，他却又"原形毕露"，不仅带头冲在队伍的最前面，还动不动就爆粗口，"老子毙了你"。据刘飞部下讲，他打起仗来就算三天三夜没吃饭，还是会捂着胃一个劲儿地往前冲。在江南新四军部队工作时，刘飞先后任六团政治主任、"江抗"政治部主任，这应该算是部队的"文职"，能做这样工作的人，自然是知书达理、温和耐心的。能这样把"蛮力"与"文气"统一于一身的刘飞，的确让人敬服。

在溧阳新四军江南指挥部纪念馆，我们看到了刘飞将军在江南新四军工作时期背过的挎包，淡黄色的旧布，质地单薄，还有点皱巴巴的，看上去就是用旧布做成的长方形布袋，有布盖，还缝制了带子。据《中国质量报》报道，20世纪六七十年代的学子曾热衷于黄书包。但正宗黄书包——军用书包是买不到的，它那草绿的颜色，让人一望而觉生机勃勃，不由得想到美丽的春天；它结实的帆布盖上还镶嵌着两个铁扣，光亮而精致，宽宽的带子上也有铁扣，它能使带子伸长、变短。刘飞的背包远不及军用"黄书包"漂亮，它不是军绿色，也没有铁扣，只有细细的背带。背包里放着发黄的小本子，是刘飞日常做记录用的，相当于今天使用的备忘录。

日常做记录对刘飞来说是很不容易的。刘飞出身贫寒，幼年丧父，根本没有上学的机会。1930 年 6 月 12 日凌晨，红一军军长兼红一师师长徐向前率领红军攻打杨家寨车站，刘飞挥着大刀冲在最前面，砍死了两个敌人。战后因表现突出被提拔为副班长，又入了党。然而刘飞却因为不识字经常感觉麻烦，心想干革命仅冲冲杀杀不行，没有文化，就只能稀里糊涂地干革命。趁着战斗间隙，他找到连队的文书教他识字。一次休息时，他又缠着文书教字，文书说："你不注意休息，哪有劲杀敌？"刘飞说："我有的是力气，就是没文化，不信，我杀一个敌人，你就教我一个字怎么样？"文书敷衍地答应了。

但刘飞当真了。1931 年 3 月 9 日，在广水县双桥镇的战斗中，刘飞一人杀敌 20 余人。战后，他找到文书说："你说过，以杀敌数来换字数的。"文书笑着教会刘飞 20 多个字。在鄂豫皖苏区的数次反"围剿"斗争中，刘飞以这样的方式从文书那换回不少字。红军时期，刘飞历任排长、连长、指导员、教导员、团政委、师政治部主任。到陕北后，刘飞到抗日军政大学第三期学习。

正是这坚持学习的习惯，才成就了智勇双全的刘飞。

1955 年秋，全军授衔，刘飞被授予中将军衔，肩章两颗星。刘飞小女儿刘凯军看到门口站岗的叔叔向刘飞敬礼，她天真地问："爸爸，那个叔叔也戴两颗星（上等兵），他为什么给你敬礼呀？"刘飞笑笑说："你还小，你不知道，以后长大你会知道的。我呢，年纪大了，年轻人要尊重长辈。"

刘凯军整个小学期间都住宿，读初中时才回家和父母一起住。她说抗美援朝期间，很多家里没办法照管孩子，只好住校。所以，小时候，她根本不了解父亲，只觉得他很"土"，没有别人的父亲神气。她住宿时，身上总是穿着打补丁的衣服，同学们经常笑话她："你们乡下人……江北蛮子，江北佬。"刘凯军觉着委屈，刘飞就对她说："你要知道，你爸爸从小是要饭的，我们出身很苦，我们不能忘了以前的苦日子。"有一次，刘凯军和同学起了争执，同学又笑话她是乡下人。刘凯军委屈地跑回家哭，告诉爸爸妈妈："同学又笑话我是乡下人了。"刘飞什么也没说。第二天，刘凯军在客厅茶几上发现了一张毛泽东的照片，照片很大。照片中，毛泽东站在延安窑洞前，右手点着左手，似乎在讲话又像是在授课，他的两个裤腿膝盖上赫然打着大大的补丁。刘凯军当下心里一惊："毛主席能穿打补丁的衣服，我为什么不能？"当时她正申请入团，正是爱美的年纪，这张照片对她触动很大。她想起了父亲平时经常说的话："不要看不起乡下人，没有农民种地卖菜，他们吃什么？我们要自豪，我们是劳动人民，你们也是劳动人民的孩子。"

直到上了中学，刘凯军才知道父亲在军中还是个"大腕"。革命样板戏《芦荡火种》一出，大家都说里面机智勇敢的郭建光就是刘飞将军，刘飞拒不承认，说："那不是我，那不是我，那是新四军所有的指挥员！"1939年9月，刘飞在江阴顾山反顽战斗中负伤后，被送到阳澄湖后方医院养伤。当时刘飞被子弹击中胸膛，伤势十分严重，常常咯血。挎包就是那时老百姓为刘飞将军缝制的，里面装着刘飞的重要记事本和救治必需品。

在老乡的掩护下，刘飞躺在门板上指挥伤病员与日伪军周旋，白天躺在芦苇荡里，夜间出来救治。由于当时缺医少药，加上环境条件恶劣，不少伤员感染了败血症，牺牲了。到10月底，伤员只剩36人。刘飞知道，这样躲下去不是办法，就千方百计找到地下交通员，向"江抗"提出成立"江抗东路军"的想法。这一想法立即得到了批准。11月上旬，"江抗东路军"司令部成立，刘飞考虑到自己伤势越来越重，无法指挥部队，便推荐夏光同志担任司令，其他伤愈的战士组成了特务连。1940 年 2 月，刘飞从上海伤愈归队后又随谭震林重返东路前线，参与创建东路抗日游击根据地。

皖南事变后，新四军六师十八旅从苏南东路地区北撤到苏中江高宝地区。刘飞先后任六师十八旅政治部主任和副政治委员，他的挎包依旧在身，里面的小本子随时记录着他的重要想法。

1997 年 1 月，刘夫人将挎包无偿捐给了溧阳新四军江南指挥部纪念馆。挎包很旧，但洗得很干净，有破损，但没霉斑。这只挎包见证了刘飞将军在江南新四军部队工作时最重要的一段历史，也见证了刘飞将军从一个出身苦寒的码头工人，成长为军中"一代枭雄"的重要历程。

致敬，我们的将军！致敬，全体新四军指战员！致敬，我们的无产阶级老革命家！致敬，文物背后逝去的英魂！

# 阳澄湖畔播火种

抗日战争爆发后，刘飞被派到了江南新四军工作。如今陈列在溧阳新四军江南指挥部纪念馆的刘飞军帽，是战争年代保留下来的唯一一顶刘飞新四军军帽。这顶军帽是 1997 年 1 月由刘夫人无偿捐献给纪念馆的。她与刘飞将军伉俪情深，对刘将军的生前之物一直视若珍宝，常在梅雨季节翻晒去霉。军帽虽褪色严重、帽檐也有磨损，但整体保存完好，是干净的土黄色。帽子上已摘除青天白日徽，应该是皖南事变后的新四军军帽。

皖南事变后，新四军六师十八旅从苏南东路地区北撤到苏中江高宝地区。刘飞先后任新四军六师十八旅政治部主任和副政治委员。1945 年春，刘飞组织指挥了高邮三垛河口伏击战，这是苏中地区大反攻前夕一场大规模歼灭战，击毙日军 240 余人、伪军少将团长马佑铭以下 600 多人，俘虏日军 7 人、伪军 958 人，缴获了大批武器弹药和物资，获新四军军部通令嘉奖。

1945 年 8 月，刘飞担任苏中军区独立二旅旅长，参加了围攻兴化城和如皋城战役，使苏中解放区连成一片。同年 11 月，任华东野战军第一纵队二旅旅长，在解放战争初期的自卫作战中，率部围攻大汶口，迎头痛击进犯的国民党军。而后南下宿北，回师鲁南，参加了宿北、鲁南、莱芜、孟良崮等战役。其间，部队整编为华东野战军第一纵队第二师，刘飞任师长。

1948 年 5 月，刘飞升任第一纵队副司令员。同年冬，淮海战役打响，在纵队司令员叶飞因病暂离部队期间，刘飞指挥了淮海战役，并于 11 月 9 日将敌六十三军包围于窑湾，经 8 小时激战将其全歼。创造了我军以一个军（纵队）歼敌一个军的辉煌战绩。11 月 13 日，战地记者崔佐夫来采访刘飞，刘飞表示仗是大家打的，功劳是大家的，他没啥可说的。刘飞还说："我打胜仗你们就来了，我打败仗你就不来，打了败仗更需要采访，因为打败仗的教训更多。"说话间，适逢一支部队打扫战场归来，刘飞告诉崔佐夫："这个团的前身是新四军六师五十二团，最早的一批战斗骨干是留在阳澄湖畔芦苇荡里的'江抗'伤病员，他们的经历，你以后应该写一写……"崔佐夫一直记着这个事。1957 年 6 月，崔佐夫专程来到苏州、无锡、常熟、太仓等地采访了两个多月，写出了纪实文学《血染着的姓名——36 名伤病员斗争纪实》。此文一经发表，在全社会引起了巨大反响。随后，这篇纪实文学被改编成了现代京剧《沙家浜》，其中郭建光指导员就是以刘飞为原型塑造的。

据刘飞小女儿刘凯军回忆，刘飞从不愿提及自己的战斗功绩，因为他觉得战斗牺牲了那么多人，自己没什么可骄傲的。当时的战争异常残酷，战斗到最后，战士都得上刺刀，贴身与敌人肉搏。清扫战场时，没人敢停留太久，因为时间一长，脚就会被鲜血凝固在地上，再也抬不起来。

1955 年，刘飞带着警卫员回到了自己阔别二十多年的家乡——湖北黄安（今红安）县八里罗家田村。刚到村口，村人便闻讯赶来将他团团围住。有向他要儿子的，有向他要丈夫的，有向他要兄弟的……二十多年前，他带领乡里的赤卫连全连战士加入了中国工农红军，当时他是赤卫连的连长。如今抗战胜利，他活着回来了，他带出去的兵却没有一个能活着回来。面对家乡的父老乡亲，他无言以对，泪湿眼眶。他多想把自己的兵一个个活着带回家乡，可惜，枪弹无眼，战争无情，逝去的生命终将无法挽回。

　　刘凯军说这也是她父亲从不愿提及自己赫赫战功的原因，他总是说："……死了那么多人，我有什么可炫耀的。"他甚至一度让刘凯军误以为她的父亲就是个地地道道的老农民、老爷爷，不像别人家的父亲那么神气。直到多年后，刘凯军才知道，原来父亲还是军中的"大腕"。在战场上，他始终是冲在最前面的那个。用他自己的话说：当初闹革命，连死都不怕的！据警卫员回忆，有一次在战场上，敌人的子弹打穿了刘飞的左臂，当时血流如注。刘飞却对警卫员说："没事，挂了个小彩，包一包继续。"还说："对方那么顽固，他姓刘，我也姓刘，我就不信打不死他。"

　　刘飞参加了鄂豫皖苏区的创立和保卫苏区的数次反围剿斗争，参加了川陕根据地的创建，长征中，他三次过草地，是一名资历极高的老红军。1984年，刘飞去世前对子女们说："我这辈子没给你们留下什么财富，但我死后，你们可以得到一个礼物，这是你们一生的财富。"刘飞说的这个礼物就是他在江南新四军工作时，在江阴顾山反顽战斗中被敌人射入胸膛的那颗子弹，火化后取了出来，这颗子弹留在刘飞胸腔整整45年。

　　在开国将军中，刘飞并不是最闪耀的那颗星，但从最初挥着大刀砍敌人，到最后被火化取出体内的子弹，他始终是冲在阵地最前沿的那位，他为革命拼尽了生命的最后一滴血。

　　在溧阳新四军江南指挥部纪念馆瞻仰他的军帽时，我们分明看到了他的双重影像——一个是奋勇争先，冲在队伍最前面呐喊嘶吼的指战员；一个是朴实憨厚，"土"得如邻家大爷的老农民。军帽不说话，我们亦无言，但我们内心翻腾得厉害，我们折服于老一辈无产阶级革命家的无私无畏，折服于他们对党对人民的赤胆忠心……我们将沿着他们杀开的"血路"，一路向前，向前！

# 沐浴在党的光辉下

在古中江流域有一方水边台地，因当地人祭祀土地神和五谷神，被称为"社渚"亦名"社川"。它建于宋代，是溧阳三大古镇之一。在这座"三省通衢"的千年古镇的人民广场 8 号，坐落着溧阳市社渚初级中学。

从文化街一直向西，穿过一个十字路口，两个丁字路口，便到了学校大门外的桥头。"彩虹路"从桥头一直深入校园腹地。桥的两边，是碧绿的草地，种着高大的绿植，间或有几丛瘦竹。校门靠右用蓝色篷布搭着两条测温通道，供学生通行，再右侧的红色大理石上，书写着"溧阳市社渚初级中学"几个烫金大字；校门靠左装着人脸识别系统；中间的机动车道装着高清车牌识别系统。一切各就其位，井然有序。

进得校园，彩虹路右侧是宣传栏，在往行政楼拐的路口有一个硕大的电子屏，屏上滚动着学校当天的重要信息。道路两侧分布着花坛。格桑花、樱花、金鸡菊、栀子花等品种繁多，四季不同。高大的香樟树、广玉兰、乌桕树、榆钱树、桂花树等布满了学校大大小小八九个花坛。走过花坛，穿过树的浓荫，彩虹路会带你到"天坛"（升旗台）脚下。在天坛正前方有两个大的操场，右侧是四百米塑胶环形跑道（六道），跑道内圈着偌大的足球场。百米赛道的起点就设在跑道的西北角，更西边是三级跳远场地。天坛左侧是篮球场和教工之家。篮球场有南北两个，可同时供四支球队比赛。在篮球场的西边围墙上，挂着社中优秀校友简介。教工之家内乒乓球台从北往南一字排开，还有各种健身器材，供教师课余锻炼。站在天坛望社中，瓦蓝的天空下令人心旷神怡。

彩虹路的两侧伫立着行政楼、图书馆、实验室和教学楼。初三教学楼在左，初一初二教学楼在右。沿着教学楼上去，楼梯两侧均挂着唐诗宋词，正是润物无声的境界。教学楼共四层，每层四个教室一个办公室，隔着楼道拐弯再拖上厕所，一层便齐活了。教室外装着电子签到系统，窗户是清一色的塑钢窗。进得室内，教室北面装着两台挂式空调，教室内设实物投影（初三配备了希沃白板）。学生单人独桌，五盏护眼灯低低地悬挂在教室上方，护学生周全。厕所采用了自动感应冲水模式，内有卫生纸、洗手液、消毒液。蚊香的味道若隐若现，厕所每个蹲坑都配了门锁，让人心安。

在学校东南角有一畦柳叶马鞭草，开得尤其明艳动人，它右侧就是学校食堂。每次就餐前走过这片花草世界，心里的愉悦就会满溢出来。食堂为教师提供免费早餐，稀饭和盖浇面轮着供应。中午两荤三素，教师自费，自助就餐，学校适当补贴。学生伙食比之教师更好，不仅配有两荤三素，还日日提供水果或鲜奶。

社中身处江南偏僻的一隅，几十年来，它历经沧桑、沉淀、蜕变、革新，才有了如今的美丽、恬静和生机勃勃。

记得刚来社中报到时，我分到的是一间四人宿舍，床是两层的高低床，洗澡用脚盆，热水限量供应。教室里墙壁是毛的，地面是毛的，就连黑板也是毛的。写完板书，黑板怎么也擦不干净，只好用抹布水洗，水洗了要等上好一会儿，才能写第二版板书。逢着阴雨天，只好尽量写密点，少洗黑板，否则黑板根本来不及干。教学楼时常漏水，雨大的时候，外面下大雨，里面下小雨，孩子的课桌凳挪了又挪。夏天，教室热得像蒸笼，两盏吊扇还只管吱吱嘎嘎地添乱。冬天，教室冷得像冰窖，可门窗却怎么也关不严实。

时间不过弹指一挥间，我们的校园已完美蜕变，华丽转身，教师的待遇更是翻了几番。党做了什么，我说不上来。我只知道，有党的领导，党的指引，党的坚定理想信念，社中才走到了今天。因为党的实干和担当，疫情被阻挡；因为党的红色基因和优良传统，自然灾害被消减。众志成城，人民的生命和财产安全得到了最大限度的保护。团结在党的周围，让人心安。

党做了什么，我说不上来，但我知道，我们一直沐浴在党的光辉下。

# 华地百货的故事

2002 年 8 月 8 日，华地百货入驻溧阳。

老照片记录了开业当天的盛况，用万人空巷来形容当时的情状应该毫不为过。黑压压的人群涌在华地门口，像一块无限延展的幕布，直铺到天际。后面的人踮着脚尖看前面的人头攒动，过往车辆用蜗牛般的速度缓慢通行。"庆祝华地百货隆重开业"的充气彩虹，正张开怀抱吸纳四方来客。氢气球高高地飘起，随之垂下的巨幅广告像天使降下的扶梯，让人有攀爬上去的冲动。至于被踩了脚，被搡了肩，被撞了腰，都只好暂且忍一忍，毕竟谁也不是故意的。就像春运期间的火车站，谁是自由行走呢，不都是被前后左右的人群裹挟着向前。

人潮涌动，大抵如此。

位于燕山路、平陵中路和西大街三岔路口的华地百货，在占据了先天有利的地理位置之后，很快又以高端大气上档次的商品和优质精良的服务俘获了当地绝大多数居民的心。在它面前，就算是长城商厦、溧阳百货大楼也不得不自惭三分。想当初，80 年代就扎根于溧阳的百货大楼是何等倨傲，老百姓进去买东西也哆哆嗦嗦的：一来要看营业员的脸色，二来担心自己荷包不够鼓丢人现眼。90 年代初，长城商厦盛大开业，还引进了手扶电梯，（这是继新风百货后溧阳开通的第二台手扶电梯），一时风头无出其左右，溧阳百货大楼才稍稍降低了一些姿态。

华地百货入驻溧阳时，溧阳撤县建市即将 12 年，老百姓的腰包眼见着一天比一天鼓。当他们不再为生计发愁时，追求生活的品质和品位就成了必然趋势。而华地百货精致、华贵、高端、典雅的品相很快征服了溧阳大众。它像一股飓风，把溧阳城内的人全部吸引到它的中心。不要说逢年过节，华地百货顾客的摩肩接踵，就算是平时，也有很多顾客赶早等在大门口，门一开，他们便蜂拥而入。

我还记得老公第一次主动带我逛华地的情形。时间是2002年冬，记得当时老公拿了2000元奖金，什么由头早已忘了。但他当时说的话我还记得："走，带你买衣服去。"那语气和神态是相当豪气。以后这种豪气再也没在他身上显现过，这是婚姻培养出来的惰性，我理解。谁考完试还认真学习呢？何况他家从小苦惯了，勤俭节约是他一贯的生活态度。扯远了，还是回到当时逛华地的情形。我们两人一进华地二楼，一件粉色压花羊绒大衣就吸引了我的注意，一看吊牌，正好2000块，不多不少。当时羊绒大衣还是稀罕物，何况还有压花，我上身试了一下，除了贵，这衣服挑不出别的毛病。老公大手一挥，就这件吧。买完羊绒大衣，老公悄悄对我说，走吧，走吧，没钱了。我们又兴奋又悄悄地狼狈，带着新买的羊绒大衣迅速离开了华地百货。

那件衣服现在还在衣橱里挂着，除了颜色有些折旧的痕迹，版型，质地一点没受损，如果配上合适的内搭，它照样是一件时尚单品。

慢慢地，我也成了华地百货的一名忠实顾客。虽然有时也恨不得要剁手才好，有时购完物也觉得自己必须吃土才行。但我渐渐养成了衣服少而精的习惯，追求品质，而不再一味地追求款式、颜色；这种消费习惯慢慢渗入我生活的方方面面，你会发现很多时候，追求数量远不如追求质量来得愉悦。这就好比《飘》的作者，一生只写了一本书，但足以让她在文坛占有一席之地。而很多作者一生著述无数，却没有一篇作品给人留下深刻印象。

当然，还有一种天才作家，一生高产优质，非常人能及。读书、旅行、工作、生活无不如此，你是追求量，还是追求质，这有着本质的区别。

而我们普通人能够做的，就是在自己力所能及的范围内，尽可能地提升自己的生活品质。

华地百货采用了边厅和中厅相结合的布局，让你觉得总有一款适合你。

一般来说，边厅的商品都是国内一线品牌，价格稍贵，但都很有特色。无论是面料还是做工，质地还是款式，都让人眼前一亮。有时候相中一件商品，就像邂逅一个人，那种怦然心动的感觉很难让人弃之不顾。也许你当时会犹豫，会挣扎，但如果真的喜欢，你就会睬眉奓眼地再次回头。比如音儿的西装，哥弟的女裤，恩尚的连衣裙，阿玛施的大衣，米奥的女鞋……承认吧，你心动过，也行动过。

中厅的品牌在精致程度上稍微欠缺一些，但与边厅的品牌相比较，它的性价比更高。而且在中厅，你也很容易找到与边厅类似的款式。虽然略有遗憾，但居家过日子嘛，还是要量体裁衣。就像初恋固然美好，但也许只适合用来回忆，最终我们需要的还是一个能过日子的伴侣。

华地还有一个让人拒绝不了的原因，是它的抢先一步，这让它占尽了先机。每每还在寒冬腊月，它就上新一些薄款春装，那飘逸的质地，灵动的色彩，让你在严冬是多么期待初春。有时为此不惜一掷千金，只为把新款的春装穿到厚厚的大衣里，让春寒料峭的模样悄悄在大衣里探出头。这是爱美人士的小小心机。不过这心机让人欣赏、喜悦和享受。春款没结束，夏款已开始；夏款还在热卖，秋款便已上架……华地永远走在季节的前面，它是季节的领跑者，也是消费者购物的风向标。

随着年龄的增长，岁月的沉淀，我们懂得了生活不仅仅是做加法，更重要的是还要做减法，才能真正愉悦自己，收获幸福。朋友不需要太多，知心的几个足矣；衣服不需要太多，有品质的几套足矣；饮食不需要太多，七八分饱足矣；社交不需要太多，能敞开心扉的几个足矣……

曾国藩说：既往不恋，当下不杂，未来不迎。

如今，当我再踏入华地百货时，我不再局促，也不再惆怅，我明白，不需要把太多的人和事请进生命，那会让生命变得拥挤不堪。我必须学会取舍，才能抵达生命的本原。

# 绿色出行——永安行

前几天乘公交车，车至中途，上来一群叽叽喳喳拖拉杆箱的小年轻。他们无一例外地背着双肩包，手上的拉杆箱普遍二十三四寸的样子，一看便是寄宿的高中生。我想起自己的儿子，他在外地求学。出门时，他也背着双肩包，拖着拉杆箱。我一直目送他走进车站，直到他的背影消失在安检的另一边。我想起他的拉杆箱只有二十寸，会不会太小，他在外地乘车会不会也这般拥挤。我主动挪开座位上的包，招呼其中一个孩子坐下，又忍不住伸脚拦住一只往前滑行的拉杆箱，以免它离主人太远。我不自觉地把他们当成了自己的孩子，止不住对他们微笑，内心希望儿子出门在外也能被善待。

儿子是共享单车的忠实用户。

他很少打的，除非时间紧迫。我们没时间接他时，他经常乘公交坐地铁；但共享单车一直是他最喜欢的出行方式。他给过我理由，说骑车方便、自由，还省钱。除了溧阳，在南京、深圳、扬州、桂林、广元……只要是儿子去过的城市，他就一定骑过当地的共享单车。

溧阳引入共享单车应该是在 2017 年底，距溧阳撤县建市将近 30 年，正是共享单车在全国快速发展的第三阶段。当时全市预计配备共享单车 3000 辆，供年龄在 16 周岁至 65 周岁，身高1．45 米以上，身体健康的市民骑行。

照片摄于 2019 年，其时共享单车在溧阳的运营已趋成熟。照片显示，单车维护情况良好。这张照片把我迅速地搜入一种场景：我想象儿子国庆假期骑着共享单车在北京的大街小巷穿行。我猜他还是在夜幕的掩护下融入路灯下的车流。他曾说过他会避开车流高峰。我想象儿子对北京既觉得亲切又觉得疏离，疫情阻断了回家的路，而作为大一新生的他一定有些想家。

儿子离开溧阳进京求学，添置的第一件私人物品就是自行车。校内自行车，校外共享单车，儿子的大学生活让人莫名地怀念起小时候被自行车驮载的时光，那是人生的高光时刻，无忧无虑，天地广阔。现在全国各大城市几乎都有共享单车的身影，我突然特别想练好单车。也许将来的某一天，我会骑着单车和儿子一起穿行在他所在的城市。

这，或将成为我们之间新的沟通方式。

巧的是，我这边念头刚一萌生，那边就有同事发朋友圈，说她莫名其妙地被医生诊断为骨折。骶骨，多半是骑共享单车造成的。我忍俊不禁。这个骨折的同事，大约每周都会和三五好友一起，骑着共享单车锻炼放松。她们骑车多半是为了休闲、健身，共度一段美好的下午茶时光。而对更多的人来说，共享单车节能、环保、经济、噪音小，还能于大街小巷畅行无阻，无疑是解决公共交通"最后一公里"的最佳工具。

"骑行"，在溧阳早已不仅仅是一种交通方式，更是一种健康时尚的生活方式。人们更多地把骑行用来健身，用来短途旅行，用来周末休闲，用来和三五好友交流感情。这和全国上下一致倡导的绿色低碳出行正是相融相通。

溧阳，正在踩出自己的时代强音。

溧阳共享单车目前是永安行，下载 APP 会和支付宝账户绑定，用信用分抵行程，只要一小时内归还，就全程免费。调查显示，用户年龄在 25 ~ 35 岁的人居多，其次是 25 岁以下的人群。从某种程度上讲，单车正在消除我们和孩子之间日益拉大的鸿沟。

孩子不属于我们。每个人都是独立的个体，每个个体都应该是完整的，爱不是控制和索取，爱是接纳和尊重。儿子早晚要飞出溧阳，他有自己的人生。我只希望当他倦了、累了时，能够回家，我能骑着单车陪他静静地穿过一段溧阳熟悉的街道，看看落日、听听鸟鸣、闻闻花香，从中感受生命的美好和归属，从中找到相信世界的力量。

# 两个修鞋匠

90 年代的社渚，还保留着荡滩地貌，随处可见池塘和水
洼。大家习惯在池塘里淘米洗菜，也喜欢在池塘边洗衣刷鞋，但
池塘的水常年清澈。说来也怪，"流水不腐，户枢不蠹"，池塘的
水并不见流向何处，却仿佛自带洁净功能，淘米洗菜、浆洗衣物
后，池塘又很快恢复生机，倒像是水里住着吸尘纳垢的水怪。

社渚中学校门口当时就有一块池塘，天晴还好，下雨时水便
漫出池塘，恣意汪洋，师生一时无处下脚，进退两难。雨再稍微
大些，社渚街上低洼处就要撑船或坐三轮车才能通过。发起大水
来可不是闹着玩的，街上的店面有的进水一尺多深，损失惨重。
特别是社渚大酒店和万家乐超市之间的一洼凹地，水深及腰，来
势汹汹，社渚人因此特别信奉张渤。相传张渤一生为民治水，死
后老百姓立庙祭祀，称张渤为祠山大帝。后来，祠山被封为专管
人间风调雨顺、太平安乐的菩萨。"跳祠山"也因此成了社渚傩
舞中的核心部分。河口的祠山庙会、刘家边的跳祠山、帐墓的祠
山鼓乐、河口的祠山祭鼓、西里的祠山舞，无一不是对祠山大帝
的信奉和尊崇。

当年社渚的每条街都有一两个修鞋匠，他们往往把摊位摆在
街道大商场的台阶上，风吹不着雨淋不到，最主要的是他们要从
进出商场的顾客中发现生意。鞋子脱胶、炸线、破洞、断帮断
底、掉根，他们都能修，运动鞋、皮鞋、布鞋、胶鞋，他们都能
接。那时候，男女的鞋跟都被钉上了金属片，有的还用金属片掌
了鞋掌，当然是为了耐磨，也有的是为了听一听走在水泥路上那

"噗噗噗"或在石头路上那"哐哐哐"或在木板地面上那"咚咚咚"的声音。即便钉的是橡胶鞋跟,鞋跟上钉的钉子也会在走路时发出清脆的响声。女人的高跟鞋鞋跟更是每隔一段时间就要钉的。一百斤左右的体重,压在那么细的跟上,跟不断已经是万幸了,鞋跟又怎么能经久耐磨呢?我到现在也不能理解,"恨天高"存在有何天理?一味地拉长人的腿,给人一种细脚伶仃的圆规样,实在违背了腰才是身体黄金分割点的原则,白白损失了摇曳生姿的仪态。

发大水的时候,商场门口的几级台阶也漫进水里,但鞋匠们似乎并不慌张,他们都是附近的居民。水盛时到商场里避一避,有时被家里人提前接了回去。但生意是肯定无法做了,这么大的水,谁还有心思等一双待补的鞋呢?所以鞋匠们也是要靠天吃饭的。

近几年,鞋子"美容店"已经进入各大县区,店里有鞋子"美容"的成套机器设备,鞋油、鞋跟都有多种档次可供选择。旧的鞋子进去,新的鞋子出来。除了质地款式无法更换,各个零部件无论大小均可以拆洗更换,最重要的是你还可以重新上色,让它彻底旧貌换新颜。城市中的购物广场、商业街、八佰伴等大型商场也都有配套的鞋子维修部,维修人员专业,而且服务态度好。

眼见得修鞋这门手艺就要消失在街头巷尾。不过,社渚镇上还有两个修鞋匠顽强地靠这门手艺生存。他们摆摊的地点就在新华街,一个在街道中部十字路口,我们不妨叫他小 A,另一个在街道南部三岔路口,我们姑且叫他小 B。他们都瞄准了人多的地方。新华街曾是社渚最繁荣的街道,新华书店就在街的中部,早餐摊点随处可见。阿东发廊已在这条街存活了几十年,养活了家里几代人,到现在还依旧生意火爆。街的两边还有卖床上用品、卖家具的老店，给人莫名的亲切感。街的两边又新添了很多饭店和酒馆、服装店、美容店。两个鞋匠的摊位前永远都坐着一拨人，他们或为补鞋，或单为坐着闲聊，多以退休或没工作的老人为主。我到街中部十字路口的鞋匠小 A 那里去过几次，他干活有些粗糙。比如钉的鞋跟有些歪或大出那么一点，他并不把那多出的一点耐心磨掉；缝线时他不讲究颜色完全适配，往往线缝出来在鞋子上显得有些触目。但他态度十分温和，价格也优惠，你催他快点他就快点，你坐下来等他他便又慢下来。

　　街的南部三岔路口的鞋匠小 B 与小 A 完全不同，他用料十分讲究，手艺也很精湛。他钉的鞋跟，美观又耐磨，价格虽然略微贵点，但也算物有所值。他还十分健谈，有一次，我在等鞋的过程中就听了他的故事。他说他曾是一个货车司机，有一个漂亮的老婆，老婆还怀过孩子。说着他在围裙上揩净双手，从衣服里面的口袋里掏出照片递给我。是张结婚照，他旁边的新娘温柔而丰腴。是一场车祸毁掉了他的双腿，他被高位截肢。他无法接受这飞来横祸，变得消极而暴躁。几年后，老婆终于无法忍受，提出了离婚，他才彻底清醒过来。他说自己花了近十年的时间，才接受了残缺不全的自己，开始修鞋维持生计。他骄傲地说，自己还是开车去进货，只不过开的是残疾人专用车。小 B 说话又快又急，车祸终究还是改变了他的性情。我想起了小 A，他好像是小儿麻痹症导致的瘸腿，我见过他妈妈来给他送饭或帮着他收摊。我突然意识到，街头修鞋的手艺人原来一直都是残疾人，心一时慌张得难受，好像我不小心揭开了别人的伤疤。我正不知如何是好，他却并不理会，自顾自说了下去。他说，人总要养活自己，难不成几十岁还靠父母养活？我抬眼看他，一抹秋阳正透过梧桐叶漏下光来，随着他脚踩手摇，光与影便在他脸上交替来回，像是一幅生动的油画。我想，小 A 也是这种想法吧。

　　最近两年常州、社渚两头跑，我就干脆再没逛过新华街，也不知小 A 小 B 是否还在路口摆摊修鞋？发大水的时候，他们会躲在哪儿呢？我常常想起小 A 那脸上的光影和那依然骄傲的神气，想起小 B 那慢条斯理钉和缝的样子，生命的流光溢彩常常让人心生感动。鲜花俾草、杨柳荆棘都是生命存在的意义，而尊严，正是它璀璨夺目的原因。

# 第二辑：

# 乡愁悠悠

『云无心以出岫，鸟倦飞而知还。』我已走出安子湾，并越走越远。但这种远，却又是一种真切的近。你会突然品咂到乡愁的滋味，触感到故土的魂脉。也许，我一直以来的『出走』，都不过是在积蓄那期盼回归的情愫吧。

# 永远的安子湾

安子湾在哪儿？中国地图上当然找不到，它只是中国四川某市某县某镇某村的一个小旮旯地，全湾面积不超过一万平方米，占据我们大队约五分之一的宅基地。人口密度也很有限，总共住着四户人家。这四户人家分别占据着东北、西南、东南、西北四角，就像人手牵着土地神被褥的一角，维系着湾里风水的平衡。

我家就在湾里的东北角，整个房屋坐落在一把扶手椅的地形里。左右地势稍高，正是座椅天然的扶手，房屋背靠一座海拔几百米的小山，正好充当椅背。但由于小山不在屋的正后方，风水先生建议父亲在屋后种一排笔挺的柏树。远远看过去，那排苗壮挺拔的柏树接上那海拔适中的山坡，竟是浑然一体的椅背。这把扶手椅形状的地形，据说风水特别好，是祖上能够冒青烟，庇佑后人的那种。对此我深信不疑。

母亲当年嫁到安子湾时，公婆已故，只剩一个瘫痪在床的阿公。据母亲说她是看中了父亲的才华，才肯嫁到这个小旮旯地来的，和父亲一起白手起家。其实母亲的话只说对了一半。她当时在生产队（不是生产大队）食堂烧饭的时候，父亲是人民公社的干部，虽说有文化（父亲念过高小，又自学了"四书""五经"之类的古书），和大字不识一个的母亲还隔着好几个级别呢。但细论起来，他们也算得上是门当户对。母亲从小聪慧能干，是劳动的一把好手，田间地里，就没有她拿不下的农活。而父亲身体单薄，虽有文化、拿工资，可对付农活就是两眼一抹黑——抓瞎。父亲曾慕名到母亲烧饭的食堂去打探母亲，适逢母亲挑着一担水回来，看着两只挑满水的大桶，父亲问："挑得动吗?"那语气里蕴含的几乎是仰慕，母亲却不明就里，甩甩粗黑的辫子，一双大眼睛快速扫了来人一眼，满不在乎地说："当然挑得动，挑不动还咋当农民?"父亲没再搭话，兀自点燃一支烟，闪到一边静静地看母亲干活，回家后便立即托了媒人来提亲。醒过味的母亲一激灵，找了个借口，让养父的叔叔把自己调到了父亲所在工作组的食堂烧饭，借以偷偷地观察工作中的父亲，悄悄地审视生活中的父亲。没过多久，父亲良好的口碑、儒雅的形象就已植入母亲的芳心，而父亲自己却还被蒙在鼓里，巴巴地等着媒人的回话。母亲私底下开始了缝制嫁妆，也不过就是些枕头被褥鞋垫之类，但这些必须瞒着养父母进行，因而格外增加了风险和难度，也因此滋生出更多的甜蜜和念想。他们的结合孕育着早期自由恋爱的萌芽，也体现出脑力劳动和体力劳动的互补互动和完美融合。据母亲回忆，父亲有着书生特有的浪漫，其中我最羡慕的场景是这样的：父亲每次下班回家，看母亲还没有回来，就会去路上接母亲。母亲的背篓从来都是满负荷甚至"超载"的，父亲只能"望背篓而兴叹"，但他坚持要去接母亲，说他可以陪母亲说说话。在他们有一搭无一搭的闲聊中，母亲肩上的背篓似乎真的"轻"了。

安子湾是我的出生地，而我出生时，正是开国领袖毛主席、周恩来总理和朱德总司令逝世的那一年。那可是"天崩（吉林发生罕见的陨石雨）地裂（云南先后发生两次强烈地震、河北唐山大地震）"的年份，惊心动魄的岁月，也是历史大转折的节点。它仿佛是一场噩梦的尾声，噩梦醒来，我已以"九斤"姑娘的奇异姿态降生。听母亲说我出生的当天全湾浓雾弥漫，久久不散，屋后的机械李（水果李子的一种）突然红彤彤地挂满枝头，安子湾一派祥和。父亲上班不在家，母亲提前烧好热水，临了自己剪断脐带替自己接生。当她看到白白胖胖的我，一时又惊又喜，等她反应过来，在我背上猛地一拍，我便嘹亮地哭出声来。我一哭，鸡便跟着叫了起来，鸡叫了，狗也跟着叫了起来，狗叫了，牛也跟着"哞哞哞"地乱叫起来，湾里一时热闹非凡。对于已经有两儿两女的父亲来说，我的出世带给他的却不是惊喜，而是惊吓。一方面，多一个人意味着多一张嘴，多一个负担。国家刚刚经过十年内乱，物资匮乏，粮食短缺，此时多一张嘴对一个家庭来说无疑是雪上加霜。另一方面，计划生育已经在全国范围内展开，父亲好歹是村干部，违反政策自然影响不好。父亲曾提议母亲"丢掉"我，至于怎么个丢法我也不大清楚。是在肚子里就要母亲利用田间地里的穿梭来终结我的生命，还是生出来后遗弃或是抱养给他人，母亲没有说，我也无从知晓。但母亲坚决不肯，孩子是她的骨血，她就是再苦再难，也不肯"杀"自己的孩子。母亲已经"丢"（夭折）过三个孩子，两男一女。女孩是母亲的第一个孩子，如果活着，应该比我大十四岁，"丢"的时候已经三岁了。母亲说她既聪明又懂事，不知吃了什么东西，几天屙不出来，就不行了。"都是条件太苦了，孩子遭罪了。"母亲总是这样结束关于孩子的话题，神色凄然，带着亲情毕现的忧伤，和平时急躁暴戾的样子判若两人。

母亲坚持生下我，又抱着刚出生的我到附近山里躲了几天。"风声"过后，不仅队里的人睁一只眼闭一只眼，默认了我的存在（当时计划生育政策推行伊始，力度不大，要是晚两年，肯定要被重罚），而且父亲也很快接受了"我"这个现实。而我像是认定"大难不死，必有后福"一样，从小就能吃能睡。母亲甚至有一段时间都不肯给我喂奶，说女孩子长太胖了不好看。我却丝毫不能体会母亲的良苦用心，只一味地贪吃胡闹。粥不肯喝，只要吃干饭，饭里的五谷杂粮一概不吃，只要吃白米饭，吃饭不肯用旧碗缺口的碗，一定要用家里最漂亮的那只花碗。我仿佛一直在证明自己的"重要"，并不承认"包袱"一说。

　　也许是这方天地的神祇让我存活下来，反正安子湾就是我的乐园。我对它不仅安之若素，简直是甘之如饴了。湾里有三个和我同年出生的小孩，我们时常同出同进：爬树、打疙瘩柴、掏鸟蛋、抽陀螺、滚铁环、刨地瓜……我们还自制了很多玩具，在懵懂中实现了智力的早期开发。门口的公路上长满了浅草，正是丢沙包、翻跟头、斗鸡的好场所。往往在我疯得满头大汗时，母亲叫吃饭的声音便一浪高过一浪地传来。我不情不愿地回家，吃饭是匆匆忙忙的，上厕所也是慌慌张张的，只为多玩一时半刻。要是逢着天下雨，出不去，在家就烦躁得不行。

　　屋后的小山里生长着陀螺的原材料——青冈树，还有适合做弹弓的檀香树，更常见的是松树。松树的高处时时藏着鸟窝，而鸟窝里往往不止一个鸟蛋。树底下背阴潮湿的地方会有五颜六色的野蘑菇，但颜色越鲜艳的往往毒性也越大。最可爱的是松树底部你推我搡，长得挤挤挨挨的松杆菌，不仅长相清甜，而且味道鲜美，捡回家洗净晾干，可以烧汤也可以清炒。除了采蘑菇、掏鸟窝、寻找陀螺和弹弓的原材料，还有一样特别有技术含量又能在大人面前完美交差的活动，那就是掏疙瘩柴。我们带着小锄头，或镰刀或小洋铲，目标是那些已经枯死的老树根疙瘩或已被砍伐做了家具的树木老根。先顺着根须的生长方向把土刨开，等周围根须全部暴露出土后再掏主根底部的土。我们对待疙瘩柴的态度就是王永正对待根雕艺术的态度，当小心翼翼地掏出一个完整的疙瘩柴时，就像吃核桃剥出一个"鸡公"一样快乐。我们如释重负，一如艺术家完工收手那一刻的心情，尽管这老树根疙瘩不过是背回家当柴烧掉。小山里还藏着一项野趣，那就是"烧烤"。山里柴火唾手可得，先用枯树叶引火，再点燃细小的枯树枝，最后架上几根粗一点的硬柴就成了。野火既可取暖，又能顺便烤山芋、烤土豆、烤鸟蛋、烤花生、烤黄豆……只要能从家里"顺"出原材料，我们的小山里就永远飘荡着令人馋涎欲滴的香气。

湾里旱田田埂坡上往往藏着野地瓜，刨开泥土，小心地掏出整个球形果实，每颗大约有荔枝大，红得很正，味道鲜美，汁水饱满。水田边上则生长着一种带刺的灌木，上面结着红彤彤的果实，因为它在插秧季节成熟，我们都叫它插秧范儿。还有水红子、牛奶子、映山红、毛桃子、拐杖（鸡爪梨）、毛栗子……安子湾慷慨而生机勃勃，一年四季美味不断。那些大快朵颐的日子，孕育了我对大自然的心灵图腾，完成了我启蒙阶段的审美和情感教育。

上学后，我和二姐挤在一张小方桌上写作业。据说我是典型的"尖"脑袋，好表现。当初能提前入学，就是因为我在教室外跟着老师念唐诗，据说念得比教室的学生声音还大，老师因为受惊而不得不收下我。我想这一定是长期的放养造就的野性未泯。在父亲面前，我表现得勤学好问，父亲一股脑儿地表扬我。可二姐却老挨批评，因为她会与不会都不作声，像革命时期的地下党，父亲急了会用抹布揍她，我觉得她一点都不冤。我站在边上干着急，恨不得替她来说。

父亲去世时，我七岁，日子突然变得艰难。经济来源被切断，周围的"势利眼"争先恐后地涌出来。母亲除了要通过捡煤、砍柴、卖菜、养猪、捡桐子等一切能变现的方式来开源，还要通过省吃俭用的方式来节流。顺便还要抽出时间和周围敢于欺负我们，或往已故父亲身上泼脏水的人群宣战：或挑灯夜骂，或和大哥一起出战抗击威胁和打斗。

当时国家已实行包产到户，而我们家的庄稼在母亲的治理下也出落得有口皆碑，但我们依旧吃不饱，每年都会有一两个月特别难熬。家里有一道应付困境的经典菜品——红锅炒酸菜：不放油（没油或为了省油），直接把炒菜的铁锅烧红，把烫的一种酸菜倒到锅里炒热，再放上适量的食盐后起锅，俗称红锅菜。这酸菜不同于泡菜或腌菜，也不同于现在酸菜鱼里的酸菜，它是用一种特别的青菜（俗称酸菜）切细后，在铁锅里焯水，然后在缸里放上一大瓢老酸水，再兑上适当的水和盐配就而成。酸菜豆腐、酸菜烧魔芋、酸菜汤，都是我回想起来就垂涎的美味，可惜我的老公和儿子总也吃不惯，还说酸菜是川菜里他们唯一接受不了的味道。唉，他们是无法理解我馋酸菜的体验的。我是家里的老小，对困境的体认要比家里其他孩子来得迟钝。当母亲赶着自家养的母猪到乡上去配种时，我是怀着欢欣鼓舞的心情跟在猪的后面的，只为到会场后可以吃上一块烧饼。等配好了种，母亲又吆着母猪回家，一路给人打招呼说，等母猪下了崽，就有钱还账了，不用担心。不知母亲是安慰别人还是安慰自己，但这安慰让我感到踏实，我跟在母猪的后面快乐无比，仿佛母猪就是我家的"摇钱树"，而安子湾就是培育"摇钱树"的福地。每到开学前夕，家里四个子女的学费便成了头等大事（只有大哥已高中毕业，开始打工赚钱），而陪母亲到几个亲戚家去"化缘"是我的专利。也只有我去才合适，毕竟我还小，一来我可以去混顿好吃的，二来我可以成为揣钱的借口和道具，免去成人间客套的尴尬。回家的路上，母亲背篓里的大米、灰面、冬瓜、土豆、山芋等农产品已经兑换成姑舅老表家大人小孩穿旧的衣服鞋袜，而口袋里则扎扎实实地装着二三十甚至五十元的钞票。母亲向来"有的放矢"，大舅、二舅、姑父家都能保证我们"凯旋"，我们在回家的路上喜气洋洋。我陪母亲到矿上菜场去卖菜的时候，也是这种喜气洋洋的状态。那种守株待兔，巴巴地等着别人来买自己菜的感觉并不好受，但因为卖菜结束，可以有零花钱支配，或租连环画看，或买几颗水果糖吃，所以很有成就感。我的账算得又快又准，买菜的人总是不吝啬夸奖，母亲便偶尔也放我和小伙伴结伴去卖菜。零钱自己支配，整钱交给母亲，我便经常可以吃上零食，还能在矿上的会场看上好几本连环画。但下雨无疑令人厌烦，买菜的人少，安子湾到矿上菜场还隔着一条很窄的河，雨势稍大，河水便会暴涨，过也过不去，回也回不来。只有等到过路的大人，才能请他们捎带自己过去。

在这期间，我曾被送往5队一李姓人家（我家是3队），短暂离开安子湾。他家只有两个男孩，当时经营着日杂百货，经济条件比一般人家要好很多。可我三天两头往回跑，就是"身在福中不知福"。次数多了，母亲心里不落忍，又把我要了回来，从此李姓人家也死了心。但见了面，他们还是会开玩笑："做我家女儿好不好？长大了做我家媳妇。"说完便哈哈大笑。我一言不发，怒目以对，觉得他们不安好心。这次重回安子湾，我好像受到了一股神秘力量的指引。我奇怪地坚信自己"天赋异禀"，并对眼前的"荣华"不屑一顾。我天天绕着屋后的小山晨跑，对着小山大声朗诵，心里怀揣着对未来的无限憧憬和对走出安子湾的必然信念。

初中，我考取了镇中学，住宿，一个礼拜回一次家；高中，我考取了县中，住宿，一个月回一次家；大学，我到了四川最南端的西南师范学院，而安子湾差不多在四川的最北端，我一年回两次家，寒暑假各一次；大学毕业，我应聘到江苏溧阳工作，一年回一次家；结婚生子后，我一年娘家，一年婆家，两年回一次家……我离安子湾越来越远，安子湾离我却越来越近。它时不时地就要到我梦中报到，我就还是在草坪上打滚，在小山上奔跑，在那张三面围起来的大床上酣睡，在母亲再三的呼喊声中不情不愿地回家吃饭……

"云无心以出岫，鸟倦飞而知还。"我已走出安子湾，并越走越远。但这种远，却又是一种真切的近。你会突然品咂到乡愁的滋味，触感到故土的魂脉。也许，我一直以来的"出走"，都不过是在积蓄那期盼回归的情愫吧。

2017年暑假，我带着儿子回到安子湾。大哥领着我们上了父亲的坟山。他先用手拔掉父亲坟头上的野草，又自然地把坟身上的土用手抚平，然后点燃一支香烟放在坟头石上，又斟了满满一杯酒浇到坟头石前，再把三支蜡点燃插到坟前的土里。他做这些，表情安静，动作娴熟，就像来赴一个老友的约会。我突然眼眶发热，这么些年，也只有大哥才是父亲"真正"的孩子，他一直住在安子湾，陪父亲抽烟喝酒摆龙门阵，替父亲守着老宅，守着我们倦飞而返的老路。我局促地点燃三支香插到父亲的坟前，忐忑于自己对祭奠父亲的陌生，生怕这种疏离会伤了父亲的心，让他踯躅于今天的赴约。有的伤痛一直藏在心底，它不影响你正常的生活，甚至不影响你对生活的贪享，但它不可触碰。我一直不愿承认父亲的身体早已腐烂枯朽，面目全非，也许还有几根枯骨，又或者早已化为尘土，灰飞烟灭……每次念头到了这个关口，我就强迫自己把记忆倒回去。回到那个背我去打针，有着宽厚背膀的父亲；回到那个下班回家一把将我抱起，有着淡淡烟草味的父亲；最多最多只能回到我号啕大哭，却躺在棺材里默不作声的父亲。不能再往前了，哪怕一步也不行，否则它会击溃我所有的平静，让我坠入无底深渊。我跟在大哥的身后，磕头作揖，儿子跟在我的身后，磕头作揖。我和儿子一起烧纸给父亲，火呼啦啦地响，像是在欢呼。大哥说，火"笑"了，说明父亲是真开心。从来不信灵魂鬼神之说的我，在这一刻突然虔诚无比，我絮絮叨叨地开始与父亲摆开了龙门阵。我说我的经历，我的工作，我的婚姻；说他的外孙是如何品行端正，勤奋上进；说他的女婿是如何善良敦厚，爱护家庭。火苗像个跳舞的精灵，时而左右摇摆，时而扶摇直上，而那呼啦啦的声音像极了父亲的回应。我心底一阵释然，无论我身处何方，我始终都是父亲的孩子，看着我把日子过好才是他最大的心愿。父亲坟边上预留着母亲的位置，将来的一天，他们必然会重逢，执子之手，与子偕老。那我呢？我将来的位置会在哪里，这里没有女儿的位置。父亲会不会把我看作到访的客人？而我又将如何找到回家的路？

上完坟回家，湾里的炊烟送来阵阵饭菜的香味，午饭时间到了。我突然彻悟，也许将来，我就是安子湾栖息的一只小鸟，又或者是安子湾灶头的一缕炊烟，那么，我就永远回到了母亲的怀抱。

通往安子湾的公路已经由土路过渡到石子路到如今的水泥路，湾里的房屋全部翻新或重建过，每家门口或停着山地摩托或泊着小轿车。但在记忆里，我还是那水一脚泥一脚的感觉；还是那下雨不肯戴斗笠，冒雨奔向学校的感觉；还是那背着花书包，像只蝴蝶穿梭在林间草地唱歌跳舞的感觉。那感觉给了我取之不尽用之不竭的生命原动力，让我在往后的时光，每当有辛酸嗟叹，总想起我还有故乡，还有亲人，还有可以安身立命的安子湾。

# 母语的"天空"

## （一）

父亲去世在我们家是一个重要的时间节点。

父亲去世前，母亲是个热衷体力劳动的"官太太"。她很少操心家里的开支用度，就算是一瓶酱油，也是父亲买好带回家来。她长年累月地醉心于她的田地、她的庄稼、她饲养的牲畜家禽。她甚至不知道我们读书的学校大门朝哪边开。

父亲去世后，湾里长久以来的平静祥和的气氛一夜之间被打破，母亲有了很多新的称谓：寡母子、白虎星、娼妇、臭婆娘、母夜叉、扫把星……湾里的邻居一时都玩起了川剧里的变脸，火力全开，而火力方向又惊人的一致，那就是准确无误地射向我们家，射向母亲那颗骄傲的头颅。他们大概以为，母亲不过是一只蝼蚁，可以随时碾死在脚下。除了高中毕业的大哥勇猛地冲上前去，和母亲并肩战斗，我们都吓得瑟缩在家，不敢吱声。母亲骂架的气势就像瀑布一样飞流直泻，声音却像百灵鸟唱歌一样清脆明亮，用语又像机关枪扫射一样紧接不断，无坚不摧。我们躲在屋里听得舒胸展眉，温肝暖肺，先前的惊惧慢慢变成了惊喜。但我们仍然为这样"泼妇"一样的母亲感觉羞愧，是父亲的死把温和有礼的母亲逼成了一个"悍妇"，一个我们既熟悉又陌生的母亲。

"怕他们干啥，怕他们？我们一没偷，二没抢，三没听（读hou）他们家的饭。跟那些木民有啥子道理可讲？找他们个别谈话吗？给他们念一篇文件吗？贴一张禁止造谣生事，谁污蔑别人就罚款五十的布告吗？那些都莫得用，最好的办法就是吐他们一啪，收拾他们，把他们骂回旮旯里去！我也晓得骂人不好，我也不爱骂人，但是如果哪个龟儿子以为我们孤儿寡母是好欺负的，老子就要骂他仙人板板，骂得他哭爹找娘……"

母亲密不透风的话语说得我们都笑起来了。

的确，虽然骂了无数架，有时甚至是挑灯夜骂，但终究没一家邻居敢欺上门来，即便是住在我家南面的邻居也一样。他家仗着有三个儿子在家（而我们家只有大哥一个，二哥在外地读书），便屡次冲上阵来，想要动手打人，但都被母亲话语里赤裸裸地威胁、切中要害的后果提醒震慑住了。他们也就只是叫嚣、叫嚣，母亲摆明了是"光脚的不怕穿鞋的"，大哥摆明了是"不要命的逼死胆大的"，吵到后来，何时偃旗熄鼓，第二天又是何时开始的，我们也糊涂了。

大姐最初在别人的骂声中面色惨白、浑身发抖，她一个待字闺中的少女如何能听得那些下流弯酸的咒骂，如何能听得那些肮脏中伤的话语，她除了瑟瑟发抖，一句话也说不出来。二姐气得手脚冰凉，站都站不稳了，我虽然似懂非懂，但也被她们感染得又惊又怕。

母亲的舌头是一把利器，把风刀霜剑挡在了门外。

荤的、素的、雅的、俗的、糙的，她张嘴即来，俚语、俗谚、谐语，好像早在她消受父亲在世的福气时就已经准备好了。无论别人是讽刺是嘲笑是谩骂是挖苦是侮辱，她都能立即怼过去，而且全在点子上。我一直很好奇，大字不识一个的母亲是如何练就了这番好口才的。

而我的幼年竟从来没有感觉到，那些寻常的夜晚向一个守寡女人背后袭来的深深的寒意。

母亲也可曾怕过?

母亲从小抱养给别人,自然没条件进学堂读书,她连自己的名字也不认识,更不可能写得出来。母亲的养父母抱养了母亲之后,又抱养了一个儿子,从此母亲只有忍饥挨饿、受冻挨打,吃残羹剩饭的份,万没有回嘴的可能,也没有抖机灵的机会,那么母亲是在什么时候开始用舌头武装自己的呢?

是在放牛割草应对同龄小孩嘲笑时?是在被养父母吊着打心里无数次反抗咒骂时?还是到生产队烧饭,独自应对强力劳动后疲惫不堪的农民七荤八素的玩笑时?我没问过母亲,母亲也从未提及。

小时候,外乡的货郎担是很愿意到我家门口来的,因为母亲的慷慨,更因为母亲态度温和,从不曾看不起人。叫花子也总是要从我家门口经过,因为他们从来不会空手而归。有时是一碗玉米,有时是一碗小麦,有时干脆是一碗米饭,尽管她的五个子女还处在半饥半饱中,母亲还是坚持要这么做。她做这些总是带着羞惭的神色,好像她对他们有着不可推卸的责任:"真是对不住哈,本来应该多给你一些,只是家里娃娃多,莫得办法。"多年后,我和母亲一起走在大街上,看到"叫花子",母亲还坚持要往他面前放一些零钱,告诉她那些"叫花子"是假的,骗人的,她就生了气,说万一是真的呢?那不把人往绝路上逼嘛,谁还没有个困难的时候?

也许,只有经受过苦难洗礼的人,才会对身处苦难的人报以深切的同情和悲悯。

母亲养母态度的转变发生在母亲结婚生子后。

按照一个出嫁女儿的礼仪,母亲每逢节日必回家探望养母。

乡愁悠悠

77

有时候是送点饼干糖果，有时候是送点白糖罐头，有时候是送点烟酒，有时候甚至是一块衣料，或者现钱。如果她养母来我们家，从我记事起她也是好吃好喝地款待着。"嫉恶如仇"的二姐就曾不搭理她的养母，母亲叫二姐摘菜给她，二姐却装作没听见。因为我们都曾听过母亲凄惨的童年故事，知道她养母是如何骂她、打她、虐待她，手段之残忍令人发指。母亲在我们面前提及时也是心有戚戚焉，但当我们做子女的对她养母爱搭不理想为她出口恶气时，她却又是一套说辞："再怎么说，我也活过来了，毕竟还是她把我养大的。""你那么小就到生产队干活挣工分，是你养活了他们才对。""那我后来能到生产大队去烧饭，还是靠得她哥哥帮忙，不然，你爸爸怎会认识我……"

谁不知道母亲在生产队时就是出了名的劳动能手，父亲老早就慕名前往去看过她。她要求调到生产大队去烧饭，也是在父亲托人说媒之后的实地考察而已。

在日渐衰老的养母面前，母亲的舌头是柔软的，我们无话可说。

不是贫穷限制了想象，而是贫穷把一部分人"逼良为娼"，却把另一部分人淬炼成了"天使"。

"那没用啊，遇到事情只晓得哭。"母亲这样评价我们姊妹，而我们也无从辩解，我们缺少母亲那样能屈能伸的舌头。

### （三）

2000 年元旦，母亲赶来江苏溧阳参加我的婚礼。

"她啥都做不来呀，在家里就没做过，从小就是读书，读书。"母亲在婆婆面前替我打预防针，她生怕我因为不擅长做家务而被婆婆嫌弃。

俗话说："皇帝爱长子，百姓爱幺儿。"母亲只是芸芸众生中的一员，她也不能免俗。她自作主张要留下来照顾她的幺女，还主动承担起家里买菜烧饭的责任。我由衷地佩服母亲，她胆子可真够大的，要知道她一字不识，她的舌头除了接触过四川话，便再也没有被其他语言争夺过。何况这是她第一次出远门，她大概从未想过这一辈子还会出省，而且一走就是几千公里。尤其，她不会想到她还会离开她的庄稼，她的土地，她饲养的牲畜家禽。

我工作的地方，说溧阳话的人居多，我老公祖上是河南人，说河南话。刚到溧阳工作时，有很长一段时间我都觉得溧阳话难听，叽里嘎啦，硬腔硬调，不及四川话来得婉转悦耳。我以工作为借口，龟缩在普通话的壳里不肯妥协，既不肯被溧阳方言夺去舌头，也拒绝给河南话提供一席之地。我们一家三口在家全说普通话。我与方言的对峙让我在溧阳生活了二十年，也没有成为一个地道的溧阳人。只要我一开口说话，别人就会问："你哪里人？"我答："溧阳人。"别人追问："那为什么不说溧阳话？"我就赶紧缴械投降："我老家四川的。"我成了一个舌头被捆绑的人。方言阻断了我的舌头，也割断了我向外部世界延伸的精神触角，我的生活因为脱离"群众"而变成切实的"两点一线"。

而母亲以58岁的年纪是怎么敢跑到当地菜场去讨价还价的呢？那些"咯咯""绿苏""生狗肉""狮螺""茭白"……她是怎么听懂，又怎么说与小贩听的呢？她是用什么语言和小贩交流的，四川话、普通话、河南话，还是溧阳话？但母亲来江苏之前，除了四川话，她没有学习其他任何语言的机会。

对于一个老太太，这实在是一个巨大的考验。而我以前竟然从未思考过这样的问题，只知道烧菜做饭对母亲来说不过是小菜一碟，她在老家可是出了名的"劳动能手"。那么，她在菜场有没有因为语言不通出糗过呢？她难过了吗？在那个充满了烟火气，也充满了俗事纷争的菜场，语言的障碍可曾陷这位异地老太

79

太于巨大的无助和恐慌中？

有一次下班回家，我觉得手冷，母亲把我的手揾到她怀里："瞧，冰冻啦硬的（溧阳话，很凉）的。"我悚然一惊："妈，你会说溧阳话。"母亲脸一红，像秘密不小心被人察觉了一样。

"这有什么难的。"母亲转而很神气，操着溧阳普通话。

我心下一酸，竟无法开口。

在溧阳工作半年后，其实我就完全能听懂溧阳话了，但我一直固执地拒绝说，好像我一说，我的母语四川话就会从舌头尖萎缩、退化，直至消失一样。我为什么没有想到，多掌握一门语言，其实相当于多了一根舌头呢，它可以带你走出去，让思想走得更远。

母亲的舌头是睿智的，一如她睿智的头脑。

## （四）

几年后，儿子到了上幼儿园的年龄，母亲决定返乡。

回到老家，我一开始两根舌头直打架。和老公儿子说话，我用普通话；和兄弟姊妹说话，我用四川话。后来我觉得别扭，干脆一心一意讲四川话，让老公儿子自个儿琢磨去。

母亲却很将就他们，一会儿操着"川普"与女婿讲话，一会儿操着"溧普"与儿子讲话。而和老家人说话，她又撇回"四川话"。

母亲的舌头可真顺溜。

后来儿子到常州读书，为了在常州买房，我们卖掉了当初溧阳的婚房。没想到卖房的时候，母亲在婚房小区开挖的菜地竟成了买主最后下定决心的一个重要因素。买主已经来过好几趟，想买，又一时拿不定主意，嫌贵，各种挑剔。最后，母亲亲自出马了。

"小伙子，我说你买这房不亏，储藏室是白送你的，没算钱。知道你买这房也是为了让老婆带孩子读书有个住的地方，你看这房你要看得中，我门口还种了几块菜地，也白送你得了。那菜地可不是我吹，一般人种不到那样旺，这幢楼里打我菜地主意的人可不少。这样，我带你去看看吧。"

母亲的菜地种得是真好，菜是菜来，瓜是瓜，我们都惊呆了。也不知母亲是抽什么时间开荒种地的，买菜、烧饭、后来又带孩子、打扫卫生……这些还不够她忙的。种菜可没那么简单，松土、施肥、浇水、治虫，一大套生活呢，光是想想都觉得头皮发麻。如今看来，母亲不仅在小区种了菜，而且还种得卓有成效：菜的长势喜人，品种多样，看得买主眉开眼笑的。为什么母亲都没让我们帮个忙啥的，我们天天上完班乐得做甩手掌柜，母亲竟也从未牢骚抱怨过，难道母亲是一架"永动机"吗？

"这菜地不错吧，可花了我大心血了，你们一家人住进来就能吃上新鲜菜，我也高兴。小伙子，一看你就是个实在人，这菜地送给实在人我乐意。"

为了这几块菜地，母亲应该没少磨嘴皮子。楼底下的几个老头老太太就不好搞定。有的人就是这样，小区荒着的时候，他没觉得有什么不妥，但你开了荒，种了地，那他就认为你沾了小区的光，占了便宜了。他虽然没有任何损失，但他认为自己没有占到便宜便是吃了大亏，于是便要谴责你，讨伐你。

母亲大概深谙其中的道理，便把自己挖好的现成的地让给别人，自己再重新开荒挖新的。楼底下四家老太太都得了母亲的恩惠，不好再嘀咕什么。但他们又眼红母亲种的菜多，而且又种得这样旺，便也自己东挖挖，西刨刨，学着母亲的样子种起菜来，忙的时候连牌也顾不上打了。母亲经常主动帮他们浇水、锄草，从不吝啬力气，"菜地"居然成了他们之间的共同话题。

"我老婆也会种菜。我妈也喜欢种菜。"

"那敢情好，这叫那什么，'宝剑赠英雄'，对吧？"母亲爽朗大笑。

谈笑间，樯橹灰飞烟灭。一直谈不下来的售房合同就在母亲的谈笑间签订了。

母亲的舌头是真诚的，真诚有所向披靡的力量。

## （五）

母亲总是喜欢主动送菜给别人吃。

新鲜的、原生态的、无污染的蔬菜，谁能够拒绝呢？

送完菜回家的母亲，从不多话。

我不知道在那无数个微凉的夜晚，射向母亲的那些审视的目光可曾刺伤过母亲的心？

公公来街上刻石碑，这是他赖以生存的技能。母亲没来我家之前，他的午饭一直在街上对付，通常是一份快餐或是一碗面条，我们夫妻上班午饭也在单位食堂对付。母亲来我家之后，我们开始回家吃午饭，公公也不请自来，每天到点就来吃饭。"亲家，你来吃饭就对了。这大冷天的，吃口热饭、喝口热茶才好。"母亲对亲家的到来很客气，自觉地多添了饭菜。就算他来晚了，也会替他留好一份。茶是早已泡好的，洗脸的热水总是准备得很充足。刻碑是在冬至后，一天冷过一天，公公有他的难处，但母亲并没有照顾他的义务。

我心疼母亲，不仅仅因为她辛苦的翻倍，更因为她的自甘"低贱"。

更离谱的是，农忙季节到了，母亲居然没和我打招呼，就跟着我婆婆到乡下帮忙去了。她帮他们收稻、扬场、翻晒、装袋，整整忙活了一天，而婆婆却坐在一边喝茶、纳凉。

"这点活不算什么，早点帮他们收完，你们也可以吃上新米。"

　　我能说，我不稀罕什么新米不新米，我完全有能力自己想吃什么米就买什么米；我能说，你没有义务去帮他们干活，你的闺女既没短什么，你就没必要去讨好谁；我能说，你的勤劳善良不一定有人领情，人性不都是欺软怕硬，爱贪占小便宜的吗？

　　我不能。因为我理解母亲。她做这一切全是为了我。

　　这一幕，早在两个姐姐出嫁后就上演过。她先是操心大姐没有劳力，一到农忙时便跑到大姐家去帮忙；再是操心二姐读书少人老实，三天两头跑到二姐家去维护"和平"。就算我大学毕业，自己找了工作，但因为不擅长家务，还是要母亲千里迢迢来帮我烧饭、带孩子。我们三姊妹可真是母亲的"拖油瓶"，一个连着一个，让母亲操碎了心。

　　父亲的去世把母亲逼成了"悍妇"，女儿的远嫁又把母亲逼成了"羔羊"，这来回的碾压让母亲的舌头日渐小心翼翼。这小心翼翼让人莫名地疼惜。

　　其实，母亲并没有我们想象的那样"坚强"。多年来，我们早已习惯与外界合谋，有意忽视她的"软弱"，以躲在她"坚强"的背后舒展自己。母亲有过挣扎和呐喊，在别的男人同意她可以带两个孩子过去时。但我们借着"骨肉之情"的名义，生生地把她从可能的幸福之门拽了回来，从此越拽越紧，让她一直生活在"坚强"的一极，而无法享受"软弱"的权利。

　　我们"绑架"了母亲。

　　母亲没文化，这是根植于她内心自卑的根源。它像一面硕大无比的多棱镜，从每个角度折射出她"卑贱"的出生。它又像一根多出来的骨刺，时刻唤醒她成长记忆中的"凄风苦雨"。但她一直很努力，不断地挑战自我，用自己的方式试探、靠近、融入，与周围的人和事尽可能达成某种程度的和解。

　　母亲的舌头就是命运给她的补偿。它会开花，也懂沉默。

# 出　走

## （上）

大学毕业，我面临两个选择：一，走；二，留。

走的机会是大学中文系教授的同学带来的。他来自江苏一个县级市，是该市的副市长。他带了当地几所中学的校长以及教育局的科级领导到我校来招聘应届毕业生。据说，他是冲着老同学的交情，替我校缓解学生就业难的问题来的。当然，这些都是我工作后，参加外地引进教师活动才陆陆续续听说的。当时的我们全然不明就里，也从来没有任何应聘的经验，唯一知道的，就是这批招聘人员来自江苏。尽管我们见识浅陋，但好歹也听说过"上有天堂，下有苏杭"，知道那是一个繁华富庶之地。而我们当地外出务工人员去得最多的地方，除了深圳、广东，也就是江浙沪了。同学们都跃跃欲试，我在这股潮流的裹挟下也参与了这次应聘。

这场招聘会最吸引人的地方，在于它会完整地呈现招聘的全过程，我们正好可以借此检验自己在大学期间的积累是否足以应对一场面试。过程有些令人沮丧，招聘会不过就是简单地陈述为什么觉得自己可以胜任这份工作，自己的优势到底在哪里。只有面试，没有笔试，前后大概5分钟。招聘人员早就掌握了我们在校表现的第一手资料（校方提供），这使招聘会的面试显得有些简单和粗糙。记不得当时我是陪谁去应聘的，也记不得应聘时我都稀里糊涂地说了些什么，更不知我的哪句话打动了招聘人员，结局是我入选了，她落聘了。这种结局一下子把我推到至为尴尬的境地，我甚至不好意思替她打抱不平，因为这显得矫情又于事无补。

应聘的同学有的分去苏北，有的分到苏南，这无疑是天壤之别。但我们当时并不清楚这里面的差别，直到工作几年后，有苏北的同学因为当地拖欠教师工资而重返老家，我们才知道这里面的利害。不过，我到现在也没弄清楚，分到苏南和苏北的依据是什么，为什么我们被分向苏南，而别的几个同学又被分向苏北？是随机，是巧合，还是另有原因？总感觉这里面有些宿命的味道，让人不免有点后怕。假如我去了苏北而不是苏南，我是不是也早已打道回府？那现在的我会是在哪里，处境又如何？这到底是极致的幸运还是阴错阳差的不幸，我还真辨别不清。命运这把推手从来都很神秘，它绝不轻易显露自己的真实意图。

当时的我们根本来不及琢磨这些，摆在眼前的困难是，应聘通过的学生需缴纳联系费 1000 元，这意味着我必须马上向家里人摊牌。家里人会怎么想我心里一点底都没有，况且，我自己也没考虑好到底要不要去江苏，毕竟我还有一条路可走，那就是留。

当时我们的就业竞争还没有达到"逢进必考"的白热化程度，留下来最坏的结果不过是回到我当初读书的镇中学教书，这被称为"定向分配"。如果当时我们能够预见到现在就业形势的紧张，我们必定会暗自庆幸毕业了还有岗位等着我们。可当时的我却不知天高地厚，心里别扭得慌。一想到要和自己的老师做同事，就有种辜负了他们栽培的惭愧。但要进更好的中学，或者干脆放弃大学的专业不教书而找份别的工作来做，也不是不可以。但这样家里就得托关系，找人情，而这是我最怕看到的景象。还有一条路就是待业在家，边休息边慢慢找合适的工作，这最让人无法忍受，那种大学毕业急于挣脱家庭，急于"一试身手"的急迫心情，是个过来人大概都可以理解。

我硬着头皮回家要钱，心里踌躇得不行。母亲劈头盖脸一顿臭骂，说我翅膀硬了，只顾自己，也不管她的死活。母亲的态度引起了我极大的反感，她太不懂得保护一个年轻女孩日渐觉醒的自尊。她的强烈反对激发了我的斗志，我甚至觉得她有些胡搅蛮缠。我是家里的老小，上面还有两个哥哥两个姐姐，即便我真去了江苏，母亲也不会缺人照顾。再说了，我在家里向来没有发言权，谁也不把我说的话当回事，谁也不让我正经参与家庭事务，大家都习惯性地拿我当小孩。可小孩也会悄悄长大，小孩也会有自己的想法和主张。

母亲会反对，我早有心理准备，但我没想到她竟然口不择言，骂我是讨债鬼，还说我心硬，读书读得六亲不认。我在心里和她对峙，难道我读书就是为了事事顺从，任你摆布？我又不是傻偏。想起高中毕业时，大哥就曾建议我在大队广场边开个小店，以为那就是我想要的生活。我在心里暗自发笑，别人或者这么以为：高中毕业就是知识分子，在大队开个日杂百货店，便有了找个富裕人家嫁了的资本。然后结婚生子，一辈子功德圆满。特别对女孩子而言，这更是理想的归宿。然而对我来说，这种一眼就能望到头的生活，不是我想要的，哪怕就是想想也会觉得抓狂。

我找了大哥、二哥，他们的态度与母亲如出一辙。他们反对的具体方式就是不给钱，交不了钱，看你还怎么去？我本来犹豫不定的心在他们的一致反对声中逐渐坚定。我找到了高中的历史老师罗老师，几乎没多废话，罗老师就借给了我 500 元，他是我难得的良师益友。我又找了初中老同学刘，他二话不说也借给了我 500 元。他们都没有规劝或是挽留我，他们有他们的理由，但他们都是懂我的人,他们选择了伤害自己来成全我。钱是我参加工作后寄还给他们的,道理是我花了很多年才悟出来的。

出走的日子一天天临近,内心的不安和纠结已经毫无用处。合同已经签了,再要反悔就得付违约金了。当时,我还不太懂违约金的事,只知道答应别人的事就一定要办到,这是人品问题,无关金钱。

但我内心的凄惶却与日俱增,因为我发现,我并非为了逐梦而去,相反倒像是为了逃避什么而不得不离家出走。逃避什么呢?是母亲絮叨的管教?是大家庭繁杂的人事来往?是兄弟姊妹间日渐长大生出的隔膜?还是我真如母亲所说,天生凉薄,六亲不认?

是大哥送我到成都与同学会合的。当时母亲在哪儿?我是如何和家里人告别?他们都说了些什么?或者什么也没说?我有没有哭鼻子?记忆在这一环节上是断片的。绿皮火车开了三天两夜,三千五百多里的路程我也毫无印象,同学来自同一学校不同系别,来之前还彼此不相识,直到到了火车站,大家才相互介绍自己是谁谁谁。我只记得送我到江苏的老同学刘,他一直坐在离我座位不远的地方,沉默着,不知心里在想些什么。

从常州火车站到溧阳社渚镇,我的大脑是完全失忆的。到了社渚后,记忆才有短暂的停留:天下起了小雨,整个街道都处在灰蒙蒙的天空下,道路凹凸不平,两边的建筑破旧沧桑。这哪里像一个发达地区的小镇,这分明是让我们支边来了,一种"上当受骗"的感觉袭上心头,大家心里都不好受。及至到达校舍,屋内雪洞一般空旷,除了床什么也没有,床还是大学宿舍时的高低床模样。就在我惊惶未定之时,送我的刘同学却要去赶回程车了。看着他渐行渐远的背影,泪水模糊了我的双眼,不知是因为害怕,还是因为伤感。我急需一根救命的浮木,来阻止我身体的下坠，我感觉自己正坠向万丈深渊，而我的亲人却并没伸出援手，因为他们对发生的一切毫不知情。

（下）

学校的总务主任把我们四人安排到一个宿舍。又带我们去买了热水瓶、脚盆、席条等生活必需品，从此我们四人便开始了在异乡的相依为命。好在她们都大我几岁，对我也挺关照。我们四人中，两人买菜烧饭，一人洗碗，一人扫地。我扫地比较多，因为这活儿没多少技术含量，正适合我。

当时我们的办公室是大办公室，整个学校的数学老师都在一个办公室办公。我工作的第一年就和两个年轻女教师搭班，她们的明争暗斗常常使我无所适从。其中A女，人称"拼命三郎"，教学上肯下功夫，对付学生又有"铁腕"政策，因此教学成绩突出。教学成绩一突出，人就难免骄狂一些，她说话口气大，喜欢在别人讨论教学问题时主动跳出来"指导"别人。但A女出身贫苦，被自己婆家人百般嫌弃，她自立自强的精神让我心生敬佩。她骑着单车带我走过社渚的大街小巷，她的车技几乎到了炉火纯青的地步，我坐在车后座上边咂舌边得意。另外一位B女，特别爱漂亮，每天的衣服几乎不重样，发型也很时尚。听说她家条件不错，儿子过生日时，公公光是现金就给了一万元。她嘴巴甜，还老带些零嘴与办公室人一起分享，我还曾被她邀请到家里去吃过饺子，当时觉得B女很亲切。但她后来经常撺掇我，要在教学上超越A女，说看不惯A女的轻狂样。偏偏A女又我行我素，行事高调，直气得B女暗中痛骂。我无意介入两人的争斗，但我不得不感谢她们，因为水涨船高的原因，我和她们搭班的同年，就被年度考核为行政嘉奖；因为鹬蚌相争的缘故，我被她们各自善待。

　　这样的日子过了一年多，王同学就随老公回了老家，她本来就是因为男友在南京理工大读书，才应聘过来陪他的。男友毕业选择回老家创业，她便又随男友回归故里。后来听说她在家做了全职太太，老公是一只潜力股，在市里开了酒厂，他们养了两个孩子，一家人住在县城的小洋楼里。又过了一年，张同学结婚后调去了南京的一个区工作，他的老公是个转业军人，很吃得开，人也长得帅。蒋同学也结了婚，找的是我们本校一个很有才华的老师，人长得高大帅气。她们都很有主张，也很有眼光。而我在找男朋友方面又回归到迷迷糊糊的状态。我不知道自己想要什么，也不知道如何规避风险。我发现自己一直以来的"有主见"不过是虚张声势，每当母亲反对什么，我便坚持什么，以此表明我很有主张。其实我的"主张"完全依赖家人的意见，只等他们亮明自己的态度，我才有了所谓的"主张"，这个发现让我很是沮丧。

　　当我稀里糊涂地把男友带回老家时，家里无异于发生了一场大地震。他们都气愤于男友的"癞蛤蟆想吃天鹅肉"。单从身高看，他就过不了关，他比我两个哥哥、两个姐夫都要矮小，而我是三姊妹中最高的一位；再看他的衣品，遭到了全家人的一致嫌弃，他在西装外穿了一件黄色的军大衣，"土"得掉渣；再问他的家庭情况，普通农民家庭，父母均无固定职业。我的糊涂让家里人痛心疾首，他们勒令我立即与他分手。我没有被吓倒，但也被自己挑人的眼光弄糊涂了。或者我就干脆没挑，只知道谁对我好，我就对谁好。但实际上，这种"单一标准"隐患很大，它更像一场赌注，你在赌一个男人对你的好是出自真心，而且你还赌他会一辈子对你好。这大概就是爱情妄想症，年轻女孩总是容易把感情当饭吃，殊不知再美好的感情，在柴米油盐的浸润下也会变得粗粝而面目全非。更重要的是"我很丑但我很温柔"完全是扯淡，"丑"的人总是更容易脾气古怪。爱情故事的结局往往和童话差别很大，我选择了会烧饭的男友，无形中倒缩小了这种差别。没有轰轰烈烈，只有细水长流；没有花前月下，只有柴米油盐。说白了，谁也不能把幸福寄托在他人身上，真正的幸福都掌握在自己手里。只有自己觉得幸福，那才是真正的幸福，这是个人天赋，与他人无关。

这样一意孤行的我流落到异乡，吃苦头是注定的。第一年去，学校就安排我们做班主任，真是拿我们当"引进人才"了。广播里传来的溧阳话一句也听不懂，只好见样学样，看当地班主任做什么我们再做什么，节奏总是比别人慢半拍。这有点搞笑，就像别人讲个笑话，全部人都笑完了，你才反应过来突兀地大笑，引得别人面面相觑。初中的孩子十五六岁，正是难"收买"的年龄，他们已不像小学生一样唯老师马首是瞻，对老师的盲目崇拜已日趋平淡。他们自认为有思想、有见解，渴望和老师平等对话。他们不断"挑事"，来寻求老师的关注，彰显自己的个性，建立自己的"江湖地位"。他们尤其喜欢出老师洋相，看老师笑话，如果老师在课堂上出糗，他们便像过节一样兴高采烈，教室内外洋溢着快活的气氛。记得有一次，我受邀骑自行车到乡下沈姓学生家玩，他家的院子和马路之间有一条水沟。临到他家门口，我一不留神，几番摇晃之后居然掉水沟里了。当时沈姓学生的第一反应不是上前相帮，而是拍手大笑，同去的人也笑得前仰后合。最后我是怎么狼狈地爬上来，还是被别人拽上来的已经记不清了，但再也没有忘记这位沈姓学生。

说起来，我也就比学生大五六岁，自己还是个孩子，喜怒哀乐都表现在脸上。这很容易被学生识破，他们"狡黠"地不断试探我的底线，他们还喜欢"八卦"关于我的消息。有一回，一个家长看我稚气未脱，生怕我被学生欺负，便善意地提醒我：赵老师，你在课堂上可以利用眼神威慑学生，眼神可以严厉一点。后来我进教室便一言不发，先拿眼睛若无其事地扫视一圈，学生不明就里，居然出奇地安静。碰到课堂上有人讲话或开小差，我便停下讲课，用眼睛望着他，直到他意识到错误，我再重新开始讲课。没想到这样做的效果，竟堪比武林至尊"无影刀"，"杀人于无形"，比单纯的说教或公开地批评要有效得多。更没想到的是这招数并非出自教育学或心理学专著，而是来自一个普通农民，一个纯朴的学生家长的经验。可见实践的确是检验真理的唯一标准。不过，这只是初期的实践，无法达到收放自如，难免矫枉过正。很快有班委提意见了，老师，他们都说你笑起来挺好看的，你为什么总是不笑？他们都说，他们是谁？这些小鬼头，一定是觉得我沉默比喋喋不休要可怕多了，变着法儿地促使我改变。他们不知，他们的老师还没有过硬的看家本领，只好暂做"稻草人"来吓唬他们。等到她练好本领，技艺傍身，她是很愿意释放天性，与他们打成一片的。

二十来岁的年纪，又没有过硬的看家本领，内心不免时时恓惶。记得有一次教研员到我们学校来调研，指名要听我的课，我被吓得够呛。我的数学男同事说，我的脸都吓白了。还记得上课内容是一元一次方程的应用，例题是用一张长方形的纸裁掉四个角上的小正方形后，再制成无盖正方体。我制作了教具，折痕和底面做了清晰的标记。在忐忑不安中，我完成了被教研员调研的第一节课。意外的是，教研员给了我很多鼓励，说我上课条理清晰，重难点突出，语言表达准确，学生掌握效果好。还说假以时日，我的课一定会脱颖而出。教研员真是个好教研员，懂得如何保护一个年轻教师的自尊心和教学热情，又如何引导一个年轻教师走向更高的追求目标。

记得我向隔壁班主任C反映她班的学生打了我班学生后，第二天下午，她专门抽了一个时间把我叫到跟前，当着我的面，声色俱厉，把我班一位学生骂了个狗血喷头。当时，我完全蒙了，不知她意欲何为。听了半天才听出一点名堂，她说我班学生放学后进了她班教室，危害了她班安全。声色俱厉后她又马上变脸，说其实没什么事，只是为学生好，给他敲敲警钟。事后，我问了学生，知道他并无过错，只是到她班级去等他村上的同学。过了一段时间，看 C 的言行举止，我才悟出来，她大概以为我轻狂，因为我向她反映问题时，正好有学生家长站在边上，她以为我故意给她难堪，在家长面前出她的丑（天地良心，我当时急于向她求助，根本没注意她边上有家长）。所以她就报复性地非要当我面申斥我的学生，给我来了个下马威，以示对我的警告。想通了这一点，我才意识到自己的问题，是我做事不够细致冷静，没有设身处地地站在 C 的角度考虑问题，以至于激怒了 C，让她怀恨在心。

我第一次年度考核嘉奖的时候，曾有人建议暂时不给我，因为我资历尚浅，以后有的是机会。但也有人当场反对，最后校长驳斥了提建议者，保留了我的荣誉。过了两年，我又和 B 女同年级做班主任，当时她已升为年级组长。我的运气不错，带的班很顺手，班级成绩一直位列年级第一，孩子们都很有灵气。遗憾的是每逢 B 女值日，她必扣我班常规管理分，目的再明显不过，就是为了综合考评班级时，拉低我班的分数。果然，年度班级荣誉、优秀班主任都与我无缘，原因正是我班常规考核分太低。这样明显的抹黑，让我觉得她真的很 low。B 女曾经的示好，不过正是为了此时的心机，她大概料定我不会撕破脸皮。的确，就算我看清了"白莲花"的"心机婊"本质，我也做不到翻脸不认人，毕竟，我们还要在一起共事。

"欺生"总是有的，"排外"也是有的，但凡事总有两面性，它一方面带给你伤害，而另一方面又促使你成长。

隔年，我不再和 B 女教同一年级，年级组长换成了一个老太太，口才特别好，看着很有水平的样子。我们一行四人分别带四个班，幸运女神再次降临，我所带班级每次考试都是年级第一，常规表现也可圈可点，孩子们都很有潜力。第一学期期末考试结束后，老太太找我谈话说我们班级很优秀，成绩好，常规也很棒，经年级组讨论决定把校级先进班集体授予我们班。我当时真的很开心，内心很感激老太太的公正公平。第二学期，我班成绩、常规依然一路领先，老太太把溧阳市优秀团支部给了 D（D 是学校团支部书记），把常州市优秀班集体给了 C（C 前文提到过），当然都是"年级组讨论的结果"。我无话可说，很显然，我吃了哑巴亏，但这个亏，我必须得吃。不得不说"姜还是老的辣"，老太太处理问题滴水不漏，八面玲珑，让人挑不出她的理，因为她并没有为自己揽任何荣誉。

这种跌跌撞撞的日子，其实并不奇怪，一方面我选择出走，就已经选择了脱离已有圈子的帮助；另一方面，我的心智的确不够成熟，对人对事的看法和处理问题的方式未免有些孩子气。社会是一个大熔炉，它当然要磨砺我，敲打我，锤炼我，直至我能够坚强自信，独当一面。

有一天早晨，我起床后，发现宿舍门柄上挂了一个方便袋，解开袋口，里面卧着几个咸鸭蛋。我一猜就知道是陈同学的心意，只有他缠着问过我喜不喜欢吃咸鸭蛋，我出于礼貌说还行，没想到他竟然真的送蛋来。还有一次，一个在家带孙子的老奶奶捉来一只土鸡拴在校门口的树上，叫门卫通知我，放学捉走。她在门卫面前还大大夸赞了我一番，说我对她孙子如何如何有耐心，如何如何有方法，说她的孙子很喜欢我这个老师。这下全校都知道了有位学生老奶奶送了我一只土鸡。

不管什么年代，什么地方，农民的生活水准总是相对滞后的。2000 年前后，社渚乡下其实还有很多家庭困难户，他们供孩子读书已是勉为其难，家里的儿子媳妇都外出打工，留下老人在家料理家务，拉扯孩子。但他们宁愿自己吃苦受累，也不愿委屈孩子的老师。这个千年古镇，受吴越文化的影响，民风淳朴。记得我们刚来社渚时，受过社渚家长的恩惠，他们周末经常把我们四个外地教师邀请到家里做客聊天，说我们人生地不熟，谋生不容易。我们四个是一个整体，家长从来不落下我们中的谁，不管我们是不是他孩子的老师，他们都要叫上我们。有的家长还热心地提一些教育教学的建议，有的家长积极为我们张罗个人问题。在最初的几年，正是有了这些家长的支持和帮助，我们才挺过了人在异乡的种种艰难和不适，他们带给我很多温暖的记忆，也带给我很多感动的瞬间。

## （尾声）

时间是最公平的存在。那些曾经以为的天大的事，现在看来也不过是些鸡毛蒜皮；那些曾经以为的通天的困难，回头一望也不过是多坚持一秒的事。每个地方都一样，虽然有见不得你好的人，但更多的却是满怀善意，给予你温暖和帮助的人。

母亲因为对我放心不下，曾在我结婚生子的时候来江苏常住，照顾我的饮食起居，直到儿子上幼儿园为止。她对我的同事都笑脸相迎，对我的每个邻居都热情有加，她还跑到我乡下婆婆家帮他们收稻，原因只有一个，她希望所有人都要善待她的小女儿。

去年回老家给父亲上坟，看父亲的坟边空着位置，知道那是母亲将来的位置，我突然一阵惘然，那我呢，将来会在哪里？

好在父母亲终将在一起，琴瑟和鸣，再续前缘，而我也不过是家乡枝头的一只小鸟，注定会飞远，但一直遥望着家的方向。我猜我的父母亲一定懂我，因为他们从来只有一个念头，那就是要他们的小女儿过得好，而我正努力践行他们的期望。

# 打碎一只碗

　　小时候，打碎了一只碗，母亲必要痛责一番。她从我打碎碗这件事上料定我粗心，毛躁，不够稳重。她无暇顾及或者根本想不到顾及我是否烫了手，扎了脚或是受到了惊吓。她的整个心思完全被一只碎碗填满，她惋惜心痛那只碗要胜过我这个活生生的人百倍。我常常为此感到委屈，难道说我在母亲心里并不比一只碗更金贵？

　　当时这样的事情还有很多。有一次，我跟着母亲去邻村喝死人酒（办丧事置办的酒席），母亲是去帮厨的。正值冬天，我穿着大哥去陕西打工给我买的第一件羽绒服。羽绒服红白相间，领子是双层的，外面是睡袍领，里面是拉链立领。这在当时是很时髦的装备。但我年龄尚小，对穿什么不以为意，倒是对吃，有着不同寻常的欲望。那家当晚烧了好些炭盆，供帮厨的人烤火。我奔前跑后，与小伙伴们一起捞些吃食。看到母亲坐在火盆旁歇脚，我本能地屁股一撅，准备坐到母亲腿上去。不知为什么，母亲没有及时伸手搂住我，而我在准备坐上去的瞬间滑倒在火盆里。我清楚地记得我的羽绒服遭了殃，半边衣袖到肩全烧坏了，露出白白的羽毛。母亲使劲拍打我的屁股，一个劲儿地心疼我的衣服。我的脸像着了火一样，但我一声不吭。母亲终于发现我的脸烧伤了，赶紧问主家要来白糖给我撒上了事。这件事很快被我抛诸脑后，谁的童年还没几件糗事呢。直到参加工作后，有同事问我下巴上怎么啦？我回家揽镜自照，才发现下巴处有一块淡淡的三角形疤痕，不细看，还以为是长的斑呢。抬起下巴，我发现这块淡斑还连着颈子下一块三角形疤痕，我的记忆在瞬间复苏，这必定是那次摔倒在火盆的杰作。难道，我早已和母亲一样，"看轻"自己的身体发肤？这么大一块疤，居然伴随我到二十几岁才被察觉，而且还是通过别人的眼睛。

这样的事情几乎每天都在发生，结果也大同小异，母亲总是斥责我毛毛躁躁，为我打碎或弄坏的物品而心痛不已。以至于很多时候，我都要背着母亲小心行事。有一次，母亲不在家，我拿着母亲平时剁猪草的菜刀学着母亲剁起山芋藤来。我是家里老幺，这活轮不到我干，但我总是好奇，越不让我干我就越是想尝试。结果悲剧了，没几分钟，我就把菜刀剁到了自己手指上。我不敢告诉家里任何人，就把流血的手指藏到蚊帐里裹着，觉得心里稍微好受了些。蚊帐是淘米水的颜色，现在我推测，材质应该是纱布的。可想而知，蚊帐被我的手指染红了一大片，继而变黑了一大片，不可能不被发现。母亲破天荒地没有骂我。是大姐替我说了话，她说幺妹儿肯定吓坏了，把我从蚊帐里扯出来替我清洗伤口。

母亲的这种惜物爱物胜过关心孩子的状态在当时是很普遍的现象。谁家小孩闯祸，打碎了家里的瓶瓶罐罐，都少不了一顿打骂。谁也不觉得这有什么不对，孩子多，都是贱养，勤俭节约、艰苦奋斗、爱惜粮食才是过日子的气象。家家户户勒紧裤腰带，拿命去挣一份家当。至于小孩嘛，不打不骂不成器，风吹吹也就长大了。在温饱问题还没解决的年代，大家都忙着挣口粮填肚皮，谁有心思去关心一个孩子会怎么想？再说了，一个孩子他能有什么想法？

记得儿子读小学时，有一次，我们几家人聚餐，席间大人推杯换盏，交互敬酒，儿子却突然哭了起来。我忙询问缘由，儿子抽噎着说，我们敬来敬去，都没人敬他。大家一阵哄笑。儿子的委屈让我立马回想起小时候母亲是怎样忽略我的感受，无论我说什么，她都并不当真，而且还十分不耐烦，总觉得我是闲得慌。我赶紧和儿子碰杯，向他道歉，其他人也纷纷端着酒杯和儿子碰杯，儿子破涕为笑。

从儿子的委屈中我发现，他的委屈已不是我小时候的委屈。我当初的委屈是因为母亲无暇顾及我的感受，她把更多的精力用在了改善家人温饱问题上。她对器物的格外珍惜，使她没有第一时间考虑到我，我要的其实是母亲把我置于器物之上的特权。儿子的委屈显然和我不一样，他要求的是作为一个独立个体与他人之间的平等。既然人人都相互敬酒，又在一桌上吃饭，为什么独独不敬他呢？这不公平。他要的是公平而非特权，他要大家对待他像对待其他人一样，该碰杯就碰杯，该敬酒就敬酒，而不能因为他还是个孩子，就撇下他不理或任由他自斟自饮。

我意识到这是物质文明的进步带来的人的自我意识的觉醒。它是更高层次的自我觉醒。它要求人与人之间平等、信任和相互尊重。当温饱问题不再是个问题的时候，母亲惜物爱物胜于我的症状便会逐渐减轻，但我自己作为母亲是否能像儿子希望的那样，弱化自己成人和长辈的身份，用平等的姿态去和儿子交流？

这种反思让我在和儿子相处时，尽力想撇开"母亲"这一角色，我希望自己是儿子的玩伴、朋友、发小。这说起来容易做起来其实很难。儿子喜欢提问，我不一定能答上来，但我尽量认真去听。家里的大小事情我都让儿子参与意见，并经常向儿子请教一些他擅长的问题。我想在表达爱的同时对儿子投射出信任和尊重，我相信这信任和尊重里有儿子要的"平等"。但我的局限是显而易见的，这种局限不仅来自"母亲"的身份，还来自"教师"的职业习惯。

我就是在自我的局限里真正理解了母亲。

母亲并非心疼器物胜于心疼我。只是在苦难里浸润长大的母亲穷怕了、苦怕了。家里的每一粒粮食，每一件器物，每一样家什上都流着母亲的血汗，都藏着母亲刻骨铭心的记忆。挨饿、受累，甚至熬不下去了，拿半条命换来的稀薄的财产，母亲怎能不惜？

没有生存就谈不上生活，在艰难的生存面前，母亲没资格、没条件、也没能力去侈谈什么生活。

写到这儿，我想起了李清照和赵明诚。赵明诚是一个军事学家，喜欢收藏，他经常跟李清照两人出去收东西。他们爱情中有很多甜蜜的东西和收藏有关。东西收了，时代变了，全家仓皇南迁、逃亡。赵明诚因为做官，先溜了。家里的老小、辎重、收藏的东西全部交给李清照。她押送着东西逃到徐州，徐州又失陷，逃到南京，再到浙江。逃到南京时，赵明诚已出任湖州知府。两人站在江边告别，李清照在岸上，赵明诚在船上。李清照觉得心里不踏实，觉得两个人这次分手可能就是生离死别了。但是丈夫这么绝情，什么事情都没有交代。李清照大叫一声，说如果再遇到敌人把城攻陷了，我怎么办？丈夫说，如果遇到敌人攻陷，你先把辎重抛了。如果还不行，你把衣被抛了。如果抛了之后你还逃不掉，你就把卷轴书画和我收藏的古董也扔了。但是最后有个东西不能扔，钟器，实在不行，你和钟器共存亡。李清照明白了，她的价值和这个器物一样。中国传统的道德，或者说对经验的规范里面，理应如此。赵明诚给她画出了一条秩序，先扔什么，再扔什么，最后你跟这个东西共存亡。作为东西都交代了，她怎么办？丈夫说，她是可有可无的。中国的传统经验就是如此，所有人都不质疑。

但李清照不同，她在那个年代里写了一篇非常重要的文章《金石录后续》，流传至今。李清照这一问，问出了一个大问题。

对于所有女人来说，传统道德约束下的妇女，她的情感、生命、她对这件事情的感觉，在什么地方能够得到寄托？

李清照的觉醒是男权社会女性的觉醒。尽管她和赵明诚夫妻恩爱，琴瑟和鸣，但在国难当头，百姓流离失所之际，赵明诚选择了只身逃亡。赵明诚爱李清照，这无可置疑，但在仕途和妻子之间，他选择的是仕途；在钟器和妻子之间，他给出的答案是共存亡。也就是说赵明诚在骨子里是把仕途放在第一位，把男权放在第一位的，这正是当时社会的普遍认知。爱江山更爱美人不过是文人飘逸的想象。有江山何愁无美人？"大丈夫何患无妻""女人如衣服，兄弟如手足"都是这一认知的具体体现。就算李清照艳冠群芳，才情过人，她也摆脱不了成为男人的"附属品"的命运。但李清照毕竟非寻常女性可比，她虽处忧患穷困而志不屈，行至乌江时她曾写下有名的《夏日绝句》："生当作人杰，死亦为鬼雄。至今思项羽，不肯过江东。"赞项羽而暗讽明诚；后李清照被张汝州骗婚，她发现张的官职来源于行贿，便状告张汝州，为此不惜同受牢狱之苦；晚年，她背井离乡，无依无靠，贫困忧苦，但依然殚精竭虑，编撰《金石录》，完成丈夫未竟之功。她的一生只遵从于自己的内心，这样的女性即使放到现代社会环境中考量，依然是世间难得，才惊艳绝。

当生活没了颠沛流离，没了挨饿受冻，00后的孩子却向我们提出了人与人之间应该平等相处的要求。由此，我想到了审视自己的婚姻，我想知道从李清照去世时的南宋到如今的21世纪，经济的腾飞，社会以及自然环境的改变到底对男女权力、地位的分配有多少实质性的影响。

这一审视我发现，像我这样的职业女性，经济独立，思想独立，与老公共同承担家庭开支，却仍然生活在"男权"的阴影下。老公在家包揽了绝大多数家务，可以肯定，他宠我。但凡事他不征求我的意见，就替我做了决定。他站在他的角度替我包办一切，让我在家里生活得像个傀儡。我意识到他对我的好，含有很自恋的成分。他总是按照自我的想法对我好，把自己感动得一塌糊涂，却从不在意这"好"是不是我需要的"好"，是不是我认可的"好"。他经常会做出表面的妥协，内心却认定我是撒娇是任性是胡闹是头发长见识短。他会在他想要关心我的时候关心我，而不是在我需要他关心的时候关心我。他对我好，是在我什么都听他的前提条件下，一旦我表达了不同的想法，不同的意见，他就气不打一处来，认定我不识好歹。老公在心里确立了自己一家之主的地位和对家庭事务的绝对决定权，即便他表面再怎么忍让、再怎么妥协，我想要的对等的沟通、交流，势均力敌的分享、分担，也不过是我的一厢情愿。他在宠我的同时不断否定我，打击我，借着爱的名义瓦解我的自信，让我形成对他的单方面依赖。在他不断宣誓主权的推进过程中，我在家庭的角色不断被边缘化、透明化。

回溯老公的原生家庭，不难找到他在处理夫妻关系上的局限的根源。他的父亲是一个自命清高的旧知识分子，六十年代的高中生，有知识、有头脑。在艰苦年代率先卖对联；种大棚菜、大棚瓜；率先在村里养鱼；率先学木匠、刻石碑。他事事走在村人的前面，靠着聪明能干养活两个儿子，并把儿子全部送进了大学学堂。但他为人极为严苛，对老婆，对子女既严肃又刻板。他很少笑，笑起来特吓人。他说话语气强硬，带着冰冷的腔调，像刀子一样锋利。他和老婆关系紧张，吵嘴是家常便饭，严重的时候，他还打老婆，打到她服气为止。他在家里有绝对的权威，说话一言九鼎，婚姻关系严重失衡。

对老公原生家庭的深度观察让我理解了老公的局限，正如我理解了母亲的局限一样。

在这样家庭长大的老公，虽然受过高等教育，也有意识地想摆脱父亲对自己的不良影响，但在骨子里还是很大男子主义。他本意是要经营一份和谐美满的婚姻，但在处理实际问题时却下意识地流露出控制、占有、居高临下的姿态。在与他相处时，我需要在外人面前给足他面子，事后再趁他心情好毫无戒备的时侯，"揭发"他的专横、霸道和蛮不讲理。

比之旧社会对女性的践踏、侮辱、禁锢，现代社会对女性的包容、理解、尊重和认可度要高出太多。这是社会物质文明的进步带来的精神层面的进步。但我们也不得不承认，男性在对待女性问题上的局限依然显而易见。

社会依旧认可"男的负责赚钱养家，女的负责貌美如花"。当男性依然需要承担更大的经济责任和社会责任时，女性便无可避免地依旧处于"从属"地位。在关键时刻，男性依然会抛妻弃子，优先选择事业、选择仕途、选择让女性和钟器同存亡。反之，也有家庭完全脱离"男权"传统，而实现了"女主外男主内"，但他们仍需承受巨大的社会压力，舆论甚至认为这是男人在"吃软饭"。可见观念的改变远远滞后于物质文明的进步。

现在儿子已经读大三，他大概早已忘记小时候要求大家敬他酒的事了。现在的他对我们有很多的不耐烦，问三句他答不了一句，问多了，他就干脆不作声。我们提出的意见和建议，他也并不十分在意，有时还会突然冲我们大喊大叫。大概他觉得我们的见识已滞后于他的见识，思想已归于顽固，才会对我们生出这许多的不耐烦。那我们是不是也应该像他小时候一样，向他争取我们要求和他平等对话的权利？

这也许就是00后孩子的局限，他们在父母的偏疼偏爱中渐渐有恃无恐，让父母和他们的沟通变得困难重重。既然他们要求人与人之间要平等相处，就不该在对待父母的态度上如此双标。

　　当人与社会、人与自然、人与人之间的关系不断发生变化时，人与自我的冲突也会不断加剧。无论是成人和孩子，还是男人和女人，相互之间都应该保持平等、真诚、信任和相互尊重的态度。这既应该成为我们的共识，更应该成为我们的行为自觉。就像叶子从痛苦的蜷缩中要用力舒展一样，人也要从不假思索的蒙昧里挣脱，从无意识中挣脱，不断突破自我的局限，向着公平、正义和真理的方向进发。这才是活着。

# 乡愁小伙伴

乡愁有时是一种游戏，有时是一种美食，有时是一个伙伴，有时就是一种氤氤氲氲的情绪。

——题记

## （一）同桌

多年来，我从未忘记过小林子。

小林子是我读初中时的同桌。他个头不高，长得有点急，看上去很有年代感。其实，他就大我两岁。还记得他的脸色黑里泛红，是典型的农村孩子的肤色。但他的红，常在颧骨处，倒像是高原上下来的人。他和我同镇不同村，我走大路回家会经过他家门口。他眼睛很大、很圆，双眼皮双得厉害，眼睫毛比女孩子的还长。如果单看眼睛，他应该算是帅的。和他同桌时，他的唇边已经起了黑乎乎的一层绒毛，一副少年老成的样子。

有一天，不知什么缘故，我们吵了起来，后来索性打起来了。虽然他是男生，但也寸步不让，这让我火冒三丈，便和他拳打脚踢起来，事后我们谁也不搭理谁。接下来是语文课，我们的语文老师也同时兼任我们的班主任。他上课有个招牌动作，那就是每讲一句话都要用右手在前方划拉一下，活像一只凫水的鸭子。他的划拉很有特色：首先是五指并拢，弯曲成一副鸟状，然后在距自己正前方半尺左右的位置，沿齐肩的高度那么从左往右弧线一划拉，一句话或者一个要点就讲完了。我偷偷学他的样子用手在课桌底下一划，下意识地面向同桌想与他分享这有趣的时刻。这正是我们平时上语文课最大的乐趣。我一歪头，他也正好歪过头来，我们默契地相视一笑。还没等笑容完全绽开，我们似乎都马上意识到我们关系还"毛"着呢，便又立即红着脸扭过头去，假装什么也没有发生。

小林子是物理老师的亲侄子。物理老师讲课很有意思，特别喜欢插科打诨，"小葱拌豆腐———一清二白""韭菜炒大葱——臭味相投""茶壶里煮饺子——有货倒不出"……这些俚语、俗谚、歇后语，他张嘴即来，为他的课堂增色不少。小林子和我都很喜欢物理课。记得初二举行物理竞赛，我们还一起拿了学校的二等奖。物理书上的一些趣味实验，我到现在还记忆犹新。比如，一根筷子可以吊起一杯米的实验——把杯子里慢慢加米压紧，直到杯子装满米，然后把筷子从指缝间慢慢插进杯子，再把米压紧，筷子就可以提起整个装满米的杯子。这个实验我在家里反复操作好几次才取得成功，当时惊喜得要命。其实，它不过是利用了物体间的摩擦力。当物体受力运动时，摩擦力就会以相反方向阻碍物体的运动。在实验中，由于杯子内米粒与筷子之间的挤压，使杯子、筷子和米粒紧紧地挤在一起，杯子、筷子和米粒之间的摩擦力增大。将筷子向上提起时，米粒和杯子由于摩擦力的作用阻碍筷子向上运动。结果反而将米粒和杯子一起提了起来。这个实验本身并不见奇，但我相信物理这门学科少了实验环节将会大失人心。

在物理上，我们经常华山论剑，一较高下。但除了物理，他的其他学科都稀松平常。而我却是那种"全面发展"的学生，每门课的成绩都可圈可点。但那时的我们都不是特别在意成绩，我们更关注自己的兴趣点在哪儿，更关注如何能玩转课本。就比如说写日记这件事，语文老师也只是提了建议，从不检查，配套练习册也是布置了任务，从不批阅。记得学期结束，我的语文练习册还只字未动。但好在我喜欢写日记，觉得日记里有自己的一片天地。不需要老师监督检查，我写了三年日记，六大本。回头一看，全是些鸡毛蒜皮，无病呻吟，其中，我们打架又忍不住和好那一幕也被记录了下来。我还喜欢把课外读物上看到的精彩句子胡乱解读和发挥，类似于现在的鸡汤文，有些稚气的呐喊。但当年，它却让我享受到深深的乐趣，更重要的是它助我成功疏解了成长中的诸多烦恼，很多情绪在日记中得到宣泄，转移，升华。如果我没记错的话，他貌似作文还可以，至少懂得欣赏什么是好的作文。

当时正值20世纪80年代末90年代初，物理老师每次上完课都是要回家干农活的，我们的肚子永远也填不饱。我是住校生，每周从家里带一玻璃罐炒腌菜，饭是蒸饭——自己从家里带米，放到一个搪瓷茶缸里，送到学校食堂去蒸。学校食堂也卖炒菜或汤，一毛或两毛一份，但买的人很少，大家基本上都是吃自己带来的菜。除非带的菜实在不够，才会忍痛打一两回菜。在那个年代，吃不饱是常态，更别谈吃好了。大家也不觉得羞惭，照样吃得香喷喷的。住在镇上的同学家里条件稍微好些，但那时还没有滋生攀比的风气，大家打成一片，谁也不嫌弃谁。

有一天晚自习下课，他问我吃不吃馒头，我心里很想吃，便点点头。他让我到他叔叔（我们物理老师，他跟他叔叔住一间宿舍）宿舍门口等着，说去给我拿。我生怕他进屋后"出卖"我，供出我的名字，要是让物理老师知道是我嘴馋，那我还不得羞死。我躲得远远的。也不知他找了什么借口，过了一会儿，他真的拿着馒头出来找我了。我们躲在暗处一起吃着香喷喷的馒头，心里有说不出的欢喜。

2019年暑假回老家，我听广元一个同学说他在开出租车。我本想找同学要他的电话号码，叫他开车把我从广元送回旺苍。但又怕他尴尬，觉得和我有了距离，最终便也作罢。

我一直认为初中那段时光，是我人生的高光时刻：成绩好，伙伴多，没心没肺，无忧无虑。每每想起，都觉得温暖舒适。

希望下次回老家，我们能在某个街角自然地重逢，像早已准备好的那样，互道一声："好久不见！"

## （二）室友

小蝴蝶是我初中三年的室友。

当时的住宿条件还达不到什么六人间、八人间，而是住校生分男女各住一间大屋子。屋子里除了空出来的走道，密密麻麻摆满了长两米、宽一米的高低床。我和她的床铺靠在一起。但更多的时候，我们喜欢挤在一个被窝，天南海北地闲聊。

她可真是能聊。口才好，话题多，对生活充满没来由的热情。我总是在她的话语中渐渐犯困，由最初的热情参与到中途的哼哼哈哈，到最后熟睡了事。有一年我回老家，正好她也回来了。我们约好在镇上碰面，而后一起去了我们读书时的学校。我问她还记得我们以前挤在一个被窝的情形吗？她特别能聊，聊未来，聊理想，总是越聊越兴奋，而我却在她热情的憧憬声中酣然入睡。她听完哈哈大笑，说，怎么不记得，一切都像是发生在昨天。还开玩笑说，以后有睡不着的时候就找她，她一定让我安然入眠。

当时，小蝴蝶家条件不算好，又住在交通不便的山沟沟里。她还有两个弟弟，父母都是农民，几乎没什么固定收入。她在家要帮着父母干农活，而我是家里老幺，家里农活几乎不让我插手。学校放暑假，大热天的，我撑着伞，顶着烈日硬是从我家走到她家。具体花了多少时间我已经不记得了，只记得她家挺远的。我去找她玩，但她是没空玩的，她干活时我便陪着她，偶尔搭把手。她有一个邻居男朋友，在读高中。严格意义上说，也算不得真正的男朋友。他说过喜欢她，她却还在犹豫之中。她也有点喜欢他，但又觉得自己不会一辈子待在山沟沟里，她不甘心。我在她家一待就是几天，和她吃在一起，住在一起。她的爸爸妈妈对我很好，拿我当自己孩子看待。那段时间我听到最多的就是，她的未来计划里该不该有她的邻居男朋友。

正是情窦初开的年纪，一切被她描述得美好而又伤感。但老大和老幺在性格上注定会是天差地别，我听她讲起邻居男朋友时，一时甜蜜、一时纠结、一时欢喜、一时惆怅，我竟然还是昏昏欲睡，像个不开窍的孩子。她有男朋友这件事，班里除了我没有任何人知道，这是我们之间的秘密。但她父母心知肚明，大概人做了父母，就会在子女的个人问题上多个心眼吧。

自从她妈妈见过我之后，也允许她周末到我家住过几回。我在家是老幺，是家里最受宠的孩子。我的同学去了，家里人都热情得不得了，不仅不要她干活，还什么好吃就让她吃什么。她也很喜欢到我家来玩。我们照例是钻到一个被窝，像在学校时一样，她的理想总是那么丰满，不断展望着未来的无限可能。"以梦为马，不负韶华"，她的激情感染着我，也使我困意渐浓，在不知不觉中，我就进入了她描述的梦境。

后来，我上了县中，她去了另外一个初中复读。她很有决心，相信自己一定会鲤鱼跃龙门。她的复读颇费了一番周折。父母直接劝她回家帮忙：既然高中没考取，还读什么书，何况家里负担又重。再说了邻居男友也高中毕业了，过几年成个家，小日子也能过。但小蝴蝶无论如何不肯，我了解她的野心，即便是要嫁人，那也不急一时，得容许她到外面闯一闯再说。我主动上门帮着她劝说父母，具体说了什么也不记得了，但她父母最终同意让她复读一年，这让我们不由得喜出望外。

复读的一年，她到底吃了多大的苦，承受了多大的压力，我无从知晓。但她考取了中专，分到重庆一家化工厂工作，据说是做检验员。现在她是单位的业务骨干，自己还做微商，有足够的能力供养父母，支援弟弟。她的父母跟着弟弟举家搬迁到了成都。去年过年的时候，她神气地通知我，他们在成都过年，邀我过去玩。听到她爽朗的笑声，我的心就一点一点地被融化了。真好，她一点都没变，还是那么能聊，对生活永远充满没来由的热情。

她读中专时，我曾去看过她一次。当时她穿着一件白衬衫，领口处有个大大的蝴蝶结，衬衫下摆束在直筒裤里，显得高挑又洋气。她一直都是个美人胚子，皮肤白，眼睛大，这一身黑白经典搭配，更是衬得她气质出众。同去的男同学夸她越来越漂亮了。我也忍不住在心里替她喝彩：小蝴蝶已经长成金凤凰了。

她是对的。她的乐观、豁达、对未来没来由的信心，都注定她会成为山沟沟里飞出的金凤凰。而这种一心要走出大山，寻找生命的意义的念头正是当初我们友谊的全部意义。

"悠悠天宇旷，切切故乡情。"也许有一天，我们会无比怀念那些在山沟沟里的日子，怀念我们儿时的憧憬和梦想，怀念和我们一起做过梦却终究没走出大山的小伙伴。

但对于曾经的出走，我们不遗憾，不后悔，因为那是与青春长在一起的激情。

## （三）班花

向日葵是她的网名，像极了她的天性。

她是个城里姑娘，就住在我读大学的城市。她皮肤白皙，是那种不掺杂任何杂质的白，一张娃娃脸，透着点婴儿肥，眼睛特别大，忽闪忽闪的。说她是班花，有些委屈她了。主要她海拔不高，就一米六左右。但她的笑容非常甜美，衣品很好，浑身上下透着白雪公主的高贵气息，她的父母都在事业单位工作。

在我们全班同学看来，她完全可以靠颜值吃饭，可她却比任何人都拼。她给我讲过她姐的故事：她姐高中毕业后，因为没考取大学，便南下深圳打工。打工的艰辛可想而知，有个老板看中了她姐的美貌，甩给她姐100万元，提出要包养她姐（那是90年代，100万元还算值钱）。哪知她姐当时就怼了回去："我就不信我这一辈子挣不了100万元！"后来她姐硬是凭着自己的努力一步一步做到了公司的高管。她姐告诉她，只要努力，暂时的失利不算什么。既然选择了读书，就要读出名堂来，不要半途而废。

我没见过她姐，却对她姐倾慕不已。

向日葵和我同岁，这是我们最初走到一起的原因。我向来在班级里年龄最小，又是家里老幺，没想到到了大学，居然在班里遇到了自己的同龄人。我和她一见如故，甚至有点相见恨晚的味道。更重要的是，我们都刚刚在高考中受挫，相对于我们在学习上的一帆风顺，高考无疑给了我们一记闷棍。"同是天涯沦落人，相逢何必曾相识。"我们有了惺惺相惜之意。虽说一次考试并不能让年轻气盛的我们服气，但高考失败的结果我们必须接受。我们相互搀扶着走过了最初的艰难，渐渐结成班里最好的伙伴。她对自己的专业孜孜以求，最终在大学毕业前完成了专升本考试，后来又考取了研究生，再后来听说她在国外工作了一段时间，才回北京的分公司，她把我们班所有人都甩了几条街。印象中，大学里追她的人不少，但她一直头脑清醒，从不拿自己的颜值说事，她清楚地知道自己想要什么，并为之不懈地努力。在我看来，她真是既独立又性感，既优雅又智慧。而我并没有在专业上走得更远。我选择了在学校社团和社会实践中提升自己的能力，朗诵、演讲、写作、主持，我都愿意去尝试。最终我应聘到了外地的一所中学任教，从此，我们一南一北，再未谋面。

在静静的夜里，我常常想起大学里那段美好上进的时光。高考，曾经让多少人一蹶不振，可我们没有，因为我们一直相互鼓劲加油。大学里又有多少"一个人无聊不如两个人一起无聊"的情侣，毕业时天南海北，各奔前程。可我们没有，因为我们有梦想。

还记得我们到学校小食堂吃小炒的时候，总有男生乐意跟着我们买单。有时是我的跟班，有时是她的仰慕者。我们不拒绝善意，但我们讲究礼尚往来。现在想起来，我依然感谢向日葵，因为有了她，我的大学才没有荒废。

当有一位颜值比你高，条件比你好，却还比你拼的伙伴待在你身边时，你的努力不需要逼迫，也不需要刻意。你只是下意识地适应她而已，适应和她一起去图书馆泡着，适应凡事尽力做到最好，适应素颜却依然让自己美得出众（腹有诗书气自华）……

向日葵和我始于同龄，敬于才华，合于性格，久于上进，终于相互成就。

大学毕业后，我再没去过向日葵老家的城市。有时候，出走是为了更好地回望。只是如今，我该到哪里去找回我生命中的向日葵呢？

# 年味儿

寒假刚开始，就收到了老家寄来的腊肉，一下子就觉得年味儿近了。

当我把腊猪腿、腊排骨、腊猪舌、腊条肉一一取出，在阳台一角支起一根粗的木杆，再把腊货一一挂上去的时候，心里的幸福真是无以言表。我忍不住频繁地跑到阳台上去探视我的腊肉，感觉就这么看着也是心满意足。

老家的腊肉是先用盐和花椒抹过，腌制数日，再用柏树枝轻度燃烧所散发的烟熏制一个月左右，最后悬挂晾干而成。它表皮黑中透亮，其他部分则渗出油汪汪黄澄澄的质感，带着独特的烟熏味道，让人馋涎欲滴。随腊肉寄来的还有一些干小菜：萝卜干（生萝卜切片晒干）、土豆干（土豆煮熟后去皮切片晒干），这些都是腊肉炖煮时的最佳配菜。当然，香菇、冬笋、各类新鲜蔬菜与腊肉同锅乱炖，味道也是超级棒。

四川的腊肉多是熏肉，它应该是过去物质短缺时老百姓的一种智慧发明。每个地区的熏制办法略有不同，烟熏的燃料也会导致味道上的差异。比如，稻草、松树枝熏制的腊肉在我们广元人吃来就觉得不够地道。还有的人家直接把腊肉挂在火塘上熏制而成（冬天用块煤烧炉子烤火），比起用柏树枝熏制的腊肉，我们总觉得少了些特殊的香味。

现在的生活条件越来越好，人们随时能吃到新鲜的肉类和蔬菜，但我们的味觉还一直馋着小时候的味道。溧阳过年的餐桌上少不了咸鹅、咸鸡、咸鸭、咸鱼、咸猪脚冻；而我们老家则少不了腊肉，腊猪腿、腊猪腰子、腊排骨、腊猪舌、腊猪肝、腊猪肠。对于我们来说，猪浑身都是宝，每一个器官都被我们开发得淋漓尽致。比如腊猪舌，煮熟之后，我们加入油辣子、酱油、醋、花椒油、白糖少许，和葱丝一起凉拌；腊条肉煮熟后加入豆豉、大蒜爆炒，再放在饭锅上一蒸，那口感真是无与伦比，该吃一碗饭可能就忍不住会吃上两碗。

记得小时候家里每年都养猪，最盼望的日子莫过于杀年猪的时候。一般选择冬月或腊月杀年猪，因为熏制腊肉是要花时间的。杀年猪的当晚，家里像过节一样，全家人可以放开肚皮吃个饱。鲜猪血通常会加入活豆腐，再加入酸菜（广元特有），煮上一大锅酸辣豆腐猪血汤；柳肉（大人说是猪身上最好的一刀肉，我猜应该是里脊肉）切丝后勾芡、加青椒爆炒，口感鲜香嫩滑；猪腰子加干辣椒、料酒、花椒爆炒后，呈现花瓣一样的形状……杀年猪的当晚，一家人喜气洋洋，帮忙的人也满眼含笑。喝着热汤，就着炒菜，喝几盅烧酒，那日子比神仙还要快活几分。我们小孩子自不必说，跑前跑后，大人叫干什么就干什么，表现得比任何时候都要乖，就为了时不时地捞上一嘴。

杀了年猪后到年根间的日子，都不用再担心菜里的油水不够。猪身上的油可不少，成整的大人把它卷成两三尺长的筒，叫板油。一头年猪通常能卷两大筒像普通电线杆那么粗的板油。除了板油，还有花油，看上去像镂空的窗棂，没有板油密实。另外，我们还习惯用大肠煎油。油水是好日子的滋味，没有油水进肚的日子，大人小孩都臊眉耷眼、无精打采的。

熬油渣就是这期间小孩子最期盼的事。大人照例放些盐、花椒进去，先大火再文火，慢慢把油都熬出来。眼看着大人把熬出的油盛到盆里，我们眼睛只盯着锅里的油渣，那酥黄香脆的模样，那外焦里嫩的口感，那籽油炸嘴的香味都让我们止不住地吞咽口水。油渣吃到嘴，日子幸福得让人眩晕，那种心满意足、那种幸福得要掉泪的感觉至今想来仍记忆犹新。

人们都说，日子好过了，年味儿却越来越淡了。我的感受是，不吃腊肉，怎么能有年味儿呢？吃着老家的腊肉，才能感受到越来越近的年味儿。

# 第三辑：

# 亲子·亲师

在回家的路上，我一直紧紧握着儿子的手，儿子没有像平时一样笑嘻嘻地甩开，而是任由我握着，他眼睛一直向着窗外，偶尔抬手擦拭一下脸，我努力盯着前方，不忍心去确认儿子是否在流泪。

# 九 月

九月，注定是惊心动魄的。

月底，我问儿子："你是不是觉得九月惊心动魄?"儿子说："我觉得还好吧。"

其时，我正陪儿子坐在省常中门口的水池边沿，等他爸爸从宿舍收拾了他的脏衣服回家。水池由大理石围成半个弧状，与江苏省常州高级中学的地标首尾相接，形成一个半月形的水域。灯光微弱，衬得水面影影绰绰。面前大路被几个球状石头隔开，不时有车灯闪过。儿子的话让我鼻孔一阵发酸，眼泪差点涌了出来。借着夜色的掩护，我赶紧调整了一下自己的情绪，认真打量了儿子一眼：儿子照常倔强地噘着嘴，却掩饰不住一脸的落寞。

儿子没参加数竞培训，学校规定参加竞赛的同学每个人只能选一门竞赛，儿子选了物竞。但数竞考试他也想试试，我们当然只能支持他。数竞第一次初赛，儿子高分通过，他因此信心满满。暑假有一段时间，他上午物竞，下午数竞，自己刷题，到校自习，与同学一起研究问题。数竞第二次初赛，儿子顺利通过，但分数不突出。儿子情绪沮丧，不再研究数竞，专攻物竞，哪知数竞复赛儿子却高分胜出。考完的当天，分数还没有出来，我和儿子一起在省常中对面的小巷子里吃晚饭，走在路上，儿子告诉我："我觉得省一应该没问题。"我当时还不敢相信："省二、省三差不多吧，你又没参加培训。"儿子再次肯定地说："我觉得可以拿省一。"

9月8日数竞成绩公示，儿子一卷120分拿到了105分，二试会做一道题，拿到了40分。这分数拿省一果然绰绰有余。

9月14日物竞初赛，全体通过，波澜不惊。

9月21日物竞复赛理论考试，儿子考完的当天回来，兴高采烈："我觉得考得还可以，你们别问了。"我们还是忍不住问东问西。儿子说与老师核分核到178分。我们一听，非常高兴，因为去年国一的分数线才130多分。儿子说："我要看实验了。"我们都鼓励他认真准备，好好地拼一拼。周六周日，一家人喜气洋洋。儿子准备实验考试，他爸爸准备美食，我在电脑上敲些不痛不痒的文字。周一，儿子成绩出来了，184分，比估分还高6分，这个成绩拿到任何一个省都可以进入实验考试名单了。正当我们沉浸在无边的喜悦中时，晴天霹雳，江苏实验考试划的线居然比儿子考的184分还高几分。

从大喜到大悲，我怕儿子会受不了，赶紧拜托物竞老师安慰安慰他。物竞老师回复，再申请核分，龚一兆还是很有希望参加实验考试的，叫我们耐心等一等。好不容易从周一熬到周二，一直等到下午四点半，才等来物竞老师的通知：龚一兆周三到南京参加实验考试，当天下午六点钟出发。我们的心底又隐隐约约地燃起一丝希望。考完当天，我咨询物竞老师儿子的成绩，老师回复，周四上午实验考试核分，周五出结果。从周三熬到周五，并不是一件容易的事，整个人的心情如坐过山车，时而满怀希望，时而又觉得应该做好最坏的打算，坐立不宁，寝食难安。像头上悬着一把明晃晃的刀，随时会掉下来，杀人于无形。

9月27日，周五，下午国一名单公示，名单中没有龚一兆。我是在回常州的车上，在自主招生在线公众号上看到结果的，当时心里有说不出来的难受。因为怕影响老公开车，便一直挨到车开进小区，才对他说："一兆没过。"老公艰难地说："正常的哇。"

当天晚上，老公去宿舍拿儿子的脏衣服，我到教室去找儿子。正好是晚自习第一节课下课时间。儿子不在教室，打电话给老公，儿子也不在宿舍。我叮嘱老公在宿舍等一会儿，我在教室这边等。我站在教室走廊一头，从墙上的窗户望下去，路灯微弱的光把树影投射到地面，到处是魑魅魍魉蠢蠢欲动。一阵凉风吹过，我禁不住打了一个寒噤。正当我又一次趴到高三（8）班教室窗口探头探脑搜寻儿子的身影时，突然有人从后面拍了我肩膀一下。我一回头，儿子正对着我："你干吗？""我找你呀。"我立即拉住儿子的手，走到走廊的一边，问他今晚回不回家。儿子踌躇了一会儿，说："不回了吧。"我问："为什么？"他说："太烦了。"我一下子听出了儿子的弦外之音，"所以嘛，回家吃吃水果，放松放松，这里人太多。""那好吧，你等我，我去收拾书包。""记得请一下假。"我追在后面叮嘱。

我立即打电话给老公，叫他在宿舍楼下签一下字，说儿子准备回去。

儿子一路快走到校门口，坐在校门口的水池边等我们，灯光打在儿子的脸上，忽明忽暗。我坐在儿子的旁边，问他实验考了多少分，他说61分（满分80分）。我顿时失声："天啦，实验考这么高还不能拿国一，那要考多少？"儿子淡淡地说："今年实验考得简单。"又问了其他几个同学的实验成绩，也相差无几。虽然儿子的实验考试分数最高，但并没拉开差距，最后还是以几分之差落败。"儿子，你尽力了，不遗憾了。"我安慰说，同时感到语言的苍白，又补上一句："到时综评，你两个省一就牛了。"儿子没有说话。

　　哪会不遗憾、不难过呢，付出了那么多，又抱了那么大的希望，现在是这样的惜败，一时半会儿怎么让人接受？儿子大了，不像小时候遇到事情会大哭一场或向我们尽情倾诉。在回家的路上，我一直紧紧握着儿子的手，儿子没有像平时一样笑嘻嘻地甩开，而是任由我握着，他眼睛一直向着窗外，偶尔抬手擦拭一下脸，我努力盯着前方，不忍心去确认儿子是否在流泪。

　　我们谁也没有说话，夜色从我们握紧的手上静静地淌过。

# 正衡中学七年级家长会发言

首先非常感谢缪老师能给我这个与大家一起交流、探讨小孩教育问题的机会，说实在的，接到这个任务，我也是诚惶诚恐。介绍经验是绝对不敢当的，只能说在众多优秀家长面前，把自己教育小孩的一些做法讲出来，大家相互探讨，共同学习！

下面我就介绍一下在一兆成长的过程中我们的一些具体做法，不周到的地方还请大家批评指正。

## 营造良好的家庭氛围、培养小孩良好的习惯

第一，自我管理和规划的习惯。

自从一兆入学开始，我们下班回家，一般不会看电视，而是和一兆一起看书。他爸爸喜欢看杂志，我喜欢看小说，一兆喜欢看动物画报、百科探秘等。幼儿园没有作业，所以看书时间特别充裕。我们晚上很少出去应酬，即便迫不得已，也不会吃完饭继续打牌、娱乐，而是尽量在家陪孩子。我们允许小孩看电视、玩电脑、打游戏、出去玩等，都可以的，但有时间限定，通常时间控制在四十到五十分钟。这样做的同时，我们会反复给他讲，男子汉说话一定要算话，不能辜负爸爸妈妈对你的信任，我们相信你，所以别的家长不允许做的，我们允许，只要你有节制。如果你做到了，我们就会始终相信你，而你也始终可以自主安排时间看电视、玩电脑、打游戏，这样就会进入良性循环；但是如果你做不到有节制，那我们也只好像别的家长一样什么都不允许你做，而且即便你以后做到了，信任打破了，我们也就不一定相信

你了，这样就会进入恶性循环。一开始，时间到了我们会提醒，偶尔也会有一点出入，后来养成习惯后，我们就不插手了。上了小学，他的作业在学校基本可以完成。回到家吃完饭，他一般会弹琴五十分钟左右，然后会看四十分钟左右的电视或者玩一会儿电脑，剩下的时间他会坐在床上看自己喜欢看的课外书。我说得最多的一句话就是：一兆，待会儿自己安排个时间弹琴啊。他觉得我们特别相信他，事实也的确如此，他时间安排得很合理。别的小孩弹琴可能都要陪练，都要压，我陪了半年后就再也没陪过，也没有特别压过他，都是他自己安排时间练习，老师还说他弹得特别好。他的阅读量很大，学校里每次订杂志，他至少订三到四种，平时不定期的还要购书。进了初中，每周他都会打电话说想买什么书，买好，周末回来看。不过进了初三，特别又进了创新班，他主动放弃了电脑，又压缩了阅读课外书籍的时间，把更多的精力投入学校学习当中。

第二，独立思考的习惯。

小孩学习总是会碰到问题，一兆的问题特别多，除了课内的还有课外的。一般我们都建议他查字典、查词典、查书、做实验，而不是直接告诉他答案。关键很多答案我们也不知道，即便知道，也是在他已经经历了思考、查找的过程再说。比如现在数学学到二次函数，他也经常有不会的地方。一方面，他还没有系统掌握这一类题的方法；另一方面，他当时已经做了好几个小时的作业，就不想多思考了。这个时候，我们没有急着告诉他答案，而是就其中一个题，问他是怎么想的，已经想到哪儿了。他说了自己的思考过程，其实已经很接近问题的实质了，这个时候顺势启发一下，老师平时教你们从哪几个角度去突破证明题的？"从已知想结论，从结论想已知，两头往中间想"，你从已知推得了什么？结论需要我们要证什么？中间还需要证什么？他马上就突破了。做完了让他再总结，你觉得做这类题可以从哪些角度入手，他深度思考后，总结了几点，把其他题目也解决了。有时候小孩请教我们一个问题，如果我们不知道，实事求是就好了，让他自己想办法解决或者请教老师；如果我们知道，千万要忍住，一定要先问他是怎么想的，因为我们不能代替他去思考，如果我们讲了半天，却不是顺着他的思路讲的，他接受起来就会比较抗拒。

## 正确对待考试成绩、经常表达你的爱

小孩成绩固然重要，但亲子关系更重要。我们重视小孩的考试成绩，但我们更希望他健康成长。从入学到现在，我们从没因为他的考试成绩发过一次火，或者是骂过他、打过他。唯一一次打他，是因为他出门没给我们打招呼。他考好了，我们会祝贺他，拥抱他，但不会奖励他钱，买书是例外。他考差了，我们会安慰他，并和他一起分析原因。比如，他参加正衡的分班考试，就考得很烂，连作文都没写完。我们就安慰他说：已经进了正衡的大门，分到哪个班都不要紧，但以后要好好努力，为你们班级争分，说不定老师还要感谢你呢。又比如，第一学期第一次期中考试，他把政治选择题答案从试卷抄到答卷纸上，抄错了十五分。我们当时说的第一句话是：好事，这种错误早晚要犯一回，晚犯不如早犯；你是抄错，不是做错，说明知识你已经掌握了。接下来，我们详细弄明了原因：试卷和选择题答案在同一张试卷的正反面，导致容易出错，这是客观原因；但是一兆并不是对错位置，而是每几个错一下，再隔几个又错一下，这是主观原因。然后，我们分析给他听，关于试卷的问题，出错的人多了，老师肯定会改进（事实上第二次就改了）；但是你自己答题没对准题号，而且不止一个，这就是你自身的问题，需要自己去解决。这样先安慰、鼓励，再分析原因，他就会主动承担责任，改进方法。所以一兆从不隐瞒自己的考试成绩，好也好，差也好，都会告诉我们，我们也才能对症下药。小孩的情绪是很敏感的，千万不要让他觉得，考差了，爸爸妈妈就不喜欢他了，甚至是放弃他了；一句安慰，一个拥抱，一句鼓励都很重要，关键是帮助他找到原因，突破困难。

## 注重沟通和交流

爱孩子最好的方式就是尊重他的想法，尊重的最好体现就是听他说话。一兆是很啰唆的，但我很喜欢他什么都愿意讲给我听的这种状态。自从他入学住宿，一开始是我叫他每天给我打一个电话，后来就成了习惯，他忘了或者有事，我就会打过去。他打电话，事无巨细都要说：默写啦，考试啦，限时作业啦，马桶堵啦，宿舍扣分啦，某某摔跤啦，某某挨批啦，哪个老师发火啦，有时还要把上课内容给我讲一遍。而我也给他说说我们的生活、工作……他有时候打电话兴高采烈，有时候打电话垂头丧气，有时候打电话号啕大哭，基本上我们讲完话，他的情绪也已经调整好了。这学期，他已经完全适应了各种突发状况，电话中通常情绪稳定或者嘻嘻哈哈的，对待成绩的心态也更平和，这一点我们很欣慰。我们每个礼拜到常州接他一回，在车上我们两个坐在后排，他最喜欢做的事就是对我普及地理、生物、历史知识。他一路讲，我一路专心地听，还要向他请教；他讲得十分仔细，又是翻书又是查练习册、查笔记，我态度还算诚恳，听得五分认真。他还要提问，我们两个都要回答，虽然我对这些知识并没有太大的兴趣，回答又老是出错，但我听他说话是很认真的态度。他也就自问自答，不追究我们不会了。周末吃饭的时候，是我们很重要的沟通时刻。他会把重要的事情都给我们说一遍，我们听听、分析分析，有时候讲点大道理，更重要的是听他的想法和看法。我觉得及时沟通，了解他的思想动向，这很重要。现在的小孩都是很聪明的，他们有自己的想法，一味地堵是堵不住的，关键在于疏导。

## 遵循木桶原理、培养广泛的兴趣爱好

首先，在一兆小学的时候，我们就把木桶原理讲给他听了，那就是要全面。你想啊，木桶如果有一块特别短，它能装下多少水？所以我们说：你可以有长项，但不能有短板。各门功课要齐头并进，这样你的桶才能盛住更多的水。其实，一兆的文化成绩主要就是一个特点：全面，数学稍微突出一点，其他跟大家差不多，但他没有短板，这就让他凸显出来了。上了大学就可以遵循钻石原理，只要让自己的长处璀璨夺目，其他功课平平也无所谓，毕竟术业有专攻。但初高中都是基础阶段，一旦有短板，就很难在大考中获得理想的总分。其次，就是培养广泛的兴趣爱好。一个只知道学习的书呆子可不好，这一点也是我们经常强调的，这样就可以东方不亮西方亮。如果只有学习好，那一旦成绩不好，岂不是要万念俱灰。所以在小学的时候，科技大赛、作文比赛、朗诵比赛、钢琴比赛、纵横码比赛，凡是一兆能参加的，我们都鼓励他大胆参与，当然他参赛的成绩也很不错，但更重要的是，即便在这个时候学习上受挫，他也会在别的方面找到成就感。进入中学后，活动更多，我们仍然鼓励他多锻炼、多参与，在活动中获取经验，体验成功。

当然，一兆只是一个普通的孩子，他也有很多的不足。比如，他不是很喜欢体育，小学时长得比较瘦，体育还能达到良以上，上了初中，一次良都没拿到。有一次我问他，为什么你体育不好？他居然说，因为我们对他不够狠，我深以为然。家长对自己的小孩总是有很多舍不得，假期，他爸爸带他跑步，他跑得那叫一个慢。对他狠点，他就哭鼻子，或者撒娇，他爸爸马上就心软了。这样的训练当然无法提高他的体育成绩。今年假期准备把他交给教练训练，不知训练什么项目最合适，我还想听听老师和其他家长的建议，再做决定。

希望我们以后能多和大家交流，共同进步，谢谢大家！

七（1）班龚一兆妈妈　赵洪香

2015/7/7

# 祝你好运，我亲爱的儿子！

## ——写在儿子初三毕业前

亲爱的儿子：

看到这个称呼，可以想象你的表情，是不是习惯性地把嘴一撇，再来一句："肉麻死了！"但我还是忍不住要这样"自作多情"，因为我们爱你，从出生到现在，这种爱就绵绵不绝，一发而不可收。

还记得你当初为什么要选择正衡初中吧，其实，你就是想挑战自己。为了达成这个目标，你的六年级不再过得漫不经心，而是开始主动预习初中的功课。就像当初学钢琴一样，老师布置每天弹半个小时，你却要狂弹一个多小时，到最后把师兄师弟师姐师妹全部甩下，老师干脆只得承认你是大徒弟。经过自己的不懈努力，你如愿取得了正衡的入学资格，而我们能做的只是站在边上，无条件地支持你、相信你，坚定地选择和你站在一起。

其实，你刚去正衡的时候，我们在家就是"空巢老人"，很失落，很担心，还会各种胡思乱想。每天最大的期盼就是等你晚上来电话，那是我们一天中的节日。你在电话那端说着班级的各种鸡毛蒜皮，默写啦、限时作业啦、班主任又发飙啦……事无巨细，你都要一一道来。你笑，我们这边也笑；你哭，我们的心也揪得生疼。但我很满意这种毫无障碍的沟通，它让我们能够熟悉你的生活，你的环境，分享你成长的快乐和忧伤。七年级的你，单纯、努力、热情，从最初的不适，到最后在各种活动比赛中频频亮相；从最初的胆怯，到最后在正衡站稳脚跟，拥有自己的一席之地。你的坚持、你的勇敢、你的永不服输的精神，让我们为你感到骄傲，特别是你居然能在运动会上拿到滚铁环全校第四名，真是令我们吃惊！要知道，从小到大，你最不喜欢参加的集体活动大概就是运动会了。

八年级的你，电话内容明显减少，但成长的烦恼却在不断增加。你是一个敏感的孩子，因为你对生活有着超强的感受力。这既是优点也恰恰是缺点，这会导致你太在意别人的眼光和言论。也许你也曾遭受过嘲笑、歧视甚至是中伤，或者也曾为自己的体型、生长发育而烦恼，但是每个人都有自己的生长规律，每个人只能走属于自己的道路，这既无法模仿，更无法复制。尽管带着成长的各种困惑和难堪，你却依然善良、正直、积极向上，更可贵的是你能主动调节自己的不良情绪，找到合理、科学的释放方式，这一切都得益于你是一个有梦想的孩子，你一直在朝着梦想奔跑。

九年级的压力是无形的，你的电话更像是公文：一干吗二干吗三挂了啊。我们一方面暗自失落，觉得我们的儿子似乎距离我们越来越远；但另一方面，我们又暗自庆幸，我们的儿子长大了，很多事情可以独当一面了。除了雷打不动地阅读课外书籍，你主动放弃了很多，开始一门心思地为中考做着各种准备。你已连续四次获得年级阶段测试总分第一的成绩，这说明你已经开始了你自己的冲刺。我们当然很开心你能有这种自觉努力的状态，但是儿子，我们并不希望你一直站在第一的巅峰。人生的路还很漫长，学习需要张弛有度。我们希望你的每一天都过得充实，但并非"咬牙切齿"；我们希望你每一天都过得开心，但并非"用力过猛"。你一直是个聪明有悟性的孩子，相信你知道如何积蓄力量，如何调剂生活，如何让自己的大脑深呼吸！我们理想中你考试的样子，应该是自信满满，既做好了充分的准备，也做好了最坏的打算，就像完成一次作业，认真答完自己会做的，就OK了！

你是不是又该撇嘴了："真不知您哪来的自信?"很简单啊，所有的努力都不会白费，因为能量是守恒的，我们相信你。

祝你好运，我亲爱的儿子！

你永远的支持者：妈妈

2017/3/2

# 正衡2017届毕业聚餐晚会发言稿

尊敬的各位老师、各位家长、各位同学：

大家好！

今天我们发言的关键词是：感恩、祝贺、祝愿和希望。

A（一兆）：首先我要感恩我的老师。是他们的诲人不倦成就了今天的我。我想用一句话来概括他们各自的特点，并表达我深深的敬意和感激之情。语文……

B（妈妈）：很荣幸我能作为家长代表站在这里，表达我的感激和喜悦之情。我的内心非常忐忑，因为我知道，有更多优秀的家长比我更有资格、更适合站在这里。我谨代表所有的家长向孩子们的恩师说一声："谢谢！"谢谢你们辛苦付出，谢谢你们教导有方，谢谢你们对孩子的包容和谅解，谢谢你们对孩子的鼓励和赞赏。同时我要代表所有的家长祝贺在座的每一位同学，祝贺你们经过三年的努力脱颖而出，成为正衡的佼佼者，成为高一级中学的新生。三年里，你们播撒了勤奋、努力和汗水，三年后你们收获了鲜花和掌声，祝贺你们凤凰涅槃、浴火重生！

A（一兆）：其次，我很感恩正衡中学这个平台。人外有人，天外有天，正衡无疑把我放入了一个炼丹炉，让我在"三昧真火"中反复锻造、反复锤炼、不断成长。初进正衡，我忐忑过、自卑过、动摇过、徘徊过，而正衡的各种机遇、各种活动、各种平台、各种奖惩措施，逼得我不得不不断地挑战自我。是正衡让我获得了足够的自信，也是正衡教会了我足够的低调。

B（妈妈）：选择正衡中学，也许是我们一家人做得最正确的选择。一兆住校，一个礼拜对孩子五天的放手。就像小时候你如果牵着他的手过马路，就会感觉很幸福，你如果眼睁睁地看着他稚嫩的背影穿过马路，哦，这就痛苦了，内心是崩溃的。孩子们也许不知道，但家长都能理解，放手其实是个很痛苦的过程。各种担心，各种放不下，各种担惊受怕，以至每天都通电话。他来正衡第一个月出的状况最多，板凳坐垮了，手机在教室响了，宿舍熄灯后讲话退宿了，在宿舍里打牌被老师抓到了，考试不写名字被罚抄等等。一兆很多比较随意的习惯（比如，喜欢蹲在凳子上，喜欢把衣服帽子套在头上，考试从最后一道题做起）都是在正衡中学改掉的，挫折使他的心态更加平和、更加沉静，在正衡，他历练得稳重了、谦虚了、自信了，这是正衡赋予他一生的财富。

A（一兆）：最后，我很感恩我的同学。正因为他们的种种优秀表现，才使我不断地认识到自己的不足。他们有的擅长音乐，有的擅长书法，有的擅长体育，有的擅长电脑编程，有的擅长制作视频，有的能读懂英文原著……而我除了钢琴十级，就剩下一个特长，阅读。感觉到与他们各方面的差距，我在正衡变得主动，很多时候，我会主动报名去争取各种锻炼机会，不断提高自己各方面的能力。我做过主持，参与过竞选，进行过演讲，参加过运动会（滚铁环），在各种竞赛活动中崭露头角……是周围优秀的同学悄悄地促成了我的改变、促成了我的进步！

B（妈妈）：我要感谢所有在座的家长。能与你们优秀的孩子为伴，是一兆的福气。水涨船才能高，正因为大家的孩子优秀，才营造了良好的学习氛围和优良的竞争风气。你追我赶，实力相当，才能让一兆感受到学习的痛并快乐着。同时，在座家长的很多教育理念对我深有启发。比如，一个家长对孩子说：凡是公交车能够到达的地方，我就不会开车去接你（这个比我狠多了）；

又比如，很多家庭经济条件相当不错，但小孩很朴素甚至是节俭（比如商梦杰）。有一次，我要他穿一件耐克运动上衣去学校，他怎么都不肯，说人家都不穿，自己穿成这样像什么？正衡学生家长的素养和理念由此可见一斑。初二有一次我问一兆，为什么你的体育不太好呢？他说，因为你们对我不够狠，我深以为然。因为有一次一兆抱怨我：妈妈，你怎么一点长辈的样子都没有？我当时就蒙了，我也是第一次做长辈，我怎么知道长辈是什么样子？今后希望能有机会与在座的家长多交流，多取经，争取更像一个长辈，从而在培养孩子的道路上少走弯路。

最后，我们祝愿在座的所有同学安静扎根，深植自己，让优秀成为自己的一种习惯。祝愿在座的所有同学，三年后都能再传捷报，金榜题名。我们希望三年后还能和大家聚在一起，感谢师恩，共叙友谊。我们希望十年、二十年乃至多年以后，我们依然记得今天的喜悦、感动和深情厚谊！

谢谢大家！

2017/6/27

# 遇见更好的自己

## ——写在儿子高一第二学期期末考试后

亲爱的儿子：

　　这次考试结束，看到你如此难受，妈妈其实比你还难过。我难过不是因为对你的成绩不满，而是为你的难受感到心痛。

　　自从选择来到常州读书，你一直对自己高标准，严要求，在爸爸妈妈的心里，你一直特别出色！你的出色在于，你能很快适应环境，接受挫折和挑战，在困境面前不断调整和完善自己；你的出色在于，你很少怨天尤人，而是主动寻求解决问题的办法和途径。几年来，除了骄人的学习成绩，你的体育、独立处理问题的机智、与他人沟通交流的能力、各方面的活动能力都有了极大的提升。如果与过去的你做一个对比，说你已经成功逆袭，智慧蜕变是毫不夸张的。你比以前自信、开朗，看到你吃饭的时候对我侃侃而谈，还伴着丰富的表情和手势，我的心里满是喜悦和感动：我的儿子是个阳光少年，有自己的想法和对事情独到的看法，这对于一个完整的人来说，是多么重要的特质！不要老拿自己的短处去比别人的长处，每个人都应该活成自己想要的样子。

　　这次，你的成绩出现小小的下滑，其实，我是喜忧参半的。喜的是你终于从神龛跌落，回到正常的生活，那种被高高架在神龛上的感觉不接地气，也并不快乐，你本来就是一个普通的孩子，只是学习能力碰巧比较强而已；忧的是，你是否能尽快接受这个结果，如果你自己无法接受，那你会有一种错觉，感觉老师和同学对你都没以前好了。这就是心态问题。一直第一，心态不容易处于平衡状态，而适度的波折才能成就健康的心态。没有谁的成功是轻而易举的，他们的背后都隐藏着不为人知的努力。不要嫉妒和不平，要注意观察和学习。更重要的是，你得找到原因和解决问题的办法。儿子，成绩固然重要，但你真正要挑战的不是别人，而是自己。所以，不要熬夜，不要打疲劳战，身体好是解决问题的前提。任何时候，你可以检讨你的方法，你可以反思你的策略，但永远不要怀疑自己的能力，能力不过就是眼光始终看向前方，始终看向未来，跳出目前的局限，坚信结果的美好而已。驽马十驾，功在不舍，你要有这个格局。

礼貌、谦逊、低调、沉稳固然令人赞叹，但作为妈妈，我又多么欣赏会去听一场音乐会，会和同学考试后去看一场电影，会在宿舍里和他人抢吃东西的儿子。因为生活不是只有学习。高中的生活虽然枯燥，但能在枯燥中偶尔遭遇感动、惊喜、出乎意料、快乐，让自己觉得舒服和温暖，这是一种天赋，每个人都可以挖掘。

放开手脚吧，儿子，锻炼你的胸襟，遇见更好的自己！

永远支持你的妈妈

2018/6/27

# 这没什么，不重要！

## ——写在儿子二模考试后

亲爱的儿子：

不知道你什么时候能看到妈妈这封信，但妈妈其实一直想给你写封信。

高三，有很多无形的压力，而你又是一个敏感的孩子。还记得刚放寒假吗？妈妈一开始表现得过分紧张，恨不得把一切时间都抓住，让你背呀、默呀。结果，那段时间，你觉睡不好，饭也吃不香，第一次在家考试，居然肚子疼得考不了试。而妈妈那段时间，同样吃不下，睡不好。你在家第一次考试结束后，我反思了自己，是我紧张的情绪感染了你，把你逼到了绝境。后来，我调整了心态，觉得如果因为心态而导致你过分紧张，连自己的水平也无法正常发挥的话，那不是本末倒置吗？于是，我让自己停止焦虑，放轻松，结果，你也轻松下来，效率反而提高了。

顾老师已经给我私发了成绩，儿子，我猜你一定有些难过，有些茫然，有些不知所措。不要紧张，儿子，这次考试前的周末，你太累了。为了报综评，你周六开夜工到十二点，走之前又忙到六七点钟，你根本没有时间充分复习，也来不及调整自己复杂的情绪。爸爸走之前还为些细枝末节的事情责备你，我在路上批评他了。离开时看你那么疲惫，妈妈真的很心痛。对不起，儿子！

报综评的事，不知道你是怎么想的，但千万不要以为你的成绩出现了波动，我们才决定帮你报综评。其实，我们是因为知道，可以高考后再确认报名，才决定帮你报名的。你也许以为，爸爸妈妈不相信你了，怀疑你了，其实不是。我们一直认为你在学习上很有天分，你的强项不是专注于某门功课，而是全面、齐头并进。在学习方法上，你也有自己的主见，有一套适合自己的方法。千万不要人云亦云，别人的方法不一定适合你。同时，不要自乱阵脚，不要因为一次考试就全盘否定自己。想想你在疫情期间是如何努力，如何高效，如何让自己一步步回到年级第四、第二、第一的。高考前的一切成绩都是浮云，只要你调整心态，坚持努力，相信自己，坚定信念，儿子，你一定能够成就最好的自己。

清北是梦想，心有梦想是幸福的，尤其在年轻的时候，一定要尽力去争取。但清北不是任务，不上清北，人生照样有无数可能，不要背着心理包袱前行。

每次考试后，都要把错题认真订正整理，多分析错误原因，吃一堑长一智。不要去管别人说什么或者嘚不嘚瑟，谁还没考过年级第一，谁又没失误过一回？

每天都在心里多念几遍："关你屁事，咱们走着瞧。"高考一天不结束，就不要轻易认输，谁笑到最后，谁才笑得更好！

相信妈妈的话，儿子，我们一直以你为荣！还有就是，我们爱你，而且会一直支持你。一次考试相对于人的一生，也许就是大海里的一滴浪花，也许连一滴浪花都算不上，所以，不要再纠结了。该怎么学还怎么学，注意休息，保持体力，加油，我的孩子！

你的知识水平并没有太大的问题，关键是你的心态。不要给自己贴上任何标签，而让自己负重前行。课堂效率提起来，遇到问题，积极寻找对策和方法，而不要自怨自艾，更不要迁怒于他人。老师其实是最愿意为你提供帮助，也最愿意你一切都好的人，你应该经常向老师请教，老师是最好的资源。

妈妈是老师，有体会，如果有学生向我请教，我一定倾力相帮，毫不迟疑。多听老师的建议，有则改之，无则加勉。你对老师的信赖度越高，你就会学得越轻松和高效。

埋头苦干，无问西东，才是高三该有的态度。考好了，应该高兴，但不要太得意；考差了，会难过，但不能持续低迷。保持良好的情绪，不要把注意力老放在结果上，努力了，认真对待了，就不要苛求自己。把过程做好，细节做好，但要学会接受最坏的结果。不要认为龚一兆就该考得出类拔萃，考差了就是罪过，越是这样想，你就越是无法放开手脚，也许作文就是这样的原因。

我说得太多了，你又要嫌妈妈啰唆了。儿子，无论怎样，妈妈爱你，如果在你身边，我只想给你一个拥抱，告诉你，这没什么，不重要！

愿我的一兆放轻松，一切还不到水到渠成的时候。坚持下去，静待花开。

永远支持你的妈妈

2020/5/27

# 谁都不容易

在得知儿子被清华大学未央书院录取的瞬间，我承认我很开心，但我并没像之前准备了千百遍的"万一儿子考取了清北我会怎样怎样"那样激动或者亢奋。我没有激动得睡不着觉，也没有亢奋得立即昭告天下，而是有一种如释重负的感觉：悬而未决的事情总算有了结果，心里的一块大石头终于落了地。

往年的高考，六月九号结束；今年的高考，七月九号结束；而我家的高考，八月一号才结束。大家一定觉得奇怪，这是怎么回事？关于这点有必要科普一下：今年的高考，取消了以往的自主招生制度。全国有 21 所大学在江苏实行综合评价招生，A 类高校 9 所：南京大学、东南大学、中国科学院大学、北京外国语大学、上海科技大学、南方科技大学、上海纽约大学、昆山杜克大学、香港中文大学（深圳）。全国三十六所学校有强基招生录取计划，每位考生限报一所。大家可以发现，通过综评无法实现清华梦，因为清华的综评根本不在江苏省招生，而强基则可一试。相对于往年，清华有领军计划，北大有博雅计划（相当于综评录取），今年就只有华山一条道——强基，而选择了清北中的任何一所，都是赌上了身家性命，因为你再无选择别的大学强基的机会。画重点，强基限报一所，综评可以同时报名多所学校。

我这么说，有人可能还是会晕，直接高考不就得了，哪来这么多弯弯绕。说实话，我也是最近才弄懂里面的玄机。清华在江苏录取考生有三种方式：一种是保送，要求数理化生信五大学科竞赛必须获得决赛（国家级）的金奖，而银奖和铜奖都不能保送（这类学生一般小学就开始参加系统的竞赛培训）。一种是强基录取，高考分数只是用来确定你是否入围，入围后，你必须通过清华的校测（今年受疫情影响在南京笔试通过后再进京面试），面试后本来还有体测，后也因疫情取消了。面试结束后会有一个高考及校测成绩综合排名，如果你刚好处在全省前 37 位，那么就可以被清华强基录取。一种是高考裸分录取，直接凭高考分数达线录取。大家可以看出，这三种录取方式各有侧重，进入学校后，发展平台也会有所不同。第一类保送生进入清华后，往往会优先进入姚班或智班（清华最牛的班。当然，姚班和智班偶尔会放入一两个高考省状元），他们注定将成为中国乃至世界范围内的牛人；第二类强基录取生，原则上是本硕博连读培养模式，在本科期间修的是理工双学士学位，有自己的导师，小班教学。本科期间不可以转换专业，本科期满或硕士期满可以选择不同的进修方向；第三类高考达线录取的考生，本科毕业有百分之五十的保研概率，如果保研不成功，那就必须加入考研大军，一如当年的高考。所以就出现了第一类考生到高二结束没拿到国赛金牌而回教室重新冲刺高考的情形，还有高考裸分已经达线仍然选择继续参加名校强基考试的同学。

这么说吧，第一类保送生相当于初升高的校长实名推荐（其实比这牛得多）；第二类强基录取生相当于参加初升高提前考试录取的那一拨；第三类高考分数达线录取就相当于初升高通过中考分数录取进校的最后一批学生。

儿子是通过清华强基录取的，所以我们的高考到八月一号面试结束后才真正结束。至此，一个暑假一大半的时间已经泡汤了，好在最后的结果是好的，抵消了一切的艰难和不容易。

高二升高三的暑假，儿子全部的精力都投入了数竞和物竞上，其他高考学科全部靠边站，因为数竞和物竞的初赛复赛全部集中在开学的九月。那时政策不明，谁都想拿国一，谁都不清楚拿到国一是否可以享受优惠政策。虽然文件老早告知今年将取消自主招生，但按照往年的惯例，拿到国一应该或多或少有些说法。（儿子高二就是凭着文化课成绩和竞赛成绩的综合排名，被学校推荐参加了北大的优秀中学生暑期综合营）数竞复赛9月8号公示成绩，物竞复赛9月27号公示成绩。整个9月都将在竞赛中度过，无法回教室和大家一起上课。

我们第一次经历竞赛与上课之间二选一的局面。一方面，我们想要儿子全力以赴地应对竞赛，另一方面，我们又担心长时间不上课会影响到儿子后续高考学科的学习。鱼与熊掌不可兼得，舍鱼而取熊掌也，但困难的是竞赛与高考，谁是鱼，谁是熊掌？儿子的理想是物竞拿国一，数竞拿省一，在经历了几番锤炼敲打纠结沉浮之后，儿子只拿了两个省一，距国一都是几分之差。这对儿子是一个不小的打击，因为他向来是个完美主义者，这样的惜败未免让他内心不服。

但清华这次的校测笔试考数理化三门，难度比高考大，相当于竞赛难度。我安慰儿子，谁像你参加两门竞赛（儿子的数竞完全是自学的），大家不都是参加一门竞赛？这次考试你不用担心了。事实证明，我们还是过于乐观，儿子的预判才是对的。清华校测果然了，三小时七十三道题，除了会做的少部分，剩下的连蒙带猜时间都不够（高考两个半小时考二十四道题）。儿子一出考场，就说自己题目没做完，去上厕所，回来却走错了道，我觉得儿子是考蒙了。分数出来，满分九分，儿子得了四点几分，这个分数如何，我们心里一点底都没有。强基第一年，大家都是摸着石头过河。南京笔试结束，过了好几天才接到通知：笔试通过，8月1号下午一点到清华大学校内参加面试。面试这种东西真的是很难准备，谁都不知道他会问什么，怎么问。我们提前一天去了北京，在酒店里，我们也无所适从，只好叫儿子上网浏览新闻，关注与清华大学相关的内容，关注社会热点，完全是东一榔头西一棒槌。第二天下午，儿子进入校园待考，我们守在门口等着。通过交流，全国各省的考生这几天分批来参加面试，有人透露，江苏笔试最高成绩五分，我们一下子定心了不少。

儿子三点钟左右出来了，我们来不及细问，立即搭上了返程车。先地铁再高铁，最后出租车，马不停蹄地赶回常州。到家后，我们从儿子口中得知，面试给了他一篇长达十二页的材料，他看完材料已耗掉准备时间三十分钟的一半，接下来需要笔答两道关于材料的文字题。之后进入面试室，对面坐着三位教授。他们先就笔答的两道题提问，接着你一个他一个地轮番问三四个问题。儿子说自己觉得一开始回答得还好，后来感觉在重复前面的回答。忐忑不安地等到 8 月 5 号，网上综合成绩排名出来了，儿子的面试拿了 3.5 分（满分 6 分），页面显示已录取。儿子说，看材料的前面部分时，他想到了《读者》上的一个故事，本来还准备讲一讲这个故事的，哪知材料最后呈现了这个故事。我接话说，这说明你看懂了材料，而且理解对路了。儿子说，回答教授的提问时，他谈了好一会儿《三体》的内容。我说，你要感谢自己平时的阅读积累。因为你从小养成了良好的阅读习惯，无论是阅读的广度还是深度，比起一般的孩子，你都略胜一筹。有时候，我们不知道自己平时读的书，付出的努力，什么时候会起作用，什么时候会显现成效，但这就是一个内化的过程，当需要的时候，你得拿得出来。儿子深以为然。

儿子用一句话概括他的面试经验：随机生成。其实，这"随机"并非完全"随机"，因为能量从来都是守恒的。你所读过的书，走过的路，见过的人，付出的努力都将内化为你的一部分，在某个瞬间，它会不动声色地显现出来。没有人能随随便便成功，谁都不容易。

# 一个妇产科医生的"恨"

一次朋友聚会，席间遇到一个妇产科医生，我们姑且称他医生李。话题偶尔扯到了同学聚会，他立即愤愤不平地提起了自己高三的班主任。言下之意，只要那位班主任在场，他就拒绝参加同学聚会。虽然事隔多年，但他对班主任却似乎余恨未消。

是什么样的恨，竟能维持长达二十年之久？

作为一名在职教师，我一时心生好奇，忍不住向他打探原因。他也并不避讳，说他一恨班主任管得太严，甚至到了严苛的地步：比如，周六其他班同学可以休息，班主任却非要让他们全班到校自习半天；比如，开运动会中途休息期间，班主任却关他们在教室背书；比如，外出社会实践，在旅行大巴上，班主任却要抽背他们英语口语……一句话，他就是不让他们好过，这是医生李的概括。第二个原因，却是因为班主任的"整人"。当年医生李有一个要好的同学，本来他们坐在一起，相互学习非常舒服，却被班主任生生分开，给他们各自安排了一个表现特别差的同桌，让他们整日无法安心学习。更令人生气的是，高考前夕，乡下孩子须住宾馆迎考，谁都知道当晚的复习和休息对他们来说有多重要，但医生李却被分到和一个特别吵的家伙一起，一晚上无法安心入睡，以至于影响到高考的发挥。

听上去这位班主任不容易，牺牲了自己的休息时间也要抓学生的学习，至于座位安排，在我看来也并无太大的过错。因为哪怕是班级最差的学生，班主任也没有选择放弃，而是指望医生李这类学生能够拉他们一把。但问题是，他征求过医生李的意见吗？他考虑过医生李的感受吗？他的一厢情愿和自作主张，伤害了医生李这类学生的情感；他越矩治学，强施于人，虽精神可嘉，却不过换来教育的失败。

只是，当年的班主任知道这些吗？要是不知道，医生李这恨就好比拳头打在棉花上，得不到一点回应。当然，就算曾经有过不爽，现在还没有云淡风轻，医生李也不可能冲动到要和班主任当面开撕。所以他并不打算去参加什么同学聚会，但也不愿意再见到当年的班主任。

客观地说，我也不太喜欢这样保姆式的班主任。他们虽兢兢业业，忠于职守，但他们依靠延长学生在校时间和延长自己的工作时间来提高教育教学效果，这就有些令人费解了。为什么八小时上班时间不能把工作干好，是能力太差，还是效率太低？一味地强调付出和牺牲，不仅给学生也给自身的生活带来了很大的压力。与其如此，何不多花时间提升自己，研究学生，最大限度地激发学生自身的潜能？

医生李的恨让人深思。应该说，医生李在校受到了班主任极大的关注，甚至把他当成了可以依赖的左臂右膀。可事实是，医生李恨他，而且恨了二十年都无法释怀。这促使我们警醒：每个学生都是有思想的活生生的人，他们不傻，更不会甘愿沦为傀儡或木偶。那些拿学生当傻子，甚至想操控学生思想的班主任无疑才是真正的傻瓜。

教育的最高境界是因材施教，而班级授课制倡导的却是批量生产。作为一名教育工作者，我深知，无论怎样努力，也不可能让班级每个学生都喜欢自己。但我想，只要尽可能地抛却偏见，公平地对待每一个学生，在生存和生活上，多给他们一点引导，而不是一味地强奸民意，掠夺他们的时间，那么即便他们不懂感恩，想必也不至于成为仇人。

# 礼 物

周五上午第二节课，我像往常一样走入教室。

在我低头准备播放投影的一瞬间，讲台上一小束鲜花引起了我的注意。它的外包装粉粉嫩嫩的，里面开着紫色的满天星。我几乎是下意识地拿起那束花，脱口而出："哪来的鲜花？是给我的吗？""是的！是的！"在得到前排学生肯定而响亮的回答后，我轻轻放下那束娇艳的花，心底一片明媚。

我不是推理，也不是早有准备，而是下意识。至少我还没有忘记周五是个国际传统节日。我猜我的嘴角此时一定扬起了好看的弧度，但我并不打算在礼物上过分纠缠。人是一种不能离他太远又不能离他太近的动物，对于狡黠聪慧的中学生而言，更是如此，身体的距离以及心理的距离都要恰如其分。但这并不妨碍我注意到鲜花里插着一块大大的草莓巧克力，我费了好大的劲才忍住要把它拔出来的冲动。

其实，早晨一来，我的办公桌上就已静静地躺着一小束鲜花，外加一个玻璃罩子里橘色的小灯，分别是班级里两个小女生的心意。其中一张卡片写得很用心，卡片正反面都填满了文字，字里行间流露出欢喜、尊敬、感谢还有祝福。另外一张卡片文字简洁，直言：老师辛苦了！小小卡片反映出两个女生截然不同的性格，但她们都用自己的方式表达着爱和祝福，令人欣慰。

"爱一个人要付出很大代价，但不爱任何人，代价就更大。"

一想到小女孩是如何悄悄用零花钱准备礼物，用心写下对老师的祝福，又是如何一大早悄悄把礼物放到老师的桌上，想给老师一个惊喜，我便悄悄走到了女孩的身边，对着她的耳朵低语："心意收到了啊，谢谢！"她会意地笑笑，我猜她此时一定很快乐。我一面想着最近一个礼拜自己口红的颜色，一面想到她送给我的橘色小灯。原来，她一直在关注我，她一定以为我的口红颜色很棒，而且以为我必是爱极了这种颜色。我很感谢她的用心。对我而言，口红的颜色不过是为了搭配衣服的需要，也是因不化妆提升肤色的需要。我最喜欢的口红颜色，并不是橘红，而是复古红。就是那种红得很正的颜色，它才是口红中的贵族，它自带的优雅和高贵，很衬肤色。但这又有什么关系呢？一个美丽的误会，却收获了一份诚挚的心意。

那盏橘色的小灯，在透明的玻璃罩里竟带给我美味蛋糕的错觉。我差不多就要揭开玻璃罩来品尝，突然发现底座下有一个开关，一打开，橘色的灯光柔和地点亮。我不禁哑然失笑。正在我为自己跳不出"吃"的思维而羞赧抱愧时，两个班有男生进来送花了。男生的方式很 man 也很绅士，直接走到我跟前，递给我一枝包装好的玫瑰，再情感饱满地来一声："老师，节日快乐！"我微笑接过，郑重道谢。

随后，我拍照把它发到了朋友圈，并附言："都是孩子们的心意，谢谢！"有同事很快在下面留言，不要发在朋友圈。我发过去一个白眼，问："为什么？"他回复说："没送花的孩子家长会有意见的。"会吗？我暗自思忖。如果今天没有收到任何一个学生的礼物，也许我会失落甚至沮丧，这会让我觉得自己是个不受欢迎的老师。所以这"有"与"没有"大概区别很大。但如果已经有了，是三份还是五份礼物有差别吗？对我而言，差别微乎其微。至于礼物是一枝鲜花，还是一块巧克力，实用或者不实用，就完全不在我的考虑范围了。礼物不过是心意的表达，重点是心意，而不是礼物的俗世价值。

那为什么要发朋友圈呢？是炫耀、是攀比、是警示其他同学？当然不是。不过是分享喜悦，表达感激，纪念节日的仪式感。家长该不会以为老师贪恋这几枝花、几颗糖吧？但发朋友圈，没送礼物的学生家长会不会有压力呢？如果有，是来自对小孩情商的焦虑，还是来自对老师公正的怀疑？礼物收买了老师？这未免有点草木皆兵的味道。也许幼儿园的小朋友会有这样的想法，并把这想法传递给家长，从而引起家长的不适和焦虑。但作为已有独立思考能力，个性也日趋完善的中学生，这种担心也许有点杞人忧天了。

我很庆幸，自己的学生拥有表达爱与尊敬的能力，这是他们活着的重要意义之一。这远比会解一两道数学题来得重要，因为技能是随时可以传授的东西，而对生活美好的感知，对他人的理解、尊重和感恩却是无法传授的，它只能依靠润物无声的熏陶。

希望我们师生之间细水长流，永远不要因为麻木、羞涩而日趋僵硬。因为我们是如此热爱生活，注定会相互成就。

# 老师该如何自处?

"亏你还是老师呢!"

这话让人一阵眩晕。它可以出自一个小商小贩之口,让你欲辩无言,白白受宰;它可以出自学生家长之口,让你自矮三分,有理也无法据理力争;它可以出自公婆之口,让你瞬间头皮发麻,思维紊乱;它可以出自朋友之口,让你立马抱愧而下,三缄其口……它就是一把利剑,直插五脏六腑;它还是一盘芥末,呛得你半天回不过神来。关键是,谁都可以对你说,贩夫走卒,三教九流,他们张口即来,画地为牢,圈你于无形。

一开始听到这句话我还很不服气:老师怎么啦,老师就该上知天文下晓地理?老师就该上得厅堂下得厨房?老师就该抛却功名利禄不食人间烟火?老师就该波澜不惊委曲求全?……这分明是一种道德绑架。先把你架到道德的制高点,再蒸、煎、炒、煮,百般锤炼,唯恐你不能练就火眼金睛,七十二般变化。后来,有人第一次见面,问你职业,往往你还没来得及回答,对方就示意你先别作声,让他猜猜看。然后对方会带着奇怪的自信猜测:"你是老师吧?一看就是个老师。"我故意反问:"你怎么知道我是老师?其实我不太愿意别人知道我是个老师。""你有老师的气质!"这句话让我一阵悚然,"老师"难道已经融入我的血液、我的灵魂,最后,由内而外侵蚀了我的肢体,甚至是我的容颜?

昨日偶尔读到一篇小说《春暖花开》,讲的是一个老师在春暖花开的季节,想去探望自己的得意门生——曾经的高考状元,如今的一县之长。老师去看学生的初衷，是因为他对这个学生有着特殊的感情。当年该生家庭贫困，几度差点辍学，是老师帮他交了学费，又把他接到自己家里精心照顾。学生最终不负厚望，一举夺魁，成了老师最得意的学生。当老师冒雨走了十几里山路，上门告知学生这个消息时，师生相拥而泣。老师特别想去学生做县长的地方看看，和自己的学生聊聊，就像去看自己的一个孩子。接待他的是县长的秘书，县长一直很忙。除了一次迎头碰上，县长匆匆回头握了握他的手，让他心底升起对县长慈父般的怜惜外，他再也没见过县长。怀着复杂的心情，他离开了秘书安排的招待所，虽然秘书为他准备了很多土特产，而且再三挽留他多住两天，但都被他拒绝了。

他第一次觉得自己不该来。

学生如果没来看老师，也许老师就没必要去看学生吧。如果老师要的是学生发愤图强，功成名就，那么当学生已经由团委书记升至县长时，老师还担心他什么呢？虽然老师在街上转悠，询问新任县长如何时，别人给出的答案让老师不太满意，但老师又能如何呢？帮县长痛骂群众？还是像学生时代一样对县长语重心长？说到底，老师只是陪学生走一段路的人，今后的路怎么走还得靠他自己。那老师是希望学生放下手头的工作好好陪自己逛逛，最起码陪自己聊聊？县长这样做合适吗？再说又能聊什么呢，聊过去？聊老师那些年的付出？聊镇上的其他同学知道他要来看县长学生后的反应？聊自己是如何以他这个县长学生为荣？也许县长学生没错，他除了能给老师提供食宿，送老师一些土特产，什么也做不了，什么也不能做。

这篇小说引起了我足够的警觉：老师到底该如何自处？

在读学生家长的店你进过吗？无论是饭店、书店、药店、理发店还是服装店……你去了，家长怎么处？是收你钱好呢，还是不收你钱好呢？收多了，怕你生气折腾孩子，收少了，又觉得自己心里不舒服；已经毕业的学生如果不主动联系你，你会打电话过去吗？是提醒学生不忘师恩，还是要强制消费你曾经的付出？学生过得好，该不该去打扰他？学生过得不好，但并没求助于你，该不该为学生留点尊严？

"亏你还是个老师呢。"这话也对，既然是老师，就得多站在学生的角度思考问题。师生一场，难道仅仅是为了得到回报，才要教育好学生的吗？难道仅仅是为了评优争先，才要对学生关怀备至的吗？难道只有那些功成名就的学生，才是老师最得意的作品？在成全学生和成全自己之间，你选择了谁？

正因为学生是生动的、有独立思考能力的、鲜活的存在，我们的交往才始终能够擦出动人的火花。理解、放手也许才是对学生最大的支持，在让学生成为我们的骄傲时，我们不妨也努力成为学生的骄傲吧。

# 做一个有温度的教师

——学习袁隆平、张玉滚、申纪兰等英雄先进人物有感

温度。当我在键盘上敲下这个字眼时，一束阳光正斜斜地从屋檐上射下来。温暖灵动，将我拥抱入怀。它弱弱地抚摸我的肌肤，轻轻地触碰我的脸颊，一股暖流瞬间将我击中。

一个有温度的教师，应该就是学生心底的那一抹冬日暖阳吧。温暖和煦，于不经意间点燃学生心底的希望和光。而这温暖既不像夏日的疾风骤雨，也不像秋日的炎炎炙烤，它更像是春风拂面的包容，抑或是寒冬暖阳的鼓舞。

克莱尔·麦克福尔曾写过一部令世界读者灵魂震颤的心灵治愈小说——《摆渡人》。小说主要讲述：15 岁的单亲女孩迪伦，因为与母亲无话可说，又常受到同学的捉弄，唯一谈得来的好友也因为转学离开了，所以她决定离开去看望久未谋面的父亲。路上突发交通事故，她成为唯一的幸存者。此时，一个男孩（摆渡人崔斯坦）将她带离了事故现场。但是迪伦很快意识到，男孩并不是偶然出现的路人，而是特意在此等候。从他们相遇的那一刻开始，命运就发生了无法预料的改变……

它是一个小女孩的心灵成长史。因为爱的匮乏，她的心是一片无尽的荒原；穿越之后，因为爱的丰盈，她蜕变成一个勇敢坚强的摆渡人，将自己的爱人引领回家，脱离无形的控制。

每个学生在成长的过程中，或许都经历过自己的"荒原"，

而他们以为的那些独自走过的荒原，其实一直都有光的存在，那光可能是教师，可能是同学，可能是父母，也可能仅仅是一个陌生人。做一个有温度的教师，必然要自觉地担负起那束光的责任，哪怕困难重重，也依旧牢牢抓住学生的手，引领他们走出自己的"荒原"。这是教师的责任和担当，更是教师的使命和情怀。

袁隆平、张玉滚、申纪兰、窦桂梅、张富清……这些平凡的人在平凡的工作岗位上却做出了不平凡的事业，有的甚至获得了"共和国勋章"的殊荣。是他们有三头六臂吗？是他们都天赋异禀吗？是他们都含着金钥匙出生吗？是他们终身都有贵人扶持吗？不，恰恰相反，他们把自己活成了一粒尘埃，却成就了对国家对人民不朽的事业。他们低调、朴素、坚韧、执着，心系国家和人民，对劳苦大众有着深切的悲悯和关怀。因为他们心里有大爱，所以才能几十年如一日地不计得失，不计名利、勇于牺牲、甘于"平凡"。

他们都是有爱心、有情怀、有温度、有强烈使命感的最美奋斗者。

作为一名普通教育工作者，我希望自己是学生触手可及的那束光。明亮、温暖，一直悬挂在学生前行的路上，不离不弃，坚守如一。不管遭遇什么，也不管环境如何变化，都坚持为学生守住心底的希望，呵护他们，引领他们，唤醒他们，直到他们自己成为勇敢坚强的摆渡人。

我还希望自己的这束光，不是一颗受潮的鞭炮，让学生感到突兀和狼狈；也不是一盏死人屋里忘了熄灭的灯，让学生感到害怕和抗拒。我希望自己能够给的是一种身体承受能力的黄金温度，约 22.87 摄氏度，它刚好可以支撑一个学生的自信和勇气，而又不至于令学生感到羞愧和难堪。

伟人和英雄常常湮没于日常生活中。我们不一定能成为伟人、成为英雄，但我们同样可以在自己的岗位上发光发热。

要是能有什么方法把人分成不同类别的话，那么最佳的分类莫过于个人内心深处的渴望。演员就是从小便自愿在不相识的公众面前展示自己的人，这根本性的自愿与天赋无关，是比天赋更深刻的东西，少了它，就不可能成为演员。

同样，我希望自己就是那种无论发生什么，都愿意终身引领学生的人。

# 网课糗事多

受新冠肺炎疫情的影响，赶鸭子上架，我们在"腾讯会议"里给学生上起了网课。

一开始，糗事连连，问题主要发生在网络技术的运用上。

有开始播课却忘记屏幕共享的；有已讲半天却发现没有开麦的；有网速过慢，播课像播雪花漫舞的；有播课途中，学生一直反映问题，却不知在哪里查看的；有系统把自己静音却毫不知情的；有播课时，突然跳出尴尬热点画面的；有按了暂停，系统滞后，停在不该停的位置的；有语音在讲上一页，网页却早已进入下一页内容的；有因关掉一个无关程序，屏幕共享被停止却毫无察觉的……

技术问题容易解决，学校安排专业技术人员在"腾讯会议"对我们进行了技术培训，再加上自我摸索和实践，不过三天，网课对我们来说已是得心应手。

教师的问题解决了，学生的问题却不好对付。

课堂叫学生回答问题，连叫四五人，毫无反应。屏幕静悄悄的。课后打电话过去，有人说麦打不开；有人说正准备回答，你就叫下一位了；有人说，家里没麦；有人说没听到老师叫他……这些话真假难辨，谁撒谎谁没撒谎还真不好说。也许他们上课注意力不集中，没听到老师叫；也许听到了，不会回答，便不吱声；也许正忙于游戏和聊天，没顾上搭理老师；也许他们只是挂在会议里，屏幕跟前根本没人。

有一次，语文老师早已下课，但有几个学生迟迟未进入数学课堂。我便进入语文会议呼人，呼了多遍才明白，屏幕后面压根没人，他们只是挂在网上而已。电话打过去，父母出门了，他们还在睡大觉。很难想象，这得是打游戏缺了多少觉啊。后来我们便悟了，那种下课后仍然待在会议里不走的学生，就是从不听课的学生，就算下课了，他们也毫不知情。

这就尴尬了，上课变成了老师的独幕剧。

为了尽可能减少这种状况，我们开始在课堂上随机提问。有连呼三遍，才听到学生跑步前来的；有半天没回应，却有一种类似火车开动的声音传过来的；有一边听他回答问题，一边听到他手机信息提示音响个不停……

随机提问，一堂课也不过照顾到十来个人，八分之一的比例都不到，学生有什么好惊慌的呢？认真的同学依然认真，打游戏、聊天的同学依然我行我素。

有家长说，他们在上班，孩子手机在手，又无人监管，能指望孩子怎么自觉？有家长说，上课让孩子开视频，就知道他们在干吗了。视频一开，网课就像拉锯一样，再也不能流畅地播放了，因为网速不给力啊。再说了，视频打开是有上限的，两个班的人不可能同时打开视频，只要有人可以不开，那就无法集体要求。

网课，带来了前所未有的低效率。

好不容易熬到开学，课堂的气氛、气息，第一次让人沉醉。

期初一测，结果糗大了。班级里四十几人，及格的不足四分之一。关键还有超四分之一的同学假期去了仙界，成绩变成了一位数。心里各种炸毛，觉得自己的全心付出不过就是一场笑话。

现实击败了我们残存的一点幻想，也彻底打乱了我们的教学计划，原准备好的网课梳理，现在变成了实打实的重上。至于假期上的网课，批的作业，打的电话，问的问题，消耗的脑力、体力都只能暂且按下不表。当真是"一夜回到解放前"。

这不公平，我们知道。不仅对认真上网课的老师，对认真上网课的学生更是如此。我们无法因为少数学生，而放弃班级大多数。我们甚至对自顾不暇的家长，也说不出更苛责的话。学生分化现象经过一个假期显得尤为突出。尽管我们知道，社会分层是必然的结果，优胜劣汰是大自然的进化方式，但我们还是想尽力转变更多的学生，最大限度地让更多的学生接受适时的教育。

疫情改变了很多人、很多事，它的衍生物——网课，给我们的教育带来了太多的感慨。

唯愿世界疫情早日得到有效控制，唯愿我们的祖国早日渡过难关，然后，该上班的上班，该上学的上学，早日回归正常的生活轨道，回归平凡的烟火生活。

# 班级里有个王李嘉琪

初一的孩子，稚气未脱，还沿袭着小学那种遇事就报告老师的习惯。

班里有个男孩叫王李嘉琪，个小，嗓门大，声音尖细，话特别多，凡事都喜欢发表意见。一开始我曾十分反感他的聒噪，觉得被他吵到不行。上课提问，我嫌麻烦，直接说，四个字的，站起来回答问题。下课，他围在我身边说个不停，我会马上说，四个字的，你闭嘴。

一次放学，我看全班同学都走了，他还在教室里整理东西。我问："这么晚了，你怎么还没走？""老师，我在记家庭作业。""早干吗去了？""我刚刚才把作业订正完。"他带着哭腔，眼看泪水就要掉下来了。当天的作业在校完成订正，是数学课的要求，但总有七八十来个孩子从来都完成不了。不过，他们也知道，老师拿他们没办法，总不能留他们吃晚饭或者把他们带回家教吧。钻空子的几个老早跑了，可他坚持要把作业订正完再走。我一下子就心软了，帮他把订正检查了一遍，核对无误后，顺手塞给他一支棒棒糖作为奖励。他破涕为笑，向我道谢，我嘱咐他记好家庭作业赶紧回家，路上注意安全。

时隔几天，他跑到我跟前对我说："老师，我想向你反映一件事。""什么事，你说？"看他郑重其事，一脸严肃，我丝毫不敢怠慢。"就是每次作业到了教室里，叫人发，总有人不愿意发，他们只找自己的作业。"原来是这事，吓我一跳。我松了口气："好的，我知道了，就是他们只想别人为他们服务，却不愿意自己为别人服务，是吗？""是的。"他点点头。在我明确表示这件事我会处理时，他才转身离去。其实他不是班干部，只是班级政治课代表，而我也不是班主任，只是这个班的数学老师。但他既然把问题反映到我这儿，我就不得不处理，而且要尽快处理。

有一天上课，我发现自己的三角板不见了，转头一看，三角板只剩一块板，被丢在教室前面的角落里。我边上课边捡回这块板，故意拖长了腔调问："这是谁要害我？和我这——么大仇恨哒？""是政治老师生气了。政治老师很——生气很生气，所以后果很——严重很严重。"王李嘉琪带着更长的拖腔回答道。我忍俊不禁，顺势说："吓我一跳，我还以为班级里谁和我有仇呢。叫你们政治老师以后别摔我教具了哈。"全班哄堂大笑，教室内外洋溢着欢乐的气氛。

当天下午第四节是我的辅导课。我安排大家测试第五章内容。考试结束，章同学上来问："老师，最后一题的答案是什么？"我告诉了他是××。章同学说："哎呀，我本来这么写的，后来我划掉了，我以为……"王李嘉琪又发话了："你以为，你以为，你以为有什么用，要老师以为。"他带着惯有的拖腔，完全是黄晓明附体："我不要你以为，我要我以为。"

一周后我开设校级公开课。教学内容是：主视图、左视图、俯视图。当小结这节课的内容时，书上引用了北宋苏轼的古诗："横看成岭侧成峰，远近高低各不同。"我趁机发挥说："苏轼的这首写景诗很有意思。横看，庐山连绵起伏，逶迤不绝；侧看则奇峰突起；远看近看庐山的山色和气象又各不相同，为此苏轼得出了自己的感悟。"学生接得很自然："不识庐山真面目，只缘身在此山中。""这就是说，要想看到庐山全部的山色和气象，必须跳出庐山才行。这堂课其实就是告诉我们这个道理：看人、看物、看事，都要多角度去观察，去思考，不要片面地下结论。比如王李嘉琪同学，一开始接触，可能会觉得他特别吵，嗓门大，闹腾得慌；但经过一段时间的了解，你会发现他三观特别正，很上进，敢于反映班级的不良现象，对人对事都能坚持原则和底线。而且，他还是班级的技术人才，他会播放投影，对吧？"（他是班级投影管理员）

最后一句，我纯粹只是想幽默一下。他却听得一脸严肃。

第二天上课，我正准备调试投影，王李嘉琪就迅速站上来说："老师，还是让技术人才来帮你解决这件事吧。"我会心一笑，主动后撤。他很快将投影调到最佳状态。后来每次上课，我都习惯性地说："技术人才上啊。"他便当仁不让地把投影调试到最佳状态。

这孩子，我喜欢。幽默而不油滑，可爱得一本正经。顽皮而不失分寸，上进得举重若轻。有时候看他抱头思索数学难题，我会在心里直犯嘀咕，到底是我收服了他，还是他改变了我？

# 隔代师生

"老师，我爸爸说，他是你学生。"

刚开学没两天，一个眉清目秀的女孩就跑来告诉我。

我看她长得白白净净的，却一时想不起任何关于她爸爸的信息。

"你爸爸叫什么？"

"张海生。"女孩笑眯眯地回答。

我想起来了。张海生，应该是我刚参加工作带的第一届学生，小时候得过小儿麻痹症。他写字有些费力，走路也是。不过，他是一个老实的孩子，只是成绩不太理想。

我嘴角上扬，微微一笑，问："那你叫什么名字？"

"我叫张靖雯。"

回到办公室，我立即查阅了分班名单。张靖雯，女生 9 号，班级综合排名 20 位左右，比她爸爸当年可强多了。我记得张海生当时的数学成绩一直在五六十分，总分排班级倒数。想不到他女儿如此阳光自信，我不由得暗生喜欢。

事实证明，我高兴得太早。张靖雯虽是女生 9 号，数学学习却是老大难，经常会考不及格，有时甚至只有三四十分。这让我莫名地焦虑。虽然她从不拖欠作业，作业质量也马马虎虎，但成绩摆在那儿，摆明了作业来源有问题。

过了一段时间，张靖雯在一次放学排队时，又兴奋地告诉我："老师，我妈妈说，她也是你学生。"

"哦，你妈妈叫什么？"

"陈英。"

电光火石间，我一阵眩晕。

陈英，我印象太深了。卷发，两颗门牙有点龅，皮肤还算白净。她让我印象深刻的原因，可不仅仅是她独特的外貌，而是一次数学考试的经历。有一次，学期期末考试，数学一考完，大家就围到我身边问东问西。陈英很激动，她告诉我："老师，试卷上的题目你几乎都讲过，我全部做完了。"周围同学一听就慌了，要知道陈英可是班级的数学困难户，她都说做完了，那其他同学该如何自处？王艳当时就吓哭了，因为她最后一道大题还没来得及写完。

考试结果出来，陈英：33 分，王艳：95 分。大家既觉得意外，又觉得早在意料之中。陈英的话从此在我心里大打折扣。

"老师，你怎么啦？"

张靖雯的问话一下子把我拖回到眼前。我决定联系张海生，聊聊他女儿的学习问题。

电话打过去，张海生说，自己正在菜场卖猪肉。他每天早出晚归，没空陪孩子，孩子的学习主要由她妈妈管。"老师，你又不是不知道，她妈妈那数学水平，还不及我呢。孩子不会做，她就让孩子查手机。"张海生最后说。

难怪张靖雯从不拖欠作业，每天的家庭作业也完成得很好，敢情都是手机的功劳。我很想再多聊几句，让他叮嘱陈英，孩子不会做的题就放在那儿，不要用手机搜答案。但最终我什么也没说出口，他们家的情况摆在那儿：基因组合是这么个情况，教育条件和环境又很有限，夫妻两人完全不懂教育，对孩子的习惯培养又是这般潦草。我说什么好呢，说了也是白说。张海生不可能有时间陪孩子，他能自食其力还能养家糊口已经勉为其难了；至于陈英，你能要求她什么？除了照顾孩子的衣食住行，你也对她

159

提不出更高的要求。

张靖雯在学校里认了好几个"哥哥"，整天忙于人际交往和江湖恩怨，看似阳光自信，实则虚度光阴。十年或者二十年后，适合张靖雯的工作是什么？张靖雯的生活又将是一种怎样的状态？

挂了电话，心情莫名地沉重。

在农村中学，这样的家庭不是个别现象，这样的教育环境也不是个例。社会分层越来越严重，那些经济条件好、社会背景硬的家庭的孩子，拥有更好的学习资源，更好的教育环境，和更优秀的人一起竞争、合作、成长。他们的平台和优秀基因决定了他们和乡下孩子的差距越拉越大。

没有人能选择自己的出身，也没有人能选择自己的父母。像张海生这样家庭的孩子，他们的出路是什么？

生活告诉我，教育不是万能的。

因为是学生的孩子，内心总有割舍不下的情分。想着孩子才上初一，眼见着就失去进入高中的机会，大学的大门也早早对她关闭，心里未免惋惜不已。而他们似乎早已知晓，早已接受，或者他们就压根没做他想，一心只扑在眼前的琐事上，日复一日，年复一年。

他们认命了吗？

人无远虑，必有近忧。我虽然哀其不幸，但也怒其不争。这不争是一个顽疾，在一个家庭中传递出衰腐的气息。当然，这不开悟、不澄明，对张海生这样的家庭来说，也未必是件坏事。痛苦着清醒，远比麻木着蒙昧来得更令人心酸。日子稀里糊涂，得过且过，也未尝不是他们的一种出路。至于精神的救赎，只能留给时间去解决。

而教育唯一能做的，就是唤醒，只是这把人从蒙昧中唤醒，对他们来说究竟是幸还是不幸呢？

第四辑：

# 人生五味

既然我们难免蒙昧无知，那么及时自省就显得尤为迫切和重要。央视名记柴静曾说过：就像叶子从痛苦的蜷缩中要用力舒展一样，人也要从不假思索的蒙昧里挣脱，这才是活着。就让我们努力摆脱无意识，从此且好好活着吧。

# 鱼上水

前几天刚下过几场大雨，今日晚饭后，雨还在三三两两地滴落，内心不免有点犹豫，不敢走得离家太远。来到小区后的护城河边时，夜幕已经降临，护城河的水发出清冷的光，岸边的花草影影绰绰，唯有黄色的金丝桃开得绚烂无比，夺人眼球。供行人散步的道路铺着青灰的地砖，在路灯下显出厚重来。小道边石壁上方的绿化带把小道与大马路隔开，车的喧嚣声一下子变得失真般遥远。

信步来到护城河边的一处驿站，这里距桥头还有五十米左右，这五十米左右的距离正好被做成了一个休憩的微型广场。河道上几块大石错落有致地铺开，大石下方是长约两米的坡面，坡面上流动着一层薄薄的水，在夜幕中隐约可见。但在坡面底部，流水汇聚，细浪翻滚，定睛一看，竟有好些鱼在浪里欢蹦乱跳。我正暗自出神，一道银光倏忽一闪，我心头猛然一振。原来是一条三寸左右的小鱼跃出了浪头，沿坡面逆水而上，它的尾巴急剧摆动，所经之处激起一路水花，瞬间，它就到达了坡面中间的大石处。它还试图往上攀爬，尾巴摆动得更加剧烈，发出"噼啪噼啪"的声响，但终因后继无力，几个翻滚，它又很快跌落回水中。

难道这就是传说中的"鱼上水"？我屏住呼吸，趴在桥墩上认真观察起来。很快，又有小鱼跃出水面，蹿上坡道，在白色浪花中奋力开拔。它的尾巴摆动处形成伞形水花，像飞机的螺旋桨扇起的气流。小小快艇一艘接一艘地发出，完全忽略了河堤旁观看的路人。冲刺、攀爬、跌落……滑落的稍事休息，又重整旗鼓，以更猛的姿态逆水而上。河道坡面上一时你来我往，好一番繁忙景象。天色已晚，光线暗淡下来，河面变得深不可测，远处偶尔传来一两声狗叫。流水声、鱼尾摆动声、小鱼跌落声、浪花翻滚声一时格外清晰，一场夜幕下的"鱼上水"交响曲，一场震撼人心的视听盛宴正在进行……

我看得有些发呆，"鲤鱼跃龙门"的传说倒是听说过，这"鱼上水"的场景还是第一次瞧见，心里止不住期待那小鱼的最后一跃。终于有一条，唯一的一条小鱼，以拼尽全力之势，在流水中左冲右突，跌跌撞撞地到达了河道上游。我替它暗自捏了一把汗，它却超出了我的预期。

好奇之下，我回家上网搜索。先搜"鲫鱼上水"，居然弹出来的全部是与风水相关的信息，"鲫鱼上水"俨然成了风水宝地的代称。再搜"鱼上水"，倒给了好几条靠谱的理由，比如，其中一条就是天气原因导致的：晴天傍晚，雷阵雨前后，刮冷风等，都会使池水上下层提前对流，溶氧高的表层水下沉，偿还氧债；底层水却夹杂各种有害气体甚至沉渣泛起，造成全池缺氧，引起"鱼上水"。另外，连续阴雨天气，光照不足，浮游植物光合作用微弱，水中溶氧得不到足够补充；而鱼类及其他水生生物的呼吸作用却照常进行，因而引起"鱼上水"。

一句话概括之，"鱼上水"就是鱼在特殊环境或气候下的应激反应，目的只是吸取更多的氧，而"活水"无疑是最佳选择。据说，"鱼上水"以鲫鱼和鲤鱼居多，鳙鱼就很少。这话倒也靠谱，物竞天择，鲫鱼和鲤鱼成了鱼中精品。鲫鱼肉质丝滑，鲜香细腻，早就摆上了百姓的饭桌，而鲤鱼作为吉祥的象征，更是百姓茶余饭后的话题。

# 屋顶漏水以后

周日晚上，连夜从常州赶回。

暴雨如注，噼噼啪啪地砸在车上，远光灯打开，能见度也不过百米，只好一路缓行，平时两小时的车程硬是开出了三小时的时间。

到家，疲倦已极。推开卧室门准备先换件衣服，悲催了，眼前的一幕让人抓狂。整个房间一片汪洋，屋顶还在继续滴滴答答地滴漏，天花板中间的石膏掉下来好几大块。不过是周末两天不在家，不过是两天都有暴雨，走之前还好好的，现在何以至此？

一股无名之火从胸腔蓦地腾起，我换上拖鞋就"噌噌噌"地上了楼，敲门、按门铃均无人应答。老公随后到家，看到卧室的情形也惊呆了。我催促他赶紧联系楼上住户，肯定是他家漏水了，得让他来我家看看，把我家都祸害成啥样了。老公火速骑车到他家店里找人，一问，他老婆刚下班回家，便又折回来。我们一起去敲了楼上的门，她听说我们家漏水了，便让我们进屋查看。奇怪的是，她家阁楼的卧室地面干爽，毫无渗水的痕迹。她把我们带到她大卧隔壁去看，说她们家有一面墙也有点渗水，可能是太阳能有问题；又说卫生间有一面墙也有点渗水，可能外面下水管有问题。我不想听她东拉西扯，心里很肯定水是从上面漏下去的无疑，建议她先到我们家去看看。她跟着我们下楼，看到我们家卧室的现状，一时也没了托词。她说他们家曾经也遭遇过屋顶漏水，后来发现是别人家太阳能弯管满了渗水。我再没心思和她闲扯，只听她对老公说，要从对面屋顶上去，才能查明原因，明天几家人一起上去看看，如果真的是她家的原因，她再想办法。她把对门的电话给了老公，又说把自己老公电话留给我们，保持联系。看她态度如此诚恳，我们也不便多说，准备改天查明情况再说。

第二天上班，我把家里漏水的情况一说。有人帮着分析，肯定是楼上一家从卫生间通往阳台的管道裂了，或者管道中间有接头，接头松了，正好在屋顶中间，所以会渗水下来；又有人说，肯定是楼上住户大房间的内卫漏水，而我家屋顶不平，中间低，正好侧漏过来；也有人说，她家是不是停水时水龙头忘关了，积水过多导致渗水……我们找到单位的水电工王师傅，把情况一说，他断言，肯定是楼上卫生间的地漏出了问题。

老公约了楼上两家人，带上王师傅，一起上了屋顶。

真相大白于天下。屋顶天沟的下水管堵了，天沟水爆满，渗到四面的墙体，把它们全都灌饱了水，墙体的水慢慢朝低洼处渗透，连日暴雨更是火上浇油，而我们家屋顶恰好是最低洼处，于是便有了暴雨下的一幕。事实证明：我们家渗水与楼上住户还真没什么关系。

这让我不禁想起了纪昀的散文《河中石兽》中的故事：庙里的和尚和普通人一样，因为对外界事物的认识有限，按照常规思维划着几只小船，顺着河流去下游寻找石兽，当然是找不到的；学者按照自己从书本上学来的知识进行推理，断定石兽就在原地，不过是被深埋了，按照学者的理论和方法向地下挖掘，肯定也是找不到石兽的；老河兵因为常年与河流打交道，对河流的水、石、泥沙等习性有更细致的了解，因而能得出正确的结论：石头逆流而上了。按照老河兵的方法在上游寻找，果然找到了石兽。

"然则天下之事，但知其一，不知其二者多矣，可据理臆断欤？"

　　文末发问振聋发聩，言犹在耳，现实中的情形与文中何其相似。既然我们难免蒙昧无知，那么及时自省就显得尤为迫切和重要。央视名记柴静曾说过："就像叶子从痛苦的蜷缩中要用力舒展一样，人也要从不假思索的蒙昧里挣脱，这才是活着。"就让我们努力摆脱无意识，从此且好好活着吧。

# 那些年，我们一起惧怕过的流言

　　还记得中学时代，最惧怕的流言就是你和某某男生好了。如果同学这么说，意味着你堕落、风流、不纯洁、思想腐化；如果这男生还是你特别讨厌的类型，那么好了，你除了难堪、愤怒，还会觉得委屈和耻辱。所以，莫名其妙的，突然就有某个女生不搭理某个男生，或者某个男生躲某个女生远远的。当时的我觉得这简直是一种病态，矫揉造作。其实，散布流言的人倒往往心里有鬼，欲擒故纵。朋友，应该与性别没有太大的关系，重点是性格相契，志趣相投，彼此懂得，相互成就。我践行了我的交友观，当然，我也为此付出了代价。

　　我的初中同桌是典型的理科男，数理化如探囊取物，语英政却岌岌可危，我们切磋学习的时间特别多，也感觉彼此很有收益。但好景不长，不知是谁到班主任跟前放了毒，还是班主任自己看我们不顺眼，总之，他很快将我们俩的位置调开了。我在心底暗自发笑，却将一腔孤勇全部投入学习上，一如既往地该干吗干吗，不肯背这不该背的黑锅。

　　但我还是伤心过，为同学的无事生非，更为班主任的草木皆兵。就算中考成绩很傲娇（660多分），也还是心存遗憾，我居然还有一面数学试卷没看见，难不成是伤心过度？

　　二哥大学毕业，有一段时间喜欢上了做服装生意，据说还猛赚了好几万元。当时，我正读高三。有一次，他到学校来看我，穿了一件时尚的白底红花衬衫，戴着墨镜。我们站在教室门外的走廊上讲话，有同学竟去报告了班主任。等他走后，班主任找到我，劈头盖脸就批评我不该和社会青年交往，抬眼看我穿着一套色彩艳丽的裙装，便又从我的着装，谈到我的前途……高中班主任还这么愚蠢，我除了感到深深的悲凉，真的不屑于做任何解释。

好在大学似乎宽容得多，没有人再无聊地关注你与哪个异性交往，是恋爱还是没恋爱，大家都有自己的事情要忙。而我竟也懒得较劲，逐渐成长为班主任的得力助手，还在闲暇时把自己打造成文艺青年，真是意想不到。

时间没有忘记让我成长，而我也有了自己的坚持和判断。

进入社会工作后，也曾有类似的经历，但流言制造者往往会特别诚恳地来一句："我说话就是这么直，你担待点。"

"说话直"就是主观臆断，妄加揣测？"说话直"就是站在自己的立场，出言伤人？"说话直"就是无中生有，搬弄是非？"说话直"就是看不惯这个，瞧不起那个？那这"说话直"还真是武林至尊——无影刀啊，借着真诚的外衣杀人于无形。

想起上次有个朋友说，有一女性，长得很丑，偏偏自我保护意识超强，每次都要询问谁送她回家，令人头疼不已。这当然或许只是笑话，但把异性一律看成洪水猛兽，以为是个男人就会看上你，甚至侵犯你，便时时戒备，处处小心，这未免也太拿自己当回事了。

吴奇隆宣布与刘诗诗领结婚证后，被记者问到婚宴的时间，他立即反问记者："又没有邀请你，问这么多干吗？"杨幂某次被记者问道："去机场为什么不穿得普通点？"她霸气回应："街上小姑娘一个个不都穿得挺好看吗？我为什么要把自己穿得难看？我就是这么有品位！"真是漂亮，就该这么怼回去。但这不是我的 style，我只是无言地笑笑，用不争的事实去回答别人的质疑。

曾经的惧怕，到如今的坦荡和担当，岁月不曾辜负我，而我也不曾辜负岁月。

# 死磕

人有时候很奇怪，为了一句话，一口恶气，一件烂事，较劲好长时间。有的人甚至死磕了一辈子，折腾了一辈子，也毁了一辈子。烂事天天有，不死磕才能保持初心，一路向前。

刘震云有一篇小说《一地鸡毛》，真是写尽这种死磕较劲的状态。为了一斤馊掉的豆腐，能引发一场家庭大战。小林因为赶着去单位上班，买回来的豆腐忘了放冰箱里，结果馊掉了。小林老婆先下班回家，看到了馊掉的豆腐，对小林一通埋怨："买回来的豆腐不放冰箱里，存的什么心？"小林因为买豆腐迟到，又被新来的大学生抓住，也是满腔怒火："一斤豆腐，馊就馊了，谁也不是故意的，何必说个没完没了？"就这样两个人吵了起来。小林重提老婆去年打破暖水瓶的破事，小林老婆把小林上个月打碎花瓶的事也翻了出来，结果烂事一件接一件被回忆、咀嚼、发酵，直至家庭大战全面爆发……

谁的生活不是一地鸡毛？每个人的心里都住着一对小林夫妇："因为别人一句话不合胃口要忿几小时；因为一块钱能和公交车司机理论半天；因为高速堵车，能对交警破口大骂；因为丝袜抽丝能一天心神不宁；因为买东西有人插队而大打出手；因为马桶上一点小便能和老公冷战一个星期……"选择死磕，烂事就变得越来越烂，一件伴着一件，貌似跟别人较劲，其实，为难的不过是自己。而有的人选择耸耸肩，摊摊手，转身继续向前，烂事从此被甩在身后。

写到这里，突然意识到，我和老公性格南辕北辙，却还能一起走到今天，原因就是我们有一个共同的特点：从不在烂事上纠缠。记得几年前，我练车的时候，在倒车时震倒了一个老太太。请注意，是震倒，而不是撞倒。也就是我倒车，她看车来了就倒了，不知是吓的，还是别的什么原因。送到医院一检查，老人什么毛病没有，但她的儿女坚持要让她住院治疗，说摔倒的后遗症谁也说不清。我和老公不理会他们家人的态度，只觉得自己是有责任的，便每天下班后去探望，医疗费也先垫付了。老人的儿女这下有点难为情了，主动说："我们不是想为难你们，是教练态度太差了，出了事，面也不露一个，你是学员，责任不在你。"我们当然知道学员练车，教练是百分之百的责任，但当理赔出来后，教练让我们掏一万块钱时，我们还是爽快赔付了。本来我们可以对教练置之不理，也可以走法律程序，但这耗费的时间和精力就远远不止一万元了。如果和一个烂人在一件烂事上纠缠得太久，最终你会发现自己已经忘了来时的路。现在，每次碰到教练，他都表情讪讪地主动招呼，他，也就值一万块而已。

想起自己大学里的一位校友，结婚五年，老公外遇，提出离婚。她既没哭也没闹，甚至连挽留的话也没有，眼睁睁地目送自己的男人开着车住到了另一个女人家。不是不伤心，不是不难过，而是她还有自己的人生。她办了瑜伽卡，坚持美容健身；工作之余学习插花，插得有模有样，小有成绩；女儿乖巧懂事，在她的精心照顾下阳光成长。五年后，剧情逆转，男人发短信要回家，她委婉地拒绝了。如今气质如兰的她，有选择和拒绝的资本，这样的底气正是来源于她的不纠缠，不死磕。和一个渣男较劲，再去和小三斗法，也许赢了一口气，但输了整个人生。

有句歌词叫"转角遇到爱"，真好，因为懂得拐弯，所以才能收获美好。死磕就是死，转角才有希望啊。烂事就让它烂在那里好了，还有更重要的事等着我们去做。

# 吃自助餐随想

　　自助餐，是起源于西餐的一种就餐方式。厨师将烹制好的冷、热菜肴及点心陈列在餐厅的长条桌上，由客人自己随意取食，自我服务。这种就餐形式起源于公元8—11世纪北欧的"斯堪的纳维亚式餐前冷食"和"亨联早餐"。

　　现在出门开会或旅游，不仅早饭多是自助餐形式，就连午饭和晚饭这样的正餐也往往采用自助的形式。自助的确有许多好处：对顾客来说，用餐时不受任何约束，随心所欲，想吃什么菜就取什么菜，吃多少取多少；对酒店经营者来说，由于省去了顾客的桌前服务，自然就节省了劳力和人力，可减少服务生的使用，为企业降低了用人成本。

　　但自助餐坏也坏在这随心所欲、各取所需上。你想啊，要用最短的时间，选出既美味又适合自己的菜品，着实有些困难，毕竟大家只是混口饭吃，并非专业营养师，在食物的选择和搭配上难免盲目和偏颇。选择了精致，到头来可能发现，它的口味并不适合自己；选择了家常，又觉得塞了一肚子无营养的东西，浪费了自助的美意。最后发现吃是吃饱了，却完全没有吃好。再说量的取舍。自助很容易导致"眼大肚皮小"，单品取样并不多，但由于所取品种较多，而导致最后数量往往超过了肠胃的承受能力。炒菜还是糕点？冷菜还是热菜？水果还是热饮？牛奶还是豆浆？热汤还是冰激凌？品种越多，越让人觉得选择的恐怖。如果每个品种都选一点，即便单量控制好了，你也会发现总量总是控制不好。自助而完全不浪费，这得多精准的自制啊。

说句实话，我不太喜欢吃自助餐，觉得自助真是一件很伤脑筋的事。不是吃得太杂，导致肠胃功能紊乱；就是吃得心灰意懒，冷菜偏多，热菜也大多不温不火，吃完后从未感到那种热气腾腾的畅快；如果再吃得中西合璧，那么好了，再好的甜品也在肚内大闹天宫。

有人说，吃自助就像赌博，你得控制住欲望。我承认，我不能完全驾驭自己的欲望，更糟糕的是我还很不会搭配菜品。但是拜托，赌桌前，有几个人是赌得风度翩翩地离去的？且不说琳琅满目的菜品是如何扰乱了人的心智而导致选择困难，单说那多少钱一人次的计费方式，也让你不得不努力吃回本钱吧。记得有一次几家人相约去吃自助火锅，100元／人的标准，菜品的确很多，中西结合，牛排、海鲜、鸡尾酒和哈根达斯……当时感觉，进去单吃一块现煎牛排或是单吃一根哈根达斯，或是单喝一杯调制的鸡尾酒都是很值得的事。结果进去以后，儿子吃得最快，也最开心，他直接取了自己最爱吃的包子一两个，喝了一碗稀粥，吃了一块煎牛排，就 OK 了，被大家好一番嫌弃。而我们从东挑到西，从南挑到北，吃得品种繁多，质地精良，每一样都要尝尝，从热吃到冷，又从冷吃到热，还喝了好几杯鸡尾酒。直吃得撑肠拄腹，肚滚腰圆。这一下赚大发了，总该心满意足了吧？事实正好相反，吃完了一会儿就觉得索然无味，舌尖上已失去分辨美味的能力，肠胃也发出了严重抗议，疲惫很快蔓延到全身，觉得浑身不适，甚至还抱屈，都没有好好地品尝自己的最爱。

很惭愧，成人在欲望的控制上居然还不及一个孩子。孩子只取所需，只取最爱，而成人却在那里自作聪明，核算成本和性价比，不断地跟自己较劲，有没有吃回本钱，有没有最大限度吃到最贵最多的东西。看出差别来了吧，成人是去吃钱的，小孩才去享受美食的。

有时候想想，人需要的东西其实并不多，无外乎衣食温饱，精神富足。但可惜人们在贪欲中不断地迷失，丢失了真正的快乐。无法在自助这种多项选择面前，保持孩子般的清醒，取自己最爱吃的两个包子一碗粥，外加一块牛排。成人一直在考量是否吃亏，而拼命地想捞一点便宜，结果把最昂贵的吃的快乐丢失了。

相传自助餐是海盗最先采用的一种进餐方式，至今世界各地仍有许多自助餐厅以"海盗"命名。海盗们性格粗野，放荡不羁，以至于用餐时讨厌那些用餐礼节和规矩，只要求餐馆将他们所需要的各种饭菜、酒水用盛器盛好，集中在餐桌上，然后由他们肆无忌惮地畅饮豪吃，吃完不够再加。可见自助最初的模样是释放天性，打破束缚的，可是人性的贪婪又让我们钻进了自己扎的笼子，挣扎沉浮，真是让人始料未及。

你需要的其实没那么多，这是我吃完自助餐最想对自己说的话，也是每天都想对自己重复一遍的话。

# 办公室里的"小强"团队

我所在的办公室里真有人叫"小强"的。但我今天提到的小强并不特指"小强"本人，还包括办公室里另外三个"80后"。虽然她们姿态各异，性格不同，但她们身上有一种相同的精神，那就是"打不死的小强"精神。

圆圆，名副其实。脸圆，身体也浑圆饱满。皮肤超白，是那种皮下毛细血管若隐若现的透彻的白，被我们公认为办公室的"白富美"。她的微笑很迷人，而且她始终在微笑。共事多年，又在同一个办公室相处近两年，我竟从未看到她愁容满面或故作深沉，她每天都是乐呵呵地来喜滋滋地回。微笑就像是她的一张名片，长在了她的身体里，成为她让人过目难忘的特质。当然，如果仅仅如此，那还不是生动的圆圆，她的生动主要体现在她超级无敌的模仿天分上。她常常在办公室模仿学生的一颦一笑，一举一动，背书也好，甩头发也罢，她对学生的个性化细节诠释得惟妙惟肖，令人捧腹。而她模仿的学生必是我们都认识的对象，然后我们就不得不惊叹，天啊！学生附体了。看她的"模仿秀"是办公室最开心的时刻，在那样的时刻，我们笑得前仰后合，没心没肺。也就是在那样的时刻，我喜欢上了圆圆，觉得她真是一个有趣的人。

晓兰是办公室乃至全校的"女神"，这是有过综合评估的。论身高，她光脚1.70米；论长相，她的一双大眼就已足够；论身材，她身材匀称，瘦得刚刚好；论衣品，她总是能让搭配凸显出自己的个人气质。当然，以貌取人未免过于肤浅，晓兰有晓兰的长处。她很善良，没有攻击性，从不主动与人交恶，特别不在嘴皮子上一较高下。哪怕受了委屈，她也会选择默默忍受。她重感情，能换位思考，尽管有些情绪化，但在她的大眼委屈地投向你的那一刻，你会立刻原谅她所有过于激烈的情绪。当然，她是"小强精神"附体的一个典型，做人做事都认真到"执拗"，她的思维深度常常让我深感意外。我经常会有一种错觉，她是为"艺术"而生的。她对生活的超强感受力，还有她那敏感细腻的小心思，以及她对人对事的独特的看法都让我对她刮目相看。

丽丽的脸有些"妖气"，但绝对是清丽的模样。除了眼睛，五官都是缩小的精致版，她应该获办公室"最佳上镜奖"，脸小，堪称"合影杀手"。我常戏称丽丽是《西游记》里的沙僧，这当然和相貌无关，而是与智慧有关。《西游记》里的沙僧总共只有几句台词："大师兄，师父被妖怪抓走了！""大师兄，师父和二师兄都被妖怪抓走了！"……但在取经团队里他是一个举足轻重的人物，正是由于他的包容、智慧，才使团队始终保持着凝聚力和战斗力。取经团队里，可以没有神通广大的大师兄，也可以没有憨厚好色的二师兄，但绝对不能没有维系各方平衡的沙师弟。丽丽就是团队里那个举足轻重的人物，温和、睿智、乐于助人，像一块磁石，把大家都吸引到她的"场"里去。

办公室里，我与三个"80后"坐在一起。时常可以看到她们在一次发言、一次公开课或者一次什么活动之前的纠结、焦虑、忐忑甚或是牢骚。但别误会，这只是"小和尚念经，有口无心"，它是一个必要的过程。但它恰恰说明她们正全力以赴地准备，精心地完善每一个环节，每一个关卡。我每次目睹她们的准备过程，都觉得有一种"壮士赴死"的悲壮，她们每次都抱了背水一战的决心，而且无一例外的都是"凯旋"。她们并非那种一听说自己上场就像打了鸡血一样兴奋的"天才"，她们的压力来自自己的认真和追求完美，以及与自身天性里想待在舒适区的惰性的较量。作为旁观者，我看到了"小强附体"。她们是那种即便前面上过 100 次台，第 101 次上台前还是会紧张的生动而鲜活的"80 后"，让人不由自主地喜欢上她们。她们的每一次上台都是一次"炼狱"，一次"涅槃"，一次飞跃和提升。

央视名主持人王小丫在接受采访时，曾自曝每次直播的前夜，她都会失眠。当时觉得匪夷所思，《开心辞典》里的王小丫幽默、睿智、自信、优雅，浑身上下都发着光，很难想象这是一个前夜刚经受过失眠折磨的女性。可见王小丫虽然优秀，但也是生动的普通人，她没有克服紧张、担忧、惶恐的天分，也没有叱咤疆场前的大平静、大胸襟，她有的是一个正常人在"高标准、严要求、零差错"下的辗转反侧，是迈出勇敢步伐前的极度的恐惧和不安。但正是这样的心路历程，才让我们看到了一个真诚的、率真的、强大的、浑身会发光的王小丫。

什么是勇敢？不是不担心、不是不害怕，而是明明心里怕得要死，却依然会选择迎难而上，执着前行。

办公室今年新加入一个"小强"，她这名字就透着倔强的意味。她爱笑，而且是笑出抖音效果的那种笑；她爱吃，好像只要坐在办公室休息，她就永远在吃着什么；她还爱说，叽叽喳喳的像只百灵鸟；她爱眨眼睛，一闪一闪的；她还特爱穿，一周的衣服就没重复过几回。当然，这只是初步印象，还有待进一步加深了解。听过她一节语文公开课，激情满怀，动作舒展，很有诗歌课堂的意味。看得出她做了精心准备，上课时环环相扣，如行云流水，提问适时适度，水到渠成。一个用心做事的人总是让人肃然起敬，我在听课的瞬间认同了她的"小强"精神，并把她自动划到了"办公室小强"的阵营。

这就是我们办公室里的"小强"，也是我们学校重要的中坚力量，与她们待在一起，自觉再也怠惰不得，只好扬鞭奋蹄，迎头赶上。

# 生病是一种保护

吃五谷杂粮，生百病。

记得小时候，我就是家里最容易伤风感冒的那一个。隔三岔五，父亲就会背着我翻过屋后的那道山梁，到山梁另一面的山脚下寻找土医生。土医生的办法土，就是给我扎一针青霉素，药到病除。但打针是很讨厌的事，因为青霉素扎进去会觉得特别疼。要不是贪恋父亲温暖的后背，我是断断不肯去扎针的。扎针后也有好处，父亲会在院子里铺上凉席，让我躺在凉席上休息。这时的父亲格外温柔，他会拿糖果给我含在嘴里，还用扇子轻轻地给我扇凉。当时我想，原来生病也是一种幸福。那时的我，实在太疯了，每天除了吃饭睡觉，似乎都在奔跑，玩得昏天黑地，花样迭出。是生病让我安静下来，有机会细细体会父亲的爱，感受生命的另一种形态。

记得二姐小时候得过一次慢性肾炎，在医院一待就是好几个月。那时父亲还在，来医院探望二姐的亲朋好友特别多。他们送得最多的就是白糖，少数条件好一些的还送了水果罐头。可二姐恹恹地躺在床上，什么也不想吃。白糖便成了我的主食，我用调羹，一调羹一调羹地挖着吃，绝不肯泡水喝，觉得那样影响口感。水果罐头，母亲最常打开的是银耳罐头，因为它最便宜，但我不喜欢银耳的味道。在水果罐头中，我最喜欢橘子罐头，一瓣瓣的橘子鲜香橙红，吃在嘴里酸甜可口，以至于工作多年以后，我还曾买过一罐来寻找儿时的味道。我在吃上是沾了二姐大光了，所以她偶尔把药片甩掉或藏起来，骗大人说吃掉了，我也装聋作哑,帮她遮掩过去。我受不了她吃大把药片那痛苦的样子,更受不了她不允许我吃送来的白糖。多年后,二姐肾炎复发,我一直在想,如果二姐当年没有扔掉医生给的药片,或者我没有帮她隐瞒,二姐的身体会不会痊愈得彻底些,或者根本就不再会复发?

有一次,我病得很急,很严重。肚子痛得腰也直不起来,那时候,父亲已经去世,我们几个孩子在母亲眼里变得格外金贵。母亲当时就叫上大姐,轮换着把我背到镇上的医院。我得的是急性肠炎,去的路上一直哼哼唧唧。到医院,医生诊断病情后,立即给我进行了静脉注射。我对这次生病印象特别深刻,就是因为静脉注射的针筒在我眼里硕大无比,它的粗细几乎能与我细小的胳膊比肩,我惊恐地抓住了母亲。但一针下去,稍事休息,回家的路上我便活蹦乱跳了,再也不肯待在母亲或大姐的背上。肠炎当然是饮食的原因,那时的我嘴太馋了。树上的果子半生不熟时就会爬上去摘来吃,土里长的野生地瓜也会刨出来剥皮吃掉,至于在林间用野火烤土豆、山芋,或者用文具盒炒黄豆、烤鸟蛋,更是经常的事。母亲外出插秧,还会用桐子叶给我包回来她休息间隙采摘的插秧范儿,母亲外出喝酒又会带回用草纸包好的面粉炸排骨,或者有时干脆把我带上去喝酒。我的肚里不仅塞得太杂,而且塞得太多,是生病让我第一次审视自己的吃。以前,我从未想过有一天我会因生病而吃不下任何东西,我以为吃得下才是世界上最幸福的事。

中学时代,我走入了另一条死胡同,错误地以为不吃早餐或者不吃荤腥,就能保持苗条的身材。其实我一直没有特别胖过,但因为脸大而时时担心自己在别人眼中太胖。特别是高中的时候,学习任务那么重,我却吃得很少。这样做的恶果是,我的体质迅速地弱下去,尽管我天天坚持跑步,但经常性地腹泻并伴有腹内绞痛，有时甚至痛到昏厥过去。每当这时，我都希望有一碗小米粥，能够用来养好我的肠胃，同时也养好我一味偏执的审美。

凡事都有两面性，疾病也是一样，有些病使人很不舒服，但其实是人体的一种保护性应激反应，它启动了人体的自我保护机制，当疾病痊愈的时候，身体的免疫力也因此提高了。

偶尔光顾的疾病就像一道绿色屏障，它提醒我们：不能拼、不能扛、不能拖的时间节点；它警告我们：已经触碰到身体某个部位的底线，必须休息、必须维护和保养、必须适可而止。从这个角度来说，我们应该感谢偶尔光顾的疾病，它是大自然派来拯救我们的，它让我们不得不收敛张牙舞爪的生活状态，不得不停止咬牙切齿的攀升。

大道至简。休息正是为了更好地积蓄力量。

# 新疆的紫外线

2019 年暑假，我去了趟北疆。

我是以一个游客的身份去的。时间不长，来回 8 天，但后遗症很大。

刚回来的前两天，我还只是肠胃不适伴有轻度腹泻。第三天早晨爬起来一看，坏了，镜子里的人是谁？整个脸肿得像包文正一样，眼睛挤成了一条缝。不知道的人，还以为我是被马蜂蜇了呢。

我这才领教到新疆紫外线的厉害。去之前，导游再三提醒新疆的日照时间长，要做好防晒。而我去时是六月底七月初，其实还不是夏天最热的时候。但我也做了日常旅游防晒：太阳镜、遮阳伞，还有高指数的防晒霜。我唯一没有做的就是像有的游客那样，用头套和面罩把整个脸包起来。中途，我的左脸颊上就出现了一个红点，回家后，红点处有点蜕皮。但我并没在意，以为过两天自然会痊愈。哪知第三天就让我看到了积蓄已久的大爆发。

我悻悻地去了医院，对自己像温室里的花朵嫌弃不已。

到了医院，医生问诊后，验了血，查了小便，初步诊断为紫外线过敏。但我回来后每天也正常使用护肤品（和旅行装不是同套产品），所以也不排除化妆品过敏的因素。我有点蒙，我的皮肤一直很健康，从来没有过敏史，而且我用的护肤品都是我出发前在家一直用的，并没有更换。一次新疆之行，居然让皮肤从底子上都坏了？医生给我开了两个礼拜的药，并建议我三个月内不要在脸上使用任何化妆品。还说要用医用纱布洗脸，洗脸水最好用矿泉水或蒸馏水。我在心里暗自叫苦,这不是活受罪吗?

从医院回来,我老实地去药店购买了医用纱布,并买来一打矿泉水放在家里备用。遵医嘱,我宅在家里,开始了漫长的消肿护脸过程。一天数次用矿泉水拍脸,脸还是紧绷、滚烫。吃药、拍脸,再吃药、再拍脸。一天、两天,眼看着脸毫无消肿的迹象,心情真是跌入了谷底。整整熬过七天,早晨爬起来一看,怎么回事,肿倒是消了,却一脸的皮屑,而且这皮屑并没有马上撤退的意思,它还连着我的毛囊、我的皮下组织。它风干在我的脸上,使我看起来怪怪的,活像一只蜕毛不彻底的癞皮狗。

我哭笑不得,这蜕皮又要几天呢?

三天后,老公要回单位值班,我也回了镇上。这还是我从新疆回来后第一次出门。因为要出门,我做了日常护肤。脸上皮屑已蜕干净,只是左脸受伤的部位还有些异样,我以为这次应该可以了。

白天还好,到了晚上,脸明显有些红肿。加上朋友聚会,饮了少许啤酒,这下好了,回到家就感觉脸烫得厉害。赶紧做了脸部清洁,但为时已晚,脸又肿起来了。特别是原来受伤的地方,像水疱溃烂了一样,我又悔又急。

一切从头来过。先伺候消肿,再伺候蜕皮,一天,两天,三天……

开学后,我不得不戴着口罩上班。但我无法戴着口罩上课,太闷了,学生也不习惯。罢了,丑就丑点吧。脸上不用护肤品,皮肤干巴巴的,再加上粉尘吸附,脸上就好像有虫子爬一样难受。下班之后仔细用矿泉水洗了脸,第二天又周而复始。

整个九月,我都活在与脸的抗争中。再闷,不上课的时候,我都坚持戴好口罩,因为医生叮嘱,要物理防晒,防止皮肤再次过敏。再难受,我也不用任何护肤品,除了矿泉水拍脸还是矿泉

* 人生五味

181

水拍脸。

熬过了九月又一旬，终于到了医生给的三个月期限。

我从基础的补水开始，一步步慢慢推进。水—眼霜—精华—面霜—防晒—气垫 BB。一步一个脚印，我再也不敢贸然行事。还好，三个月不是白养的，我的皮肤又慢慢恢复了光泽和弹性。

这次教训令人印象深刻，我对新疆起了莫名的敬畏之心。我曾敬畏新疆的雪山，也曾敬畏新疆的草原，我敬畏新疆的山川湖泊，也敬畏新疆的生产建设兵团……唯独，我忘记了敬畏新疆的紫外线。

如果有机会，我还想去趟新疆。

# 坎儿井

坎儿井，听名字就够奇怪的。第一次听到这个名字时，我一头雾水，直到暑假去了北疆，实地参观了坎儿井，心底的这团谜雾才被彻底解开。

很多人可能会误会，以为坎儿井是林则徐的发明。因为当年，林则徐被流放到北疆时，确曾大力推广建造坎儿井，使坎儿井犹如满天星辰，遍布在伊犁河谷一带。新疆百姓因此称坎儿井为"林公井"，把坎儿井的水渠称为"林公渠"，以示对林则徐大兴水利、造福一方的崇敬和纪念。

但坎儿井并非林则徐的发明，这一点，有林公日记为证（见《林则徐年谱》，394～398 页）："……见沿途多土坑，询其名曰卡井，能引水横流者，由南向北，渐行渐高，水从土中穿穴而行，诚不可思议之事……查吐鲁番境内地亩，多系掘井取泉，以资浇灌，名曰卡井。每隔丈馀，淘挖一口。连环道引，水由井内通流，其利甚溥，其法颇奇，为关内关外可仅见……"

林公日记中的卡井，正是今天我们口中的坎儿井，新疆维吾尔族称卡井为坎儿孜，新疆汉语称其为坎儿井。据林公日记，我们不难看出，坎儿井其实是吐鲁番老百姓因地制宜发明的一种特殊灌溉系统。而林公则在此基础上，对坎儿井进行了改进和推广：增挖穿井渠，每隔丈余挖一口井，连环导引水田，使井水通流。

水对于新疆农业的重要性是不言而喻的，林公正是汲取了当地老百姓的智慧，大兴水利，从而摆脱了新疆农业对天气的依赖。

为什么是在吐鲁番这样极端干旱的地区反而能够建造坎儿井呢？

据景区导游介绍，建造坎儿井需要具备四大自然条件：

一是高度差。吐鲁番北部的博格达峰高达 5445 米，而盆地中心的艾丁湖，却低于海平面 154 米，从天山脚下到艾丁湖畔，水平距离仅 60 公里，高度差竟有 1400 多米，地面坡度平均约四十分之一，地下水的坡降与地面坡变相差不大，这就为开挖坎儿井提供了有利的地形条件。二是土质。吐鲁番土质为沙砾和黏土胶结，既有利于水的渗透，又质地坚实，井壁及暗渠不易坍塌。三是地下水源。吐鲁番虽然酷热少雨，但盆地北有博格达山，西有喀拉乌成山，每当夏季，大量融雪和雨水流向盆地，渗入戈壁，汇成潜流，为坎儿井提供了丰富的地下水源。四是气候。吐鲁番是中国极端干旱地区之一，年降水量只有 16 毫米，而蒸发量可达到 3000 毫米，地面水源严重缺乏，可称得上是中国的"干极"。人们要生产生活就不得不重视开发利用地下水，而坎儿井是在地下暗渠输水，不受季节、风沙影响，蒸发量小，流量稳定，可以常年自流灌溉农田和解决人畜饮用。

在导游的带领下，我们依次参观了坎儿井的竖井口、暗渠、龙口、明渠涝坝。竖井是开挖或清理坎儿井暗渠时运送地下泥沙或淤泥的通道，也是送气通风口。顺着导游手指的方向，我们看到了蔚为壮观的竖井口，由高坡而下，自北向南一字排开，一共有四五排之多，每一排都像串成串的铜钱被粗心的财神爷丢在了吐鲁番大地上。导游说每一排竖井口下都对应着一条暗渠，这些暗渠是彼此独立的，有自己的龙口（龙口是坎儿井明渠、暗渠与竖井口的交界处，也是天山雪水经过地层渗透，通过暗渠流向明渠的第一个出水口）和对应的蓄水池（明渠涝坝）。

下到坎儿井内，一股凉丝丝的空气扑面而来，刚刚经过"火焰山"炙烤的肌肤，舒服得像做了 SPA，立马透出光泽和神采来。井下的暗渠让人联想起《地道战》里的地道，只不过这些暗渠里多了些潜流。用手掬一捧潜流，哇，透心凉，比吃冰激凌还过瘾。暗渠都是人工掏挖而成，暗渠越深，空间越窄，仅容一个人弯腰向前掏挖而行。由于吐鲁番的土质坚硬，加之作业面又非常狭小，掏挖任务之艰巨可想而知。聪明的吐鲁番人发明了木棍定向法、油灯定向法来解决挖掘的方向问题。但天山融雪冰冷刺骨，而工人掏挖暗渠必须要跪在冰水中挖土，与我们炎炎夏日来体验的凉爽感觉大相径庭。据说长期掏挖暗渠的工人寿命很短，难怪总长约 5000 公里的吐鲁番坎儿井被称为"地下长城"，与万里长城、京杭大运河一起，并称为中国古代三大工程，果真名不虚传。

经过龙口，我们回到了地面，而暗渠流出地面后，就成了明渠，明渠的水再进入蓄水池，大大小小的蓄水池就是涝坝。水蓄积在涝坝，哪里需要，就送到哪里。这些集结了老百姓智慧的坎儿井生生把北疆的沙漠变成了绿洲，让人由衷地为吐鲁番人点赞，为新疆人民点赞，为"苟利国家生死以，岂因祸福避趋之"的一代名臣林则徐点赞。

当然，新疆的坎儿井不限于我们看到的这些，但新疆大多数坎儿井分布在吐鲁番和哈密盆地。据资料显示：吐鲁番的坎儿井有 1100 多条，总流量达 18 立方米/秒，而新疆总的坎儿井也不过 1700 多条，总流量达 26 立方米/秒。所以，吐鲁番的坎儿井无疑是新疆坎儿井的杰出代表，通过它，我们不难窥知新疆坎儿井的全貌。

其实，坎儿井也不是新疆的独创，如陕西有"井渠"，山西有"水巷"，甘肃有"百眼串井"，还有的地方有"地下渠道"，这些水利工程与新疆的坎儿井有异曲同工之妙，目的都在于截取地下潜水，引至地面来进行农田灌溉和提供居民用水。

分布在华夏大地的这些"坎儿井"，是我国古代劳动人民留下的珍贵人文遗产，它们像璀璨的星辰点亮了历史的长空。它们的构造原理，以及水质的无污染，富含矿物质、微量元素与我们当前强调的生态开发一脉相承。在未来的日子里，经过历史萃取的"坎儿井"还将继续发挥它的历史价值、科学价值、旅游开发价值，让我们拭目以待。

# 到喀纳斯湖边访人家

喀纳斯无疑是北疆最美的地方，没有之一。

喀纳斯是蒙古语"峡谷中的湖"，也有人译为"美丽而又神秘的湖"。到过喀纳斯的朋友都知道，它有五个唯一：它是西伯利亚泰加林在中国唯一的延伸带；是中国唯一的南西伯利亚区系动植物分布区；是中国唯一一条注入北冰洋的河——额尔齐斯河的发源地；是中国蒙古图瓦人唯一的聚居地；是亚洲唯一一处具有瑞士风光的特色自然景观区。

而我们今天着重想说的是——它是中国蒙古图瓦人唯一的聚居地。

漫步喀纳斯湖边，抬眼可以欣赏壮观的冰川，低头可以欣赏宁静的湖水，天湛蓝，云洁白。绿坡墨林，层峦叠嶂，云起波涛，翠峰倒映，湖光山色，交相辉映。恍惚间，以为误入了新疆的"大海"。

嫩绿的草原上，星星点点的小木屋点缀其间，炊烟袅袅，奶酒飘香。古朴的小村景致，像喀纳斯湖一样充满神秘色彩。

就在这喀纳斯湖畔的小木屋里生活着一支神秘的古老部落。长期以来，他们过着几乎与世隔绝的生活，人们对他们知之甚少。在民族成分的划分上，他们是蒙古族，但他们并非蒙古人。虽然他们在外貌衣着上与蒙古人十分相像，但他们的语言却不是蒙古语，反而与维吾尔语、哈萨克语十分接近。

他们就是我们此次要拜访的图瓦人。

据说，在喀纳斯湖区生活着大约 2000 名图瓦人。图瓦人即晚清《新疆图志》记载的"乌梁海"人，世代以放牧、狩猎为生，居深山密林，沿袭传统的生活方式。有学者认为，他们是成吉思汗西征时遗留的士兵的后裔；也有人认为，图瓦人的祖先是500年前从西伯利亚迁徙而来，与俄罗斯图瓦共和国的图瓦人同宗同源。

图瓦人一年四季都生活在喀纳斯湖边，当地人把图瓦人称为"林中百姓"，把图瓦人生活的地方称为禾木喀纳斯。在喀纳斯有图瓦小学，在禾木村有图瓦中学，他们实行的是蒙汉双语教学。

今天，我们拜访的是一个叫旺宗的小伙子家。

他家的房屋是用原木建造而成，下为方体，上为尖顶结构，周围一圈栅栏，与蒙古包大相径庭，倒与北欧的建筑十分相似。据旺宗介绍，为了适应喀纳斯多风多雪的天气，他们的小木屋搭建成人字形，斜尖顶，小木屋的半截都是埋在地底下的。我们在他的引领下（右脚进，左脚出，不踩门槛，寓意吉祥平安），进入屋内。

屋内铺着五颜六色的地毯，房屋中间墙壁上供奉着成吉思汗的画像。两条木制条形茶几拼在一起，摆在了屋子中央，茶几前后围了一圈小方凳。四周靠墙的位置一张接一张地拼着十来张条形茶几，茶几前后也摆满了小方凳。抬眼看房顶，感觉房顶很高很空很阔，顶上的原木显出金灿灿的颜色，既光泽圆润，又恢宏气派。真是小看这小木屋了，室外瞧着古朴小巧，室内却是这等气派。照这些几凳的摆放，一次招待上百人也不成问题。

我们就着靠墙的小方凳坐下，面前的条几上已经摆上了包尔萨克，就是我们熟悉的油果子（小油条），是用面粉制作的；还有炒麦和炒米，泡在奶茶里吃；还有酸奶疙瘩、酥油、奶皮子……最后上来的是图瓦人待客的上品：马奶酒。这种酒可谓是真正的纯天然制品，从奶牛食用的青草到饮用的泉水，都是纯净无污染的。旺宗说，这种酒"打腿不打脸"，意思是喝多了奶酒后腿软，但是人的头脑是清醒的。常人喝两三斤，酒量好的喝四五斤都没问题。因为它的度数只有 8～10 度。但图瓦人喝酒有讲究，首先得有祝酒歌，旺宗率先唱起了热情洋溢的祝酒歌，我们纷纷打起节拍配合，像过节一样。主人歌声一落，我们正欲饮酒，旺宗却示意我们不要慌，说图瓦人喝酒是有规矩的："上敬天，下敬地，三敬我们心中的成吉思汗，四敬世间万物……"我们模仿旺宗的动作，痛快饮下一杯马奶酒，主人又马上为我们斟上第二杯。在我们饮下第二杯马奶酒的时候，旺宗开始一一介绍屋里墙壁上挂着的物品，顺着他手指的方向，从动物皮毛，到画像，到古式滑雪板，到日历……特别有意思的是古式滑雪板，据主人介绍，它是单滑雪杆，用动物皮毛做的，是唯一可以倒滑的雪板，既可以上山，也可以下山，下山时它是顺毛，上山时它则是倒毛。还有日历，图瓦人的日历很像一个温度计，但不是玻璃制品，而是皮毛制品，有人猜它是腰带，有人猜它是磨刀的褡裢，还好没人猜它是搓澡的，否则可要贻笑大方了。这一番讲解让人眼界大开，每个民族都有自己的生存之道，他们的智慧令人赞叹。

旺宗继续介绍说他们有一种世界非遗乐器，叫苏尔，全世界只有二十几个人会演奏这种乐器。它的外形似笛子又似箫，但它不是竹制品，而是把一种名为"芒达勒西"的苇科植物茎秆掏空钻孔后制作而成。它有三个孔，通过胸腔、腹腔发力，能够吹出宫商角徵羽五个声、六个音，很特别。当多林开始演奏苏尔时，他的双手放在三个孔上，或紧或松，与笛箫的吹奏姿势类似，但他是用舌尖来控制进入苏尔的气量，同时吹奏出三个不同音色的声部，因为舌尖是伸出来半放在苏尔口上的，这和笛箫的吹奏嘴型完全不同。只听他喉咙的震颤发出和声，厚实的和声和缥缈的泛音，互相交融，我们似乎听到了湖水，听到了风雨，听到了鸟叫，又似乎听到了牛马羊群的嬉戏。它的声音深沉舒缓、悠扬婉转，但又不乏呜咽苍凉，于百转千回间令人荡气回肠。它不像是在演奏，倒像是在与大自然诉说和交流。据考证，蔡文姬《胡笳十八拍》里的胡笳正是这种叫"苏尔"也称"楚尔"的乐器。

如果说苏尔带给我们的视听感受是震撼，那么接下来的乐队表演带给我们的就是温暖和感动。

乐队由六人组成，一个主唱，两个吉他手，一个鼓手，两个马头琴伴奏。他们边弹边唱，歌声里有一种原始的激情，更有对美好生活的憧憬和向往。曲调既开阔悠扬，又萦回缠绕。最妙的是这其中就有刚才表演苏尔的多林，刚才主持的主人旺宗，他们还会呼麦。"呼麦"是一种"喉音"艺术，大概就是人们熟悉的"海豚音"，是表演者利用气流在喉头震动，同时发出不同的声音，相当于几台贝斯合奏。乐队表演时，几人同时呼麦，鼓点响起，粗壮的气泡音形成低音部，透明清亮的金属音形成高声部。我们似乎来到了广袤无垠的草原，骏马奔腾蹄声"踏踏"，由远及近又由近及远；我们似乎来到了密林环抱的喀纳斯湖边，听湖水波涛，看羊群嬉戏；我们似乎来到了节日盛典，看欢歌热舞，庆五谷丰登；一碗碗醇香的马奶酒，敬父母、敬亲朋、敬长辈、敬来客……特别是乐队带着我们一起高唱"祝你幸福"（忘记图瓦语怎么说了），那种热情真诚的曲调一直在脑海中回旋，回旋。

在自家门口的场地上，热情的旺宗教我们跳起了当地的舞蹈，一个抖肩配合扭腰的动作就折腾得我们够呛，但我们心甘情愿地被点燃，大家都加入欢快的舞蹈中，边唱边跳，齐声欢呼。

这一刻，民族的就是世界的。歌舞是我们最好的表达。

# 查家湾

第一次听到查家湾的名字，我就萌生了要去一探芳踪的念头。

它让我想起了我的出生地，四川广元安子湾。也许，每个人心里都住着一道隐秘的湾，那湾是屏障，也是避风港。

## （一）

8月26号上午，趁着儿子去领他的"巨款"——奖学金，我们溜到了查家湾。车沿着黄天荡的标识一路开到舜南桥（不知这荡与湾是否有些渊源），桥边正是查家湾党群服务中心。

一座三层小楼房，大门前齐二楼的位置盖着半个廊檐，下面用两根粗大的立柱支撑，廊檐两端高高翘起，让人一下子想到古建筑里的斗拱飞檐。村委办公室、村支部委员会、村务监督委员会、村股份经济合作社四块牌子分挂在大门两侧的墙体上，有了飞檐翼角的保护，自然不必担心雨水的侵蚀。这半个凸在墙体外的廊檐颇有几分古意，尤其它优美的曲凹设计，和整幢楼的木质雕花窗棂互为呼应，一下子提升了整幢楼的品位。

我们悄悄沿着木质楼梯往上，没人阻拦我们，也没人招呼我们，大家都各司其职。

我们沿着村委旁的老舜河北侧一路向西。高大浓密的树荫为我们撑起一方阴凉，旁边的野草野花恣意生长，高高低低的灌木丛扎着堆地绿。放眼望去，白云懒洋洋地躺在树巅上歇脚，老舜河水不急不缓地流淌在婆娑的树影下，阳光把天幕刷成一片纯净的蓝，村公路闪着白光一直通向天际，整个村一下子有了辽阔的气象。

我们沿着村委回廊漫步，梨花亭掩映在一片苍郁中。镜头拉近，四方亭檐高高翘起，曲凹有致，让人想起凤鸟腾飞的黄鹤楼。飞檐的古意和现实蓬勃的生机相融相通。回廊尽头是村民休闲广场，也是党建文化广场。秋千架，篮球场，知识问答橱窗，文化宣传栏。广场的背景就是舜过山。从广场西边望过去，舜过山和广场浑然而成像一把座椅的形状。从风水学的角度来说，这是极好的风水，是那种祖上显灵，能够庇佑一方的风水宝地。

走出广场，正对着一个廊亭。亭檐下挂着一整排风铃，风过处，乐声悠扬，让人沉醉。廊亭靠南面公路的一端竖着一地牌子"美丽乡村示范点"——查家湾的地标。廊亭马路对面是孙公桥。原来，这里才是查家湾主入口之一，是游客集散中心。在此，游客可以浏览全村的风景。廊亭用黄石、古木搭建而成，再现了孔融让梨的历史场景，突显出查家湾厚德载物的历史文化内涵。

我们从地标处折回，沿着河道南侧漫步。满眼的水果混种，是翠冠梨、葡萄、杨梅、枇杷，还是蜜橘、柚子、甜枣？说不清到底有多少不同品种的水果，看上去一大片一大片满是的。空气里飘荡着水果的甜香，那石榴籽，已经红出皮来，让人馋涎欲滴。查家湾的有机水果种植早就红出了郑陆焦溪，红出了龙城。但今天身临其境，还是感觉很特别、很震撼。

走过舜过桥，我们回到村委，把车一路开到舜山脚下。

舜山，又名舜过山，是舜帝南巡时驻跸的地方。相传舜其时已年届七旬，因长年累月忙于政事，舜就把高山（舜山原名）作为他南巡中的一个落脚之处，在此停留数年之久。他率众开山凿井，解决当地居民饮水不洁的问题；他躬耕于田，号召大家始种水稻；他查看地形，在山下开凿了一条连接长江、太湖的水道

（史称舜河），解决当地的水患之苦，从此以后，商贾往来，开启水上贸易之路。早在唐代以前，人们为了纪念他，就在舜山建有舜祠，后又逐步扩建为庙。据《焦溪乡志》记载：舜庙，原名"万寿禅寺"，建在舜山主峰，南北两座，相对而立。南山舜庙庙门朝南，北山舜庙庙门朝北。可见舜在当地人民心中的地位和威望。1993年，舜山南麓新建一座舜山南禅寺，北建一座大舜堂，后又建一座舜山古寺。

我们从舜山腰部登山，沿着孝贤亭旁的石阶一路向上。道路两侧安睡着无数故去的灵魂，这是一片公墓区。及至舜山禅寺，上书丙子（1996）年元月建。后人对舜的尊崇由此可见一斑。舜倡导为人、持家、做官、治国均以道德为本，崇尚"德为先，重教化"之风尚，给当地居民乃至对整个华夏民族的道德文化带来了深远的影响。被孔子尊称为老师的季子就曾追随舜的足迹，弃王位而躬耕于舜山脚下，率延陵人尚德崇文，辛苦劳作，凭借其自身的德才兼备、谦让守信，使舜山成为礼信天下的典范。

舜山脚下的查家湾如今民风淳朴，村民诚实守信、礼貌谦让，颇有古代贤人的遗风，不得不令人叹服舜、季教化影响之深远、长久。

## （二）

我们沿着舜山环山大道一路向上，再沿左侧石阶到达顶峰。

舜山是全村的制高点，登高望远，整个查家湾风景区一览无余。尤其是山脚下的一湾水更是显出别样的情怀。这应该就是传说中的舜池开月。舜山和水面融为一体，沿岸垂柳依依，桃花早已谢了春红，但那"桃红柳绿，碧波荡漾"的景致却是一望便知端倪。这三面环山一面临水的地形的确非"湾"这样的妙词不可，铜锣湾、金沙湾、南泥湾、月亮湾、澎湖湾……让人听名识

193

景。这名不仅在于风景，更在于气象、韵味、气质和温度。站在山顶，湾里村落星聚、稻粱繁茂、林果飘香、山水映照，好一派丰收殷实的景象。

舜过遗风观景台就位于舜山最高点，海拔118米。此原为韩世忠、梁红玉作法星象、指挥三军的"摘星台"所在地。通过对山顶原有土坡进行改造新建，采用毛石和青石板搭建了三层观景平台，重现"摘星台"的历史风貌。站在这个平台，北可远眺长江，南可鸟瞰整个村庄，胸中不可名状地升起一股叱咤风云、挥斥方遒的豪气。

位于环山河南侧，原有一块芦苇湿地，诗经有云"蒹葭苍苍，白露为霜"。现在这块湿地保留了现场大片芦苇，搭建木结构亲水长廊，并建成木结构观景房——季子轩（这里的季子就是前文提到的追随舜的季子）。在这里不仅可以观赏到整个湿地滩涂景观，更可以近距离观看天宁非遗文化展览，感受留青竹刻、梨膏糖、焦溪布鞋等非遗文化的悠久历史和独特魅力。

历史文化的积淀让舜山脚下的查家湾沉静而美丽。

2017年，常州市天宁区将查家湾列为常州市美丽乡村建设示范点，通过近一年时间的建设，"一山一环两网四片十大景点"的布局悄然呈现，成为代表常州水平、体现苏南特色的"山水田园画廊，森林康养圣地"。2018年，郑陆镇查家湾获中国最美村镇（生态宜居奖）称号。

我们去的时间，正适合采摘，但由于中午要赶回家与儿子会合，只好舍弃采摘之乐，聊以游山玩水拾趣。

哦，忘了说了，查家湾位于常州市天宁区郑陆焦溪，舜山脚下，老舜河畔。它，一点都不难找。它的"山、水、林、田"串联起"舜山森林休闲区、田园水乡生活区、休闲旅游度假区"三大景区和游览项目，相信去了的你一定不会后悔。

　　至于住，也不用担心。目前，查家湾已成立了首家民宿专业合作社，将整合本地生态、人文、风光、民俗等优质资源，打造文化特色的主题民宿。

　　我是特别喜欢湾的人。湾就像一道美丽的转折，让我们在沉静中迂回、整理、反思、聆听，直到找到自我真正的救赎。唯愿你是真心喜欢湾的人，也唯愿你的心里永远有一道可供停泊和休憩的湾。

# 阅读的幸福

还记得第一次读张爱玲的《小团圆》，当时对它很不感冒，觉得晦涩难懂，头绪复杂，看完便直接把它打入了"冷宫"。但过了一段时间，我又读了第二遍，这次感受却与第一次大相径庭。

因为对这本书已经有了大致的了解，这次阅读我便仔细琢磨了她的语言和叙事方式，不仅不觉得难读，反而觉得她实在比拟得生动奇绝。她的措词华美而又悲哀，富丽而又苍凉，让你不得不叹服：如此文笔，唯张爱玲尔。虽然她的小说的确写得比散文隐晦，但不得不说张氏语言真是神来之笔，天然灵动，充满了智慧和逼人的冷艳。她的小说不仅在语气上一气呵成，有无懈可击的结构美，而且在悲剧的诗化上面用心良苦，给人以余音袅袅的震荡与不尽的低徊。

由此我反思了自己的阅读：如果不想错过经典，那么一本书最起码要读两遍。第一遍只能算是泛读。了解整本书的开篇、故事梗概和结局，只有知道了整本书完整的内容，才能对作品有个大致了解，初步理解作者的构思、立意和谋篇布局，弄清作者到底想要写什么。但这第一遍往往还无法体会到作者为什么这么写，这就需要读第二遍了。第二遍是精读。只有精读，才能从文章中体会那些比喻、暗示、色彩和象征；才能体会文中人物的动作、心理和言语是如何打成一片；才能明白作者这一章这样写，那一章又那样写的目的何在，妙在哪里。这时候，阅读的幸福就会来敲门。你会感同身受为某个片段而莞尔一笑，又会情不自禁为某个角色而潸然泪下，你甚至会为某个场景而忧心忡忡，又或许会为人物命运而惴惴不安……此情此境，你的心里未免会庆幸，多亏读了两遍，否则经典岂不是被我当成了泥沙，过早地过滤出去，又何谈阅读的幸福呢？

书海茫茫，读什么，怎么读，的确令人为难。刚开始，人们会下意识地选择喜欢什么读什么，以消遣、娱乐居多，但这种阅读并不能真正抵达幸福。幸福应该是在深度思索后的顿悟，它像一股电流直击心脏，引起心尖的共鸣和震颤。它妙不可言，绝非快餐式阅读可以比肩，那种阅读或许会令人获得感观上的短暂刺激，但离内心稳固而持久的幸福还相去甚远。

所以我想，阅读是不是可以有加法和减法两条路走。加法，就是尽可能让读书的面更广。天文、地理、人文、科学、历史、艺术等方方面面的书都可以读，广撒网多捞鱼，选择经典书目，像海绵一样从它们当中吸取水分和养料。这时，获取和积累会让我们在不断提高中感受到幸福。但我们的阅读不能长期处在一种散漫的境地，它还必须做减法。这时系列阅读会助我们一臂之力，帮助我们挤掉海绵中多余的水分和杂质而重新焕发新的阅读活力。比如叔本华系列、西方艺术史论系列、国学系列、经典小说系列、哲学宗教系列等，出版社或者网站也会定期推出阅读书目。如果广泛涉猎和系列阅读长期相结合，假以时日，不仅我们的鉴赏力会大幅度提高，文化素养会日趋丰满，而且我们会因此更容易享受到阅读的幸福。

叔本华说："对于一个人的舒适、幸福而言，甚至他的整个生存方式而言，最重要的是这个人自身的内在素质，这直接决定了这个人是否能够得到内心的幸福。因为人的内心快乐抑或内心痛苦首先就是人的感觉、意愿和思想的结果。"

由此，我们是否可以这么断定，阅读从自我出发，体会和感悟另一个不同于现实的经验世界，获得不一样的情感体验和生活感悟，最终再反作用于自我，从而形成一个享受幸福的良性循环。

奥利弗·高尔斯密也曾用诗句表达这一观点："无论身在何处，我们只能在我们自身寻找或者获得幸福。"而阅读又恰恰能进一步提升我们对生活的感受力，从而让我们更好地审视自己的生活，抵达内心深处的平静、安宁和幸福。

正如歌德所说："无论经历任何事情，每个人最终都得返求于己。"所以阅读的幸福还在于我们必须做最好的自己，这样我们便能越多地在阅读中寻找到乐趣，感受到幸福。

# 人到中年是一部"西游记"

昨天看到朋友圈有人发了图片：唐僧师徒四人西天取经图。并配文说：人到中年，就是一部"西游记"。悟空的压力，八戒的身材，沙僧的发型，唐僧一样絮絮叨叨，还离西天越来越近了。

看完我绷不住当时就笑了，几近血泪，还能如此调侃，智慧啊！

谁不是一边不想活又一边努力活着？悟空的压力，练就了悟空一身高强的本领，五行山下成就的是西天取经的机遇和修道成佛的机缘。本领越大，压力才会越大，压力越大，潜能就越能激发出来。想想悟空在太上老君炼丹炉里练就火眼金睛，铜皮铁骨；又漂洋过海学得七十二般变化之术，避火分水，移山倒海；更兼筋斗云腾云驾雾之术，三根救命毫毛，能请动天地间的神仙、散仙、星宿乃至鬼怪、佛祖、菩萨，真乃"齐天大圣"也。取经路上，九九八十一难，悟空一路降妖除魔，还要经常被肉眼凡胎的师父误会。但他意志坚定，持之以恒，终至修成正果。可见悟空的压力，未见得都是坏事，它可以让我们学会担当，懂得责任，在生活的各种不如意面前，表现得更加豁达和从容。

至于八戒的身材，如果身心健康，除了影响颜值，倒也并无大碍。因为我们明明可以靠才华吃饭，又何须借颜值虚张声势？其实身上长肉这件事，说到底还是压力的原因，毕竟美食是缓解压力最有效的武器。当然，随着年龄的增长，代谢缓慢、安于现状也是一个重要原因。八戒在"大师兄"的奚落下，在"唐僧"

的碎碎念中，依然活得闲适自在，动不动还能偷个懒打个盹或者偷点瓜果享受，虽然因为贪吃好色而老被人诟病，但生活也因此别有洞天。有句话说得好，如果每个人都能理解你，那你得平庸成啥样啊？当你心怀梦想，一路前行的时候，别人说过什么或者念过什么，真的没那么重要。即使心有不快，随着时间的流逝也早已烟消云散。"修身养性，立地成佛。"等到修成正果，也许我们还要回头感念那些曾经泼到我们身上的脏水、戳到我们心底的利剑。

沙僧的发型可是天生的，只是不是"天生丽质"，而是"天生励志"的类型。准确地说，他的外貌配不上他的才华。他本领高强不输八戒，他遇事沉稳不输悟空，他像救火队员，一会儿安抚师父，一会儿说服师兄。他是一个团队不可或缺的成员，以悟空的傲慢，八戒的怠惰，唐僧的是非不分，他竟能一一应对，处理得妥帖周全，不得不说这沙僧才是西天取经路上最大的功臣。沙僧在，团队在，到达西天取得真经不过是个时间问题。如果岁月能给我们沙僧的智慧，我们又何惧它赐给我们沙僧的发型？

岁月的流动中，有些与我们生活密切相关的人、相关的事、相关的声音，那些"曾经"与我们美好的"生活回忆"已经渐行渐远。但，不应惋惜，也不用挽留。因为我们明白，有一种流逝，叫作前行。

# 疫情面前，我们都是义工

自四月份开学以来，我校学生中午就餐一直是分批进行。

初一的就餐地点在餐厅一楼，一楼共有三十张餐桌，出于对学生健康的考虑，每张餐桌只允许坐三个人。因此初一六个班学生吃饭需分三批进行，每两批之间间隔十五分钟左右。最早的一批 11：20 开始用餐，最晚的一批 11：50 左右用餐。其他年级也大致相仿，除了每个批次的学生数量略有差异，都需分三批就餐。

疫情前，我校学生就餐采用的是自助的形式，学生排队自选，可选两荤三素。但学生正处在调皮的年纪，难免叽叽喳喳，有时还你推我搡，加之个别同学动手能力较差，打菜添饭速度过慢，往往影响到一个班级吃饭的速度和效率。学校一盘棋，牵一发而动全身。一个班往往影响到一个年级，一个年级又影响到整个学校。自助的形式固然透着人文关怀的善意，但即便有值周人员的干预，也不能避免所有的安全隐患。

疫情紧张后，原有的自助形式取消。为了减少学生集聚用餐的风险，学校安排学生分批就餐。学生就餐前，工作人员需提前为学生配好饭菜，摆在餐桌指定的位置，以减少学生走动和密集聚集的风险。这样一来，学校食堂原有的工作人员就显得捉襟见肘了。十几分钟内，九十几份饭菜，单凭两三个食堂员工，完全应付不过来。

我们教师加入了志愿为学生分菜打饭的行列。

　　一开始进入食堂真不习惯。常言说："闻道有先后，术业有专攻"，别看只是个简单的分菜分饭任务，比上课也轻松不到哪里去。我平时吃饭就慢，到食堂去吃至少需要二三十分钟。有了第四节课后，11：20下课，因为连着中午辅导，我根本来不及到食堂吃饭，都是叫别人带饭到办公室给我。吃完饭，洗碗，漱口，整理完自己和上课用具，差不多就该进教室了。现在，却要我去帮学生分菜分饭，我来得及吗？好在学校安排的时间都是上午没有第四节课的时候，一周两次。到了那天，上午上完两节课，我就得飞速把两个班的作业批完，因为必须赶在11：00钟左右去吃饭，吃完饭要赶在11：20之前把第一批就餐学生的饭菜分好。时间很赶，而我又不能不吃饭，那就只好压缩批作业的时间了。分菜分饭本身难度不大，打菜由食堂工作人员完成，我们教师不过是打打下手——往餐盘里分饭，并把餐盘放到餐桌指定位置。一批需完成十张餐桌的任务。但因为最后一批饭菜分好才能走，而中午辅导却不能停。分完饭菜得立马走人，丝毫耽误不起，回到办公室准备一下中午辅导内容，铃声就已经响了。

　　一切严丝合缝。时间紧凑得掐不出一滴水。

　　一个礼拜下来，我发现自己已经喜欢上了这份工作。虽然它不是我的份内之事，但谁说做义工不是一件快乐的事呢？尤其看到学生一进来，就可以吃到热乎乎的饭菜，而不至于饥肠辘辘还要排长队等半天。餐桌上每天都有学校提供的水果，有时候是苹果，有时候是香梨，有时候是杧果，有时候是香蕉；没有水果的时候学校会提供一份牛奶。学生吃得比我们好，我可不嫉妒，他们正在长身体，营养必须得到保证。学生们三人一桌，距离拉开，吃完饭把餐桌打扫干净，带上水果或牛奶走人。整个食堂安安静静，整洁有序。没有人大声喧哗，也没有人肆意笑闹。

学生吃得投入，我们看得开心。

由于教师工作的特殊性，我从来没有外出做义工的经历，一方面没有时间，另一方面也没有精力。如今因为疫情的影响，我居然在学校有了做义工的机会，真是意外又惊喜。一个人能为社会贡献的力量真是十分有限，因为自己有家庭，有老人还有孩子，因为自己要生存还要生活。用自己有限的力量，帮助到别人，这种幸福真是无以言表。

# 沙家浜、尚湖两日游琐记

## （一）

对我来说，沙家浜这个名字长久以来都不是一个地名的存在。

小时候在电视里经常听到《沙家浜》选段。小孩子对京戏本来没什么兴趣，但不知为什么，《智斗》的选段却很吸引人，以至于我们张口就来："刁德一有什么鬼心肠……"对于剧中的阿庆嫂、胡传魁、沙奶奶等，我们也略知一二。后来陈佩斯和朱时茂的小品组合表演了《沙家浜》选段："……垒起七星灶，铜壶煮三江。摆开八仙桌，招待十六方。来的都是客，全凭嘴一张。相逢开口笑，过后不思量。人一走，茶就凉。有什么周详不周详。"这更让我们对《沙家浜》着迷起来。

那时候，电视里经常播放红色经典：《林海雪原》《乌龙山剿匪记》《小兵张嘎》《平原游击队》《地道战》等。我们看得津津有味。一方面我们憎恶敌人、鬼子、叛徒、汉奸；另一方面，我们崇拜英雄、地下党员、革命战士、伟大领袖。我母亲在看这种红色经典剧目时，对坏人常常骂不绝口。她爱憎分明，眼睛里揉不进沙子，要么是我们的同志，要么是我们的敌人。看到同志，母亲高兴、激动、关心、担忧；看到敌人，母亲便气不打一处来、痛骂不已。

我常常觉得母亲反应过度，但她无疑是幸福的。她拥护党尊敬毛主席，相信只有中国共产党才能救中国，只有毛主席才能带领全国人民奔向幸福生活。

2012 年，单位组织我们去常熟，我才第一次知道，沙家浜原来是苏州常熟的一个古镇。最近，溧阳作协组织我们一批文友去常熟沙家浜、尚湖两日游，重温红色经典，我才真正认识了沙家浜。

沙家浜古镇位于秀丽明媚的阳澄湖畔，以"芦花放，稻谷香，岸柳成行"的独特江南水乡的田园风光吸引了大批游客前往。芦苇荡风景区有浩荡的芦苇、宽阔的水域和茂密的绿化，构筑成江南水乡大自然绿色生态景区。京剧《沙家浜》取材的史实、传奇的故事和沙家浜人文历史积淀为景区增添了文化传奇色彩。目前，沙家浜已形成了革命传统教育区、红石民俗文化村、国防教育园、军事训练基地、芦苇水陆迷宫、横泾老街影视基地、沙家浜湿地公园、横泾剧场、美食购物区等功能区域。

一路上听着《沙家浜》选段，我们行走在芦苇荡环绕的古镇。瞻仰广场入口的"芦荡火种"，四个大字非常醒目。京剧《沙家浜》的前身正是沪剧《芦荡火种》。改编成京剧的《芦荡火种》最初取名为《地下联络员》，后经国家领导人审看，提出了修改意见。剧名最后由毛主席定夺，他幽默地说："芦荡里都是水，革命火种怎么能燎原呢？再说，那时抗日革命形势已经不是火种而是火焰了嘛！……戏是好的，剧名可叫《沙家浜》，故事都发生在那里。"于是剧名定为《沙家浜》。

京剧《沙家浜》讲述了抗战时期，江南新四军浴血抗日，某部指导员郭建光带领十八名新四军伤病员在沙家浜养伤。"忠义救国军"胡传魁、刁德一假意抗战暗投日寇。地下共产党员阿庆嫂依靠以沙奶奶为代表的进步抗日群众，巧妙掩护新四军伤愈归队，最终消灭了盘踞在沙家浜的敌顽武装，解放了江南大好河山。

这个剧目是有故事原型的：1939 年秋，江阴县顾山镇在对"忠义救国军"的战斗中，时任新四军江南抗日义勇军第二路政治部主任的刘飞，在战斗关键时刻，亲自率领警卫班向敌人发起冲锋，打退敌人进攻，自己却身受重伤。战斗结束后，面对日伪顽匪相互勾结、下乡"扫荡"的险恶环境，在地方党组织和群众的支持帮助下，带领数十名伤员，不畏艰险，重建武装、坚持抗日的事迹改编而成。

我们一行穿过湿地公园，横泾老街，进入刁宅大院。我们在春来茶馆前驻足，在红石民俗文化村逗留。燻鸡的香味让我们垂涎，江南小渔村的老物件令我们感叹。横泾老街的老邮筒，让我们感慨时光的流逝。

在沙家浜革命历史纪念馆，我们被深深触动。沙家浜革命斗争史以及馆内展出的革命文物见证了那一段红色岁月。没有革命先烈的前赴后继，没有他们的勇于牺牲，我们今天的幸福生活便无从谈起。他们的革命意志、革命信念、革命理想激励着我们一代又一代人：为了祖国、为了人民，也为了我们自己的幸福生活而坚持奋斗。敌人的凶残和狡猾让我们警醒，战争的残酷让我们心有余悸，唯有自立自强，坚持奋斗，才能赢得和平和发展。

样板戏声声入耳，是教育，也是洗礼：

……

刁德一：这个女人（哪），不寻常。

阿庆嫂：刁德一有什么鬼心肠？

胡传魁：这小刁，一点面子也不讲。

阿庆嫂：这草包倒是一堵挡风的墙。

刁德一：她态度不卑又不亢。

阿庆嫂：他神情不阴又不阳。

胡传魁：刁德一，搞的什么鬼花样？

阿庆嫂：他们到底是姓蒋还是姓汪？

刁德一：我待要旁敲侧击将她访。

阿庆嫂：我必须察言观色把他防。

……

## （二）

如果说沙家浜带给我们的是艺术的力量，是红色的传承，那么尚湖带给我们的便是文化历史的积淀，是传说是故事更是对诗意生活的向往。

提到尚湖，不得不说虞山。这一山一水，唇齿相依，互为依存。关于虞山的传说，有很多版本。最广为流传的有两种版本。一：王母侍童与童女眉目传情双双犯错被罚，侍童罚变为乌目牛，长卧十里青山，侍女化作卧牛山旁的湖泊，和心上人永远相伴相守；二：史籍记载，姬昌还未成为周文王之前，他的两个哥哥泰伯和仲雍，为避宫斗来至江南，并相继成为"勾吴"之主。仲雍死后，葬于乌目山，因仲雍又名虞仲，所以乌目山改为虞山。

除此之外，还有秦始皇撵山、夫差劈剑门、齐女望乡、破龙洞、吴王点将台、唐伯虎画虞山、徐三败游桃源等多种版本，为虞山尚湖增添了几多神秘，几多内涵，几多韵味。

"十里青山半入城，万亩碧波涌西门。"尚湖与虞山山水相映，互为依存，的确像极了相伴相守的一对心上人。

明代《嘉靖常熟县志》中，曾描述尚湖："……邑水溢而出，亦汇于湖，虞山临于湖上，其滨饶蒗苇蒲荷，鱼鸟翔跃，民墟栉比，率业鱼稻，柳港映带，景最胜佳，又名西湖，以拟馀杭之西湖，或曰太公尚当钓于此故曰尚湖。"

说到底，姜尚毕竟是隐士，若不是助周武王夺得商周天下，我们大概也不记得此人。真正让尚湖声名大噪的应该是明末清初的文坛领袖钱谦益。他在尚湖大礼迎娶秦淮八艳之首柳如是。因为钱谦益在文坛享有极高的声望，他用大礼聘妓为妾，为当时的礼法所不容。成亲当日，有很多人站在岸边，朝他们结婚的船上扔石头。但"牧翁吮毫濡墨，笑对镜台，赋《催妆》诗自若"，成就了一段才子佳人的佳话。他们虽为老夫少妻，过的却是诗一样的生活，彼此互为知己。钱谦益病死后，柳如是也用三尺白绫结束了自己的一生。用我们今天的眼光来看，礼法固然有它的合理性，更多地桎梏了人性。人世间能有一个懂你的知己，这无疑是最美好、最值得珍惜的事。可惜柳如是死后并未葬入钱陵，而是被逐出了钱家，葬在了虞山脚下。但这对于才貌双全的佳人，未尝不是一个好的结局。生前，有知己呵护；死后，有山水照拂。

我们坐上竹筏到尚湖内湖去泛舟。湖中的水杉笔直地挺立，根部像保龄球一样凸起，形成一道独特的景观。水边的芋头长得水灵灵的，阳光从水杉缝隙漏下点点金光。一会儿曲径通幽，一会儿豁然开朗。湖面微风荡漾，不时有飞鸟掠过。很快，我们泛舟到了一条极为狭窄的水域，那水域恰能通过一只竹筏。眼看那竹筏就要撞到水域边上的芋头，船夫却径直走到船头，把篙对着岸边轻轻一点，竹筏便乖乖地摆正船身，不偏不倚地继续前行。两边的水杉林早已幻化成各种倒影，看水面波光粼粼，看树梢金光灿灿，看林间气象万千，如梦如幻。真是美不胜收。

夏文彦在自己主编的《图绘宝鉴》中，曾详细记述黄公望在虞山南麓独饮、观赏尚湖之景的景象："后居常熟，探阅虞山朝暮之变幻，四时阴霁之气运，得于心而形于笔，故所画千丘万壑，愈出愈奇，重峦叠嶂，越深越妙。"

虞山并不高，山体也不大，可是很有灵气，人称有七十二种变化。很多画家都想画好虞山，但多数乘兴而来，败兴而归。黄公望是虞山脚下土生土长的画家，画不好虞山岂能算是虞山人？因此，黄公望决心要画出虞山的神韵来。他绕山数十个来回，最后选定了湖桥这个地方作为观察点。湖桥在尚湖边上，每当秋夜，明月当空，漫步湖桥，湖中拱石桥的倒影和天空中的月影，大小二月相串，故有"湖桥串月"的美称，被列入虞山十八景。黄公望在湖桥上既观山景又赏湖光，真可谓湖光山色尽收眼底。

后来有一天，黄公望邀请了邑中许多画家来到湖桥。

他准备了一大捆宣纸，十几个大砚台，请了几位樵夫为他磨墨。他说："今天请你们来，你们只喝酒不作画，而我是只作画不喝酒。"一语惊四座。等樵夫把墨磨好，黄公望提笔在手，龙飞凤舞，挥洒自如，完全进入了忘我的境界，看得众画家目瞪口呆。黄公望画了一幅又一幅，一个时辰过去了，两个时辰过去了，黄公望还是不停地画，好像虞山尽在他心中，尽在他笔下。从早晨一直画到傍晚，一共画了七十二张，张张都不一样，虞山的春夏秋冬、阴晴晨晚，都在画中展示出来，真是三年不鸣，一鸣惊人。

还有"尚湖烟雨""荷香洲""钓鱼渚""拂水堤"……名胜景致随处可见，黄公望、沈周、唐寅、康有为、于右任、柳亚子等历代文人的题咏更是增添了尚湖的人文气息。

历史遗存让我们遐思万千，千古风云莫不变幻无常；自然景色让我们返璞归真，出走半生归来仍是少年。

中国古代地名的构词法，往往带有政治宣喻或者期盼、祈福的意味。常熟因"土壤膏沃，岁无水旱之灾"得名"常熟"。政治的也好，人文的也罢，今天，"中国优秀旅游城市""国际花园城市""国家生态市""全球首批国际湿地城市""常熟沙家浜·虞山尚湖5A级旅游景区"已经使常熟不负盛名。

# 同学来了

昨晚下班，老公迎面走来，问："怎么办？我同学来了。"

虽然他在提问，貌似征求意见，但掩饰不住满面春风。他的表情告诉我，这个同学对他来说很重要。

"他是我大学玩得最要好的同学，当时我们有三个人关系最好，人称'三剑客'。他打电话给我，说他来溧阳处理工作，我去把他接过来好吗？"我还没来得及做出任何反应，老公已经自顾自地把内心想法兜了底。

"我问他，他过来还是我过去？后来一想，怎么能让他过来，应该我过去接他。"看老公如此兴奋，我也受到了感染，立即说："那你赶紧去吧，别太激动，开车慢点，我去饭店订个包间等你们。"

"放心，都多大年纪了，还激动。"老公嘴上说着不激动，腿却不听使唤，已经跑步过去开车了。我打了另外两个朋友的电话，邀他们一起吃晚饭。

在顺路载我去饭店的路上，老公说："已经二三十年没见面了，当时在学校，他很瘦，现在应该长成个大胖子了。大学时，我有一次到他家去玩，当时我留着披肩鬈发，穿着一件红 T 恤。结果我走之后，他们家邻居问他父母，是不是儿子把女朋友带回来了？"我哈哈大笑。老公一头卷发，脸长而狭，再加上年轻时又瘦又小，远看还真能以假乱真。何况还穿了一件让人误会的红 T 恤。

这让我想起儿子小时候，我带着儿子和同事的儿子一同上街。他们俩一般大小，一个剃着短短的平头，一个留着半长的鬈发。平头的小子胖，卷毛的小子瘦，结果路过的一朋友问我，"你养两个小孩呀，一儿一女，真好。"鬼使神差，我没有否认，反而有些自豪地说，就是的。

那个被误会为女孩的小卷毛，就是我家儿子。

同学见面，分外亲热。饭桌上不时笑声朗朗，老公更是数度开怀大笑。来的同学姓刘，他们分别追忆了老公到刘同学家，刘同学到老公乡下家，他们一同到陈同学家的情形。小到打架站队，大到毕业送别，都要细说回放一遍。刘同学说他是倒数第二个走的，最后一个走的是谁，他已经不记得了。说到激动处，刘同学更是把自己大学时的"青春照"拿出来给我们传阅。照片上的小伙子：黑、瘦、高，留着浓密的三七分黑发，半长不短的，和眼前红光满面，身体发福，头发稀疏剃成平头的中年大叔相去甚远。我们都忍俊不禁，老公还在边上不停地说："这照片不是你，这哪是你，这家伙读书时可帅了！"完全是喝高了的状态。我们任由他胡说，微笑着看他俩心满意足的表情。他们又视频了几个同学，在视频里相互调侃取乐，听视频里同学惊讶他们俩为什么会在一起时，老公和刘同学就得意到不行……

两个中年男人，卸下了所有的伪装，彼此推心置腹，毫不掩饰自己的中年疲态。刘同学是某地一所著名高中的副校长，言辞之间，他对自己的职位毫不在意，甚至不愿提及。他说，高中压力很大，他一直在教学一线，真心累得慌。他现在只想待在舒适区，待在自己熟悉的圈子、熟悉的朋友身边。我想这些话，恐怕他平时很少提及。我们都深表理解，一个人的职业上升期都在那最青春的十几年光阴里，那段时光燃烧了我们所有的激情，以至于我们现在不得不调整节奏来修复咬牙攀升对我们所造成的伤害。但那就是青春的模样，奋斗的，激情的，炽热的，无怨无悔的。

一段大学建立的纯粹友谊，在时空穿越二十多年后还保持着最初掏心掏肺的模样。此情此景未免让人心生感动。

时间是最好的沙漏，它会筛掉生命中那些拥挤不堪的人群，直至留下三五个知己。这三五个不是用来锦上添花的，而是用来雪中送炭的；他们不是想从对方身上得到什么，而是想着能为对方做点什么。如果我们有幸拥有这三五个知己，但愿我们都能惜福、惜缘，不负生命这趟重要的旅程。

第五辑：

# 泥丸小议

在无『微』不至的时代，我们选择尊重每一种生活方式，尊重『微商』这种新型的职业。抛开『无奸不商』的成见，也许就可以玩转微信朋友圈，并从中大获裨益。

# 武汉"封城",我们应该心存感激

这个年,过得有些艰难。

1 月 23 日,武汉宣布"封城"。全国一盘棋,牵一发而动全身。武汉一封,全国防疫抗疫大战正式拉开了帷幕。

1 月 26 日晚,武汉市委副书记、市长周先旺在新闻发布会上透露,因为春节因素和疫情影响,约有 500 万人离开武汉。

对于防疫抗疫来说,这 500 多万人无疑是投出去的定时炸弹,迅速把病毒传向了四面八方。每天早晚看新闻,看到祖国飘红的地区越来越多,心里难免对这 500 多万人有了怨言。要是他们不到处瞎跑,疫情就控制在武汉地区,全国集中驰援,国家一流的专家、医护人员、医疗设备都用于集中诊治他们,那病毒一定能尽快地得到遏制。现在他们跑出来,不是给全国人民添乱吗?到处都变成了疫区,哪里都不安全,说是封武汉城,现在却变成了全民宅家里隔离。

但仔细想想,这种想法有失公允。

首先,作为九省通衢的武汉,春运期间 500 万人离开,完全是一个正常范围内的数字。武汉疫情最早发生在 12 月下旬。12 月 31 日,武汉市政府公告称,共发现 27 例病例,其中 7 例严重,未发现明显人传人现象,未发现医务人员感染。《人民日报》官方微博发消息:"目前病因尚未明确,不能断定是网上传言的 SARS 病毒。"

从 1 月 6 日至 1 月 10 日,武汉市卫健委没再就"不明原因肺炎"发布通报。

所以,这 500 万人并非在已确知问题严重性的情况下恶意逃离,而是在不完全清楚其严重后果的情况下正常返乡。

其次,1 月 20 日,国家卫健委高级别专家组组长钟南山院士在答记者问时表示:"根据目前的资料,新型冠状病毒肺炎是肯定的人传人。在广东有 2 个病例,没去过武汉,但家人去了武汉后染上了新型冠状病毒肺炎,现在可以说,肯定的,有人传人现象,值得我们警惕。另外,有 14 名医护人员感染了新型冠状病毒。"

病毒会"人传人"的真相披露后,武汉这座疫情的重灾区经过几天慎重考虑,做出了艰难的决定:封城。

这让我想到了历史上最具牺牲精神的英国村庄。1665 年至 1666 年,伦敦发生了当地历史上最后一次广泛蔓延的鼠疫,超过八万人死于这次瘟疫之中,足足相当于当时伦敦人口的五分之一。但奇怪的是,这场大灾难,虽然从伦敦开始扩散,但英国北部安然无恙,基本没有遭受侵袭。原来正是英国中部德比郡山谷中的亚姆村的村民们的自我牺牲,把瘟疫挡在了英国中北部的大门外。当一名伦敦的布料商人把瘟疫带到亚姆村后,村民们本可以北撤躲避瘟疫,但经过讨论,他们做出了痛苦的选择:留下来,自觉隔离,阻止瘟疫通过亚姆村蔓延至北方。到了 1666 年 8 月,在村民们自愿隔离 400 天后,瘟疫才随着感染者的死去而消失,瘟疫对这座封闭的城池造成了毁灭性的影响——全村 344 个村民中,有 267 人死亡。但英国北部安然无恙。

"封城",是一种高度的自我牺牲,把危险留给了自己,把机会让给了别人。虽然,现在的医疗条件比起当时的英国亚姆村不可同日而语,但是,换位思考一下,你觉得自己是愿意待在武汉，几个人共享一个医疗资源，还是愿意回到家乡，一个人尊享多个医疗资源呢？答案是显而易见的。即使有国家领导人的亲自过问，即使有全国医护工作者的全力驰援，即使有万众一心的捐款捐物，我们还是知道，待在武汉更危险，更容易感染病毒。所以，钟南山才会眼含热泪说：武汉是座了不起的城市！

"封城"，表明了他们自愿隔离的决心；"封城"，意味着他们承担了更大的风险和责任。

不错，在 23 日武汉"封城"的头一晚，得知消息的民众的确有 29.9 万人连夜"逃离"武汉。但我相信他们的逃离是出于自保，而不是传播病毒。在疫情的高发地区，又知道了会"人传人"的情况下，有一部分人恐慌害怕，选择"逃离"，这也是人之常情。至少，回来后，他们不用挤发热门诊，当地传染病医院会对他们进行隔离监护。病人少，在监控和治疗上会更及时，危险性也更小。何况，相比武汉 1000 多万的常住人口，他们真的只是极少数。

有的人可能会说，12 月底就发生了疫情，为什么不早点封城？大家知道，这次的病毒是一种新型冠状病毒，认识它的特性及危害需要一个过程，即使病毒学专家站在第一例感染者面前也不例外。可恶的是那些暴殄天物，贩卖、偷运野生动物，以食野生动物为荣的少数投机分子，可恶的是那些不作为、唯利是图的监管部门和官员，武汉民众何罪？如果不是自愿隔离，我们有什么权利限制他们的人身自由？他们违法了？没有。他们犯罪了？没有。他们只是有可能感染了病毒。

如果他们自觉待在武汉城进行隔离，那是他们的觉悟和牺牲，我们应该心存感激。如果他们逃离了武汉，而寻求家乡的帮助，那我们应该及时伸出援手，打消他们的顾虑和担忧，这样，他们才敢实情相告，而不是瞒报或者谎报。

"武汉加油！"绝不是一句空话，武汉人民的牺牲精神配得上武汉这座铁骨铮铮的城市。

皮之不存毛将焉附，武汉的疫情如果得不到彻底的根治，我们又何尝能安心工作和生活。要知道，武汉人民是我们的同胞而不是敌人。在疫情面前，我们更要团结一心，互帮互助，自觉隔离，共同抗疫。

全国一盘棋。武汉加油，中国加油！

# 评课中的"真实"

电影《无问西东》里梅贻琦曾对选择了理科却擅长文科的吴岭澜说："你忽略了一点，就是你无论面临什么样的环境，你都应该真实面对自己的内心，而不是随波逐流。"吴岭澜很茫然："什么是真实?"梅贻琦给出的答案是："你看到什么、听到什么、做什么、和谁在一起，有一种从心灵深处满溢出来的不懊悔、也不羞耻的平和与喜悦。"

我想，这就是真实而不被裹挟的生活，从对生活意义思索的羞耻感中脱离出来，任何时候都不放弃对生命的思索、对自己的真实。

应该说，我们生活在和平年代，没有战火纷飞，没有敌机轰炸，没有缺衣少食，应该更容易面对真实的自己。然而事实正好相反，我们固然为人师表，但更多地像一个工匠，我们在技艺上日臻成熟，教给学生知识、技能；唤醒学生的情感、态度，然而我们却没有教给学生思想，没有让他们坚持对生命的思索和始终面对自己的真实。甚至我们自己也早已丢失了真实，而变得人云亦云，随波逐流。

大家恐怕觉得我扯得太远，其实一点也不远。评课，它是一门艺术、一门学问，直接关系到授课教师今后的工作与学习方向，看似随随便便的几句点评，其实都是教师需要注意和加深理解的地方，即现代教学理念的关键之处。经过巧妙的一点一拨，被评者对自身的认识更到位，甚至有种醍醐灌顶的感觉，这样评课就实现了效果最大化。当然，这有一个大前提，那就是授课者和评课者的"真实"。也就是双方都能站到客观的立场，实事求是，发表自己的看法，探讨教学理念在课堂上的落实完成情况，探讨研究学生的学习效果，他们的目标高度一致，他们都能敞开胸怀接纳意见，同时也能有针对性地提出自己的见解。这看似容易，实则很难，对教师的素质要求很高。但离开了这个大前提，评课不过是流于形式。

首先，执教者很容易把评课者画到自己的对立面，只能接受表扬，无法接受批评，特别是还当着众人的面。被别人提几点不足就有些坐不住了，有的人甚至马上急于辩解或予以驳斥。这其实大可不必，即便与评课者持不同观点，那也应该做好记录，等别人发言结束再提出不同意见，这样有碰撞的地方说不定也正是大家的困惑所在，抛出来让大家讨论、辨析，形成更科学的理念和处理办法应该是非常理想的评课结果。所以执教者能面对真实的自己，接纳各种不同的声音，在评课中显得尤为重要。

其次，评课者不能居高临下，以专家自居，指出问题时咄咄逼人，甚至是"一堂课否决"的架势。这很容易给人一种人身攻击的感觉，从而导致执教者的反感，一旦产生反感，评课者再说什么已是枉然。还有一种评课者，表现得什么都懂，方方面面都要评，听起来口若悬河，如行云流水，其实不过是徒有其表，煞有其事。所以，评课者能面对真实的自己，客观指出执教者的问题所在，在评课中同样至关重要。

评课不是鸡蛋里挑骨头，首先是品，其次才是评，既让执教者充满信心，同时又能主动改进自己的不足。

记得教研员第一次听我的课时，我才刚上班不久，紧张是在所难免的，同事开玩笑说："你脸都吓白了！"我还记得当时的上课内容是一元一次方程的应用。我做了教具，讲解用一张正方形的纸裁剪后做成无盖正方体。评课时，我心里一点底都没有，只觉得是完成了课，而没有讲出任何特色，毕竟这是突击检查。哪知教研员却给了我很大的肯定，说我上课思路清晰，重点突出，讲解化繁为简，一听就懂……他还说了什么，我已经记不大清了，但我至今仍然非常感激他这种以鼓励为主的评课。当时我的教学应该说还很不成熟，课堂应该有不少可以改进或值得商榷的地方。但如果教研员一跑上来就对我一番痛批，我估计自己会很受打击，甚至会一蹶不振。

所以评课者如果能换位思考，鼓励为主，既照顾到执教者的自尊心和热情，又有礼有节地指出课堂上需要改进的问题，那么教评互长将不再是梦。

平等、开放、问答式的评课，正是我们所期待的模式。这种评课是由评课教师首先提出问题，询问授课教师是如何处理的，在授课教师提出解决办法之后，再适时给出自己的建议。这既能使授课教师自由地阐述自己的教学思想，又能愉快地接受专家的建议，改进教学中的失误。毕竟，让参加评课活动的老师收获经验、收获智慧、收获激情、收获成长，才是我们评课活动中的最终目标，愿我们都成为这种"真实"评课的践行者和推广者。

# 交换阅卷

　　一项制度久不施行，原因无外乎两点：一是它本身就不合理，经过时间的检验，自然被淘汰了；还有一种情况就是它太前卫，暂时还不能被大众所接受，但随着时间的沉淀，它又重新站到了历史的前沿。

　　国庆前，某校进行了阶段测试，令人意外的是，该校居然采用了年级交换阅卷的方式。比如数学学科：安排初三数学教师批阅初一数学试卷，初一数学教师批阅初二数学试卷，而初二数学教师则批阅初三数学试卷。其他学科的阅卷安排与此相仿，一句话，教师不批自己所任教年级的学科试卷。

　　特别要说明的是，这次考试无关教师业绩考核，无关学生学业评价，只是一次简单的阶段测试。该校为何要安排年级交换阅卷呢？这让我不禁想起，年级交换阅卷、年级交换监考、学科交换监考、学科交换阅卷的历史来。这一举措的初衷，据说是为了防止教师徇私舞弊。比如你监考自己任教的年级，会不会忍不住给认识的学生通个风报个信之类的；比如你批自己所任教年级的学科，会不会忍不住让学生在试卷上做上特殊标记来着；比如你监考自己所任教的学科，会不会忍不住在考场提醒学生答案来着；比如你批改自己所任教的学科，会不会认出自己学生笔迹之类……领导的担心也不能说是毫无道理，空穴来风，但为了这些可能发生的小概率事件而这样操作的后果是什么呢？姑且让我们看看本次月考阅卷给各个备课组带来的困扰：

　　初三数学教师老早就批好了初一数学试卷，第二天中午也就是国庆放假前一天，初三安排了临时课表，中午数学教师全部等"米"下锅。可初二数学教师还没把试卷批好。在备课组长一再沟通和催促下，试卷总算在中午之前批阅完了，但来不及试卷分析，成绩还是匆忙之下抄录的。赶紧的就要把试卷分发下去，评讲了再说。尴尬的是下课后有学生提出有批改错误。虽然整张试卷上午他们已抽空做了答案，根据学生平时出错的习惯以及题目的重要性和创新性，圈画了上课要评讲的重点题目，但没有参与初三数学阅卷，学生答题情况不甚了解，评讲前又没来得及做试卷分析，漏网之鱼果然就出现了。没有集体更正的时间，只好在家长群里群发更正通知，被动而狼狈。

在阅卷过程中，各个备课组长间的电话联系是必不可少的。讨论出题意图，讨论答案，讨论评分标准，讨论进度，讨论有争议的地方，意见达成一致后再反馈给自己的组员。这些讨论所浪费的时间成本姑且忽略不计，但就算这样，差错还是无可避免。当然，即便不交换阅卷，也有可能会出现差错，但出现差错的概率肯定会大幅减少甚至被当场消灭。

没错，利益可能会令极少数人利欲熏心，不择手段。但问题是没了利益吸引的阅卷、监考，又如何确保每位教师的职业道德和职业责任心在线呢？

据说，初三政史组遭遇了更大的尴尬。他们试卷上的最后一道文字题，阅卷的人根本就没看，答了就拿满分，没答就扣一分。细看之下，里面不少情况是：学生答题要点正确却批错，答题要点错的却又批对。他们甚至申诉这样的考试毫无意义。评讲试卷时，他们连答卷纸也不肯发下去，认为这样的阅卷方式会误导学生，不能让学生看到答卷纸误以为老师在敷衍了事。

我们无意针对哪个阅卷老师，更无意针对哪个阅卷备课组，值得我们深思的是，为什么交换阅卷会带来这样的问题？领导说了，之所以这样安排，是为了方便教研组长了解整个学校该学科的阅卷情况，做好试卷分析。这很令人费解，无论怎么交换，教研组长也只是批阅某个年级的试卷，怎么就能通过阅卷了解整个学校该学科的阅卷情况呢？最后，不还是要各备课组提供数据分析原因吗？如果是为了提高教师学科技能，那就更没必要了，因为教师完全可以通过循环教学达成目标。

通过这次交换阅卷，我们几乎可以断定，这是一种被时间和实践淘汰了的模式，再拿出来操作无疑是作茧自缚。

# 朋友圈中的微商

　　微博、微课、微商、微信、微吧、微阅读……这简直是一个无"微"不在的时代。打开任何一个人的微信朋友圈，谁还没有几个微商朋友？卖服装的、做保健的、卖洗护用品的、做代购的、卖护肤化妆品的、做汽车零配件的……只要你生活中需要的，任何一项日用品、保健品、奢侈品，甚至任何一项健身、保险、缴费等服务项目，都有活跃的微商在广而告之，在期待着你对他们的信任和加盟。

　　几乎每一个微商都在朋友圈中自豪地晒米、晒产品质量、晒自己做了微商后生活得到的彻底改变，很励志、很鸡汤。每一条广告都像是一通宣言，每一张图片都像是一单证据，每一条说说都像是发自心底的呐喊。时间似乎又回到了改革开放初期，政策刚刚放开，国营的一切刚转为私营，和供销社等国营单位售货员冷若冰霜的臭脸相比，我们的小商小贩主动热情，微笑搭讪让人感到是多么亲切和新鲜。然而，时过境迁，现代人实在不习惯这过分的热情。如果按一个微商平均每天发三条广告计算，朋友圈里如果有十个微商，那就意味着翻阅朋友圈，至少要先跳过三十条广告信息。这，当然不会大受欢迎，相反只会引起人的反感。

　　当然，微商和其他晒美照、晒美文、秀恩爱、晒风景、晒日常琐碎的朋友并无本质区别，你不能确保朋友所晒内容正好就是你的兴趣所在，更无法控制每个朋友一天发几条朋友圈，这就是微信无法掌控的局面。

所以，绝大多数人会把怨气算在微商头上，觉得他们以盈利为目的，不断打扰别人的生活委实不该。其实他们丝毫没注意到有的朋友一天发五条以上朋友圈，都是无聊至极的生活琐碎，还不如看微商广告获得的信息量大。

我这样说，并非为微商正名，更不是为他们辩护，因为我首先不是微商，对微商毫无兴趣。但我并不排斥我朋友圈里的微商，特别是我感兴趣的项目的微商，比如服装、美容养生、日常护肤等等。我平时看得较少，但一旦需要，就会翻开他们的个人相册，找到他们发的广告，挑选对比，确认下单。有时候还拿着看中的款式到实体店去挑选，或者打款给微商让其快递寄过来，的确方便很多。很多服装搭配的技巧，日常护肤的注意事项等等，也都是从微商免费发放广告中学习到的。

就像我，偶尔在朋友圈晒晒自己的小文，只是为了存储，需要的时候方便打印整理，否则到时候要对自己的写作来个小汇总，便会手忙脚乱，力不从心。当然，朋友的点赞、阅读、捧场，会令我感觉开心、快乐，并心存感激，但这对我晒文的本意并无太大的实质性帮助。

我想，微商也一样，你点赞或不点赞，捧场或不捧场，他都在那里，不喜不悲，因为他要的是成交额。所以朋友圈里有几个自己感兴趣项目的微商，也是一件不错的事，至少在你有购物需求时，可以得到最及时最方便的服务。大可不必谈虎色变，一棍子打死。只是因为人各有志，他选择了微商，而你选择了不商。我们总不能因为朋友换了工作就因此放弃朋友吧。当然，鉴于微商普遍发广告过于频繁，朋友圈中的微商数量还是不要太多为好。

如果，一定要我拉黑朋友圈中的某个，那一定不是因为你是微商或不是微商，而是因为你发朋友圈的频率和发朋友圈的内容是否真正妨碍到我。

在无"微"不至的时代，我们选择尊重每一种生活方式，尊重"微商"这种新型的职业。抛开"无奸不商"的成见，也许就可以玩转微信朋友圈，并从中大获裨益。

# 你是哪种人

昨日吃饭，听一位朋友提及三句话，觉得很有意思。他说，进了任何一家单位，你都要对自己有个准确定位，你是哪种人？如果你是靠拍马屁进来的，那你就要放下身段，拉得下脸皮，坚持把马屁拍好；如果你是靠走关系进来的，那你就要花足够的时间和精力去维护关系，确保你的关系网始终畅通无阻；如果你是靠做实事进来的，那你就要尽全力把事情做好。谁也别羡慕谁，谁也别瞧不起谁，谁也别觉着自个儿委屈，蛇有蛇道，鼠有鼠道，各人有各人的生存之道。

这应该是一位在社会上摸爬滚打多年的朋友的肺腑之言。尽管他比我年轻，但社会阅历无疑要比我丰富得多。大学一毕业我就进了现在的工作单位，成了一名小小的人民教师，生活经历乏善可陈。他这样一说，我不免悄悄用这三条自我对照。

第一条，拍马屁。这一条不能说我不会，但更多的时候，我拉不下脸去拍马屁，毕竟要拿热脸去贴人家的冷屁股是需要十足的勇气的。何况心里又抱有"人与人之间是平等的"这一执念，便也不屑于拍马屁。殊不知该项技能无他，乃熟能生巧尔。平时不加练习，仓促间贸然用之，往往失之精准，马屁拍到了大腿上，比之不拍更糟糕十倍。

第二条，走关系。反思自己的工作生涯，从外地应聘到此地，老家的关系网等于一刀切断了。当时不觉得有什么，还庆幸自己摆脱了复杂的人事往来。后来生活教会了我，什么都靠自己的后果就是，你必须付出比别人更多的努力，才能和别人站在同一起跑线上。在外地工作的这些年，也有运气好的时候，那就是遇到生命中的贵人，他们乐见其成，雪中送炭，见证了温情、友善和爱的力量。但比之生于斯长于斯的同事，他们盘根错节的层层关系网，无疑反衬出我人际关系网的单薄和易碎。

第三条，做实事。反思过前两条后，心里豁然开朗。我感到了前所未有的平静。我相信今后做任何事，我都不再有牢骚和抱怨，因为这是我自己的选择，而且又别无他法。前两条我已先天不足，又不愿将就和委曲求全，那么，自古华山一条道，我就只剩"把事情做好"这条道了，这很公平。

这样比照，我发现反而有利于端正自己的做事态度，不会因为自己的业务能力强就沾沾自喜，反而庆幸亏得自己还有业务能力，才算对单位还有那么一丁点的价值。相比那些又会拍马屁，又会拉关系，又会做实事的人，我有什么委屈可言呢？

安居乐业，也碌碌无为；安分守己，也普普通通，但我算有一技之长吧，能做一份力所能及的工作，心有余力时还乐于帮助别人，保持一颗没有蒙尘的心。这样就很好。

电视热播剧《百岁之好一言为定》里有句台词："世界上大多数人都觉得自己怀才不遇，其实只是在最困难的时候没有担起责任。"对呀，哪来的那么多怀才不遇？一定是你的才华还不足以支撑你的野心。想通了这一点，对生活中的困难和挑战就会有更积极的态度，没有什么好抱怨的，因为每个人都生活得不容易。

朋友现在是一家公司的副总，他说以前他总是冲在前面，生怕手下办事不得力，自己还得帮着收拾烂摊子。后来他发现事必躬亲的结果就是他累到吐血，下属对他还心存怨怼。后来他放手让底下人去做事，不再执念于身为领导业务能力却不是最棒的，他才发现，让底下人人尽其才是领导最大的道德。他虽然技不如人，但他要做的就是各部门之间的沟通和协调，这样，一个团队才能发挥最大的效能。

的确，这早已不是一个单打独斗的年代，每个人都生活在团队、生活在集体中，身在其中清楚地知道自己是哪种人，无疑有利于摆正自己的心态，端正自己的做事态度。

还是那句话，困难面前，担起责任就好。谁也别羡慕谁，谁也别瞧不起谁，谁也别觉着自个儿委屈，蛇有蛇道，鼠有鼠道，各人有各人的生存之道。

第六辑：

# 读书观影

十一年后，蝶衣小楼再次重逢。蝶衣唱《思凡》：

"……我本是男儿郎，又不是女娇娥……"短暂的清醒更令人伤痛，还是回到戏里，做我的虞姬，为我的霸王斟酒舞剑。

乌江迷梦，拔剑自刎，从一而终。

程蝶衣终究没逃脱虞姬的宿命，他把自己活成了真正的虞姬。

# 也说惜春

《红楼梦》中，元春的尊贵自不必说，其他"三春"也算得上是顶尖的人儿了，然有了薛、林在前，眼衬得"三春"输了颜值，又输了才华。林黛玉初进贾府时，惜春"身量未足，形容尚小"。

## （一）

全书前40回，惜春都没正经讲过什么话，一来年幼，没有什么话语权；二来贾母虽极爱孙女，都跟在祖母这边，一处读书，但比起衔玉而生、聪明乖觉的宝玉，自是万不能及。如今又来了"心肝儿肉"一样的外孙女，贾母是"万般怜爱，寝食起居，一如宝玉，把那三个孙女儿倒且靠后了"；三来惜春并无十分过人之处，才貌远逊薛、林，娇憨不及湘云，言谈又不似琏二嫂子，惯会插科打诨，逗贾母开心。想来惜春要引起贾母的特别关注也难，估计她委实也没那心机。

当然，作为侯门大户人家的女儿，惜春也并非一无所长。自从元春娘娘下旨命众姊妹并宝玉搬进大观园中居住，惜春住了蓼风轩，众姊妹或读书写字、或弹琴下棋、或作画吟诗、或描鸾刺凤，倒也十分惬意。直到第40回贾母携刘姥姥同游大观园，听刘姥姥说怎么着也得照着园子画一张，贾母听说，指着惜春笑道："你瞧我这个小孙女儿，她就会画，等明儿叫她画一张如何？"我们才知道原来惜春还有这才艺。第42回，惜春就来向李纨告一年的假，这告假说明惜春对这个一展才华的机会相当重视，但也从侧面反映出她似乎信心不足。从后来姊妹们的对话中也不难看出，惜春并不擅长工细楼台、人物花鸟，所会的不过几笔写意。就是画具也极为简陋，不过随手的笔画画罢了，就是颜色，只有赭石、广花、藤黄、胭脂这四样。再有不过是两支着色的笔就完了。若是平常画画娱娱性情倒是足矣，偏碰上画大观园这项艰巨的任务，未免差得太多。惜春虽然犯愁，却并不在贾母面前推辞，想来也是极要脸面、争强好胜之人，只是没有表现的机会而已。亏得宝钗竟比她通，又有宝玉、凤姐儿帮着料理后勤，方不至于慌了手脚。

到了第 50 回，贾母问惜春："画到哪里了？"惜春因笑回道："天气寒冷了，胶性都凝涩不润，画了恐不好看，故此收起来了。"贾母笑道："我年下就要的，你别脱懒儿。快拿出来给我快画。"次日雪晴。贾母又吩咐惜春："不管冷暖，你要画去。赶到年下，十分不能，就罢了。第一要紧把昨儿琴儿和丫头、梅花，照样一笔别错快快添上。"惜春听了，虽是为难的事，还是应了。一时众人都来看她如何画，惜春只是出神。从这些细节我们不难窥视：贾母疼惜春毕竟有限，若是换了两个玉儿中的一个，贾母指定会说："天太冷了，当心冻着，画不画什么要紧，开春再说。"惜春虽勉为其难，但并不想失去这次难得的露脸机会，可见惜春心里，贾母是极重的。第 82 回写道：探春、湘云评论惜春所画"大观园图"，这个多一点，那个少一点；这个太疏，那个太密。之后书中便再无记述惜春作画的情节，估计好歹是画了，至于画得怎么样，贾母是否满意，最后是否真的赠送于刘姥姥，笔者却不敢妄自揣测了。到了第 109 回，贾母病重，妙玉前来探望，回头见惜春站着，便问道："四姑娘为什么这样瘦，不要只管爱画劳了心。"惜春道："我久不画了，如今住的房屋不比园里的显亮，所以没兴头画。"可见惜春终没有在画画这门才艺上走得更远。

（二）

比起迎春、探春，书中较多地写到了惜春下棋。书中第 87 回记述：她与栊翠庵的妙玉对弈，却显然不是妙玉的对手。但她事后翻开棋谱，把孔融、王积薪所著看了几篇。内中"茂叶包蟹势""黄叶博兔势"，都不出奇，"三十六局杀角势"一时也难会难记，独看到"十龙走马"，觉得甚有意思。第 111 回，贾母去世，凤姐、惜春留下来看家，妙玉不见惜春送殡，想她必在家看家，恐她寂寞，便来瞧她。惜春恳请伴她一宿，下棋说话。妙玉本来不肯，但看惜春可怜，又提起下棋，一时高兴应了。惜春连输两盘，妙玉又让了四个子儿，惜春方赢了半子。

下棋、画画虽也有限，却是惜春性格特征的集中反映——孤介太过（探春语）。论出身，惜春乃宁府贾敬的女儿，贾珍的胞妹，比两个庶出的姐姐反而尊贵一些。可惜父亲只知炼丹修道，而母亲又早逝，孤苦无依。被贾母接至荣国府抚养时实在年幼，才形成了她孤僻冷漠的性格。

其实，她也不乏率性天真，偶尔也有小儿娇憨之态。第 28 回，探春、惜春都奚笑宝玉，"二哥哥，你成日家忙得是什么？吃饭吃茶也是这么忙碌碌的。"第 40 回，刘姥姥为逗贾母开心，高声说道："老刘，老刘，食量大如牛。吃个老母猪，不抬头。"说完，却鼓着腮帮子，两眼直视，一声不语。惜春离了座位，拉着他奶母，叫"揉揉肠子"。

只是这种天性的流露在全书中极为有限，倒是王夫人派人抄检大观园时，反而把惜春孤僻的天性暴露无遗。贴身丫头入画，不过是私自收着贾珍赏她哥哥的东西，虽不该私自传送，但也是一时糊涂，并无大错。又兼从小服侍一场，众人具皆求情。而惜春却毫不顾及主仆情分，力主叫嫂子快带了她去。"或打，或杀，或卖，我一概不管。"入画跪地哀求，百般苦告终是无用。"不但不要入画，如今我也大了，连我也不便往你们那边去了。况且近日闻得多少议论，我也再去，连我也编派。"言下之意最好与宁国府也再无瓜葛。借古人言曰："善恶生死，父子不能有所勖助，何况你我二人之间。我只能保住自己就够了。以后你们有事，好歹别累我。"气得嫂子尤氏直说她："心冷嘴冷。"她却说："怎么我不冷，我清清白白的一个人，为什么叫你们带累坏了？"更追着说："你这一去，若果然不来，倒也省了口舌是非，大家倒还干净。"惜春是"孤"癖，更是"洁"癖，为了洁身自好，便急于与一切污秽腌臜划清界限，甚至不惜割断亲情。

## （三）

书中第 7 回记述：惜春与水月庵的小尼姑智能儿两个一处玩耍，曾说过："我明儿也要剃了头做姑子去。"书中 40 回以后多处提到惜春与妙玉交好，以妙玉孤高自傲的个性，不难揣度她俩情投意合的原因。第 87 回听闻妙玉梦魇，惜春若有所悟，口占一偈云："大造本无方，云何是应住？既从空中来，应向空中去。"第 88 回惜春对鸳鸯说："别的我做不来，若要写经，我最信心的。"种种迹象无一不埋伏着她"独卧青灯古佛旁"的结局。

元妃贤良淑德，竟染疾薨逝；迎春误嫁中山狼，竟被孙家揉搓致死；探春虽才智出众，却被迫远嫁，不得与家人见面；湘云也不过是守着一个要死不活的病人，也难怪惜春心有戚戚焉。更兼贾母逝世，留凤姐儿和她看家，当晚她曾对妙玉说："二奶奶病着，一个人又闷又怕。"想想也着实可怜，小小年纪却遭遇姊妹分离、家族衰败，而年幼如她也要被安排独当一面。所以盗贼一出，她马上吓得晕过去了。及至还没问责，她已先哭起来：

"这些事我从来没有听见过，为什么偏偏碰在咱俩个人身上！明儿老爷太太回来，叫我怎么见人！说把家里交给你们，如今闹到这个份儿上，还想活着么！"又对二奶奶道："你还能说，况且你又病着，我是没有说的。这都是我大嫂子害了我，她撺掇着太太派我看家的。如今我的脸搁在哪里呢？"她越是躲着非议，越是害怕非议，非议却偏偏找上门来。下人议论说是她留宿的妙玉引来了贼，这让洁身自好又胆小怕事的惜春苦楚万分。

知己已失，父母早逝，嫂子嫌弃，贾母归天，孤苦伶仃，如何了局？

"这的是，昨贫今富人劳碌，春荣秋谢花折磨。似这般，生关死劫谁能躲？"惜春终于了悟，彻底丢弃浮躁和虚妄的痛苦，出家为尼，完成了她"勘破三春景不长，缁衣顿改昔年妆。可怜绣户侯门女，独卧青灯古佛旁"的劫数。

# 爱，请不要伤害

## ——电影《囧妈》观后感

　　"张璐，离婚协议的字我已经签好了，请放心，我已经把一切都跟我妈妈讲了，并没有我想象的那么难。我给了她一个大大的拥抱，那种感觉真好。这趟俄罗斯之行，六天时间是我从读大学离开家 20 多年以来，跟妈妈相处最久的一次。一直以来，我们总是在争吵，可我们的出发点都是对彼此的爱，只不过，这份爱是希望对方活成自己想要的样子，就像我对你一样。这六天的旅行让我明白，每个人都是独立的个体，每个个体都应该是完整的，爱不是控制和索取，爱是接纳和尊重。可惜我明白得太晚了。张璐，谢谢你为我做的一切，我会记住你给过我的所有的美好，我相信你一定会成为最好的自己，我衷心地祝福你。"

　　这是电影《囧妈》快结束时徐伊万发给妻子张璐的信息。他在经历了和老妈的六日囧途之后，终于领悟到："每个人都是独立的个体，每个个体都应该是完整的，爱不是控制和索取，爱是接纳和尊重。"

　　这段台词道出了人与人之间相处的真谛，无论是母子，还是夫妻，或者是婆媳，只有当我们把对方作为有思想的独立个体来尊重，顾及对方的感受，给予对方足够的理解和空间时，我们释放的才是爱的信息，也才会赢得对方的爱。

　　电影有两条主线，一条是徐伊万与张璐的婚姻问题。电影从一段精彩的对白开始：

　　……

伊万："你把这个台灯拿走，我替你修好它了。"

璐璐："我告诉你我从来没有喜欢过这个台灯。"

伊万："你不喜欢这个台灯。"（惊讶中）

璐璐："从它进门的第一天我就觉得它长得很做作。"

伊万："你怎么可以这样骂它呢？"

璐璐："你看这就是我俩之间的问题，你心里面长了一个幻想的老婆，她应该喜欢什么，讨厌什么，该怎么说话，你全都设定好了，你为什么要锲而不舍地改造我呢？都这么多年了，你难道还没有意识到我不是你想的那个人吗？"

影片一开始，徐伊万和张璐两人就婚姻告急。徐伊万想要控制和改造张璐，就像自己的母亲想要控制和改造自己一样。他们的婚姻问题，其实恰恰是像台灯这样的小事，一点一点累积起来的。

徐伊万派表弟郭贴去处理美国的商业竞争事务，其本意是要切断张璐的退路，挽回自己的婚姻。但他的言行与本意背道而驰，使事情最终走向了反面。

郭贴在机场和徐伊万电话，报告张璐和律师迈克尔之间可能有暧昧。后来郭贴去偷张璐的竞标书，被当场抓获，差点坐牢。张璐尽全力把郭贴保释出来之后，给徐伊万打了电话，谴责徐伊万的阴谋。徐伊万接到电话后并没有为保释的事情诚心道谢，反而问了张璐一句："你是不是和迈克尔好上了？"张璐被气坏了，当场发作："是，我就是和他好上了。"徐伊万在挂电话之前，狠狠地来了句："祝你俩早生贵子！"

几乎是挂电话的瞬间，徐伊万就后悔了。明明不舍，明明想挽留，为什么说出去的话却句句伤人。所有的阴谋不过是把妻子推得更远。徐伊万没有认识到自身的问题，反而将错误全部推给张璐，他责问张璐是不是移情别恋，让张璐背上了导致婚姻失败的罪名。这种回避责任、转移责任的做法加剧了两人关系的终止。

另一条主线是徐伊万和母亲卢小花之间的相处问题。本欲飞往美国解决问题的徐伊万，因为意外被困在了母亲去莫斯科的列车上。

在旅途中，他和母亲发生了激烈冲突，一场中国式母爱上演：

首先是连环三问："吃方便面吗？""吃饼干吗？""吃大白兔奶糖吗？"

徐伊万给美国的郭贴发语音安排工作时，卢小花把小番茄疯狂喂投到他的嘴里，直到塞了一枚煮鸡蛋，徐伊万烦得不行，喊停！

卢小花还用果汁机打各种红豆水、薏米水，让徐伊万的膀胱定时排水。

卢小花带了许多小石子，晚上让儿子泡脚，用石子按摩脚底。

最奇葩的是，卢小花带了一电饭煲大米。她夺儿子的手机时，不小心扔进刚吃完方便面的碗里，她急忙把手机插进米里，说这样就把水分吸干了，但要等 36 个小时。

卢小花带了做饭的锅具，做了红烧肉。徐伊万吃得就剩一块红烧肉时，她不让他吃了，理由是："红烧肉吃多了长脂肪，你看你现在是横着长，肚子像孕妇，如果你连身材都管理不好，怎么管你的公司、你的员工？"

徐伊万忍无可忍："你看看这就是我们之间的问题，在你的心里面住着一个幻想出来的儿子，他应该吃几块红烧肉，脸上肉是横着长，还是竖着长，什么时候要孩子，膀胱几点钟排水，你全都设定好了，你为什么要锲而不舍地改造我呢？都这么多年过去了，难道你没有发现吗？我并不是你想象中的那个儿子。"

"你不是我儿子，你是谁儿子？"完全不在一个频道的对话。

徐伊万快要爆炸了，想睡都气得睡不着。万般无奈的他一个人跑到火车外面吹冷风。同时，徐伊万给郭贴打了电话，嘱咐他跟合作公司说明白，只要他们不和张璐合作，他愿意免费提供暖霸的技术支持。电话刚说完，徐伊万发现自己被锁在了火车外面，任凭他怎么呼救都没用。这一夜，徐伊万过得痛苦万分，好不容易挨到了天亮到站。

第二天，浑身冰碴，满脸冻疮的徐伊万回到了车厢，母亲看到又开始唠叨。心烦意乱的徐伊万彻底爆发了，指责卢小花对他的管控，说爸爸一定是被她管得太严，是被她气死的。母亲听完这些话心都碎了，她一个人下车，跑到了森林里。徐伊万拖着行李追了很久，终于找到了母亲，他哭着向母亲道歉，而母亲也讲出了自己多年来的隐忍。

原来，卢小花年轻时因为爱情和一个放映员（徐伊万父亲）走到了一起，为了他在兵团多待了八年。屯垦戍边的兵团要啥没啥，全靠支边的人自己动手建设。卢小花是个大城市的娇小姐，如果不嫁给放映员，任务结束后她会返回城市接受组织安排过上更好的生活。但为了爱情和理想她在兵团把自己的青春消磨殆尽。

贫瘠和艰苦还不是最可怕的，最可怕的是婚姻并不是想象的那样美好。

"你问我胳膊上的伤是怎么回事，我告诉你是家里进了贼。我和你爸文化背景和家庭背景都不一样。"

她被酒后的丈夫家暴，并且是长期的。

逼得她拿着扩音筒警告厂里的人不许找丈夫交朋友，不许到她家里来。

她也多次想逃离这个家，可每当看到伊万的笑脸，她的决心就动摇了。因为小伊万曾对她说："等我长大了，我要保护你！"从那时起她就下定决心："我这一辈子，就是为你而活。"

因为大半辈子都被婚姻给毁了，所以她只能把全部的精神寄托在儿子身上。

正当母子感情升温时，他们遭到了熊的袭击。危难时刻，卢小花为了儿子的安全挥手吸引熊的注意，徐伊万见母亲有难扑过去紧紧抱住了母亲。幸亏猎人及时出现，用麻醉枪击倒了熊，母子二人才得以脱离危险。

后来，徐伊万向老婆发信息说出了心里话，他表示自己不想离婚，他还爱着她。张璐想了一夜，她觉得他们曾经确实深爱过，但现在走到这一步，已经无法继续了。徐伊万收到回复后流下了眼泪，他抱着母亲说抱歉。此时，卢小花满眼心痛，她终于认识到："虽然你是我儿子，但我管你太多了。"

经历了一波三折，徐伊万终于带着母亲来到了剧院。即使有不少观众已经散场离去，卢小花还是勇敢地站到了舞台中央。舞台上的卢小花不再是那个琐碎唠叨、蛮横霸道的母亲，她化身为一个怀春少女，用歌声表达自己对心上人的思念。她动情地演绎着《红莓花儿开》，台下的观众被歌声深深吸引，静静地驻足欣赏。看到舞台上光芒万丈的母亲，徐伊万感动落泪。

由卢小花领衔的中国代表队的演出在一片掌声中圆满结束。徐伊万紧紧拥抱了自己的母亲，他也终于放下，不再和张璐继续在工作上较劲并坦然地接受了离婚。

电影《囧妈》是作为喜剧上映的，但它更多地戳中了我的泪点。卢小花何尝不是我们自己的母亲啊，而徐伊万又何尝不是我们自己。

当我们面对最亲的人时，明明是想爱，想关心，想挽回，想建立亲密关系，但说出来的话，却是指责，是抱怨，是咆哮，这些话像刀子一样扎到对方的心上，血泪满地。爱，最终都变成了伤害。

美国的马歇尔·卢森堡博士曾在《非暴力沟通》中提到："当我们褪去隐蔽的精神暴力，爱将自然流露。"

尊重和接纳那个会发光的个体吧。让我们用理解和拥抱去替代伤害，让我们学会向家人表达我们的爱。

# 热腾腾的饮食男女

## ——读王蒙《这边风景》

　　初读王蒙作品，是在《小说选刊》2016 年第 12 期上刊载的中篇头题《女神》，这篇小说原发于《人民文学》2016 年第 11 期。读完之后，非常意外，小说始终保持着探索的姿态向前推进，带着执着地进入人物内部的强烈冲动，完成了向一位真正可称为率性天真、完成自我实现人格精神的女性表达的致敬。

　　再读王蒙作品，是因为最近着手写的一部短篇，与新疆的日常生活密切相关，由于我没在新疆生活过，实在不敢贸然杜撰新疆生活的细节，于是我上网搜"描写新疆日常生活的小说"，准备学习后再完成短篇的有关细节。网页赫然弹出王蒙的《这边风景》，我很快网购了王蒙的《这边风景》上下两册，想看看这套王蒙以八十岁高龄摘获茅盾文学奖的作品到底写了些什么。

　　出乎意料的是，我竟是手不释卷地读完了这部长篇小说。虽然小说不无从众的嘶喊，不无强烈的政治意识和倾向，不无中庸的圆融贯通，但本质上仍然是对民族历史和未来的冷静思考，是黄金年华对抗狂暴与粗糙、愚昧与荒唐的善意和纯真。那亲切的伊犁农民生活，那琐屑切肤的百姓日子，那美丽得令人痴迷的土地，那热腾腾的饮食男女，那特殊时期执迷却幸福的相信……我承认，这样的作品打动了我。傻过，信过，真诚过，爱过……

　　"文革"对我是完全陌生的存在，但这本书的大情节却是以批判"桃园经验"与制定"二十三条"为背景的。符合文件的事实，是黄金，是宝贝疙瘩；违背文件的事实，是狗屎，是必须割去的脓包，这未免令人唏嘘。但可喜的是万岁的不是政治标签、权力符号、历史高潮，而是生活、是人、是爱与信任、是细节、是倾吐、是鲜活的生命。历史并不吹嘘，表白，或者申辩，它们按照自己的规律在发展和变化。有时，它们贴错了标签，混淆了打倒与拥护；有时，它们强词夺理，沉迷于伤人伤己伤气血的恶斗。据说，这是难以避免的弯路、学费、准备，它有一个很好的名字叫作摸索。毛主席说了，捣乱失败再捣乱再失败，直至灭亡，这就是反动派的逻辑。斗争失败再斗争再失败，直至胜利，这就是人民的逻辑。由此，常常不断失败，则是人民与反动派，即全人类的共同命运。

那些崇高的献身，唐突的冒失，艰苦的探索，荒唐与幻想的青春，它们都实实在在地存在过、生动过、鲜活过。五十年前大呼小叫的历史并没有冲断生命的温暖与力量，激情、创意、信念、梦想到今天依然热烈而多情。

小说成功地塑造了一大批热腾腾的饮食男女。

无论什么情况、什么章程下，都有两种干部，两种村官：一种人欺上瞒下、损公肥私、虚假敷衍、诡计多端；另一种人真诚实在、廉洁奉公、仗义执言、敢作敢当。过去是这样，现在是这样，将来还是这样。

前者以库图库扎尔、穆萨、麦素木、木拉托夫等为代表，后者以伊力哈穆、里希提、赵志恒、赛里木等为代表。特别是在"四清"运动展开后，两拨人马之间形成了严峻的斗争形式。以恶霸地主马木提遗孀玛丽汗之歹毒，以社员包廷贵、郝玉兰之鄙陋；以来路不明的尼亚孜之贪婪反复；以帕夏汗之长舌；以社教干部章洋之愚蠢、糊涂、迷误和疯狂，伊力哈穆首先受到了批斗、审查、诬陷、栽赃。"现行反革命"的帽子扣在勤劳、正直、善良、智慧的队长身上，令人惊讶、愤怒、痛心。好在"二十三条"及时纠错，好在我们还有一大批坚持实事求是的好干部：赵志恒、赛里木、尹中信……我们还有狮子一样健壮、却又绵羊一样驯良的艾拜杜拉（他在一碗牛杂碎也没吃到的情况下，却连两个葱头也要送还到厨房）；我们还有已经六十有余却爱憎分明、立场坚定的阿卜都热合曼（他有着旺盛的求知欲，他对于新鲜事物的兴趣和追求，追根究底地去弄清和掌握这些事物的急迫愿望，甚至超过了许多年轻人。他考虑问题十分深刻，往往一下抓住问题的要害）；我们还有慈爱的米琪儿婉；丁香花一样的雪林姑丽；果断干练的吐尔逊贝薇；独立坚强的爱弥拉克孜；泼辣爽快的再娜甫……所以，最终胜利站到了人民一边，站到了事实一边，站到了正义一边。

农技站驻公社技术员杨辉，一个身材瘦小，戴着眼镜，长辫子的四川姑娘。在动乱的日子里，照样恪守着自己的岗位，忠实地履行自己的职责，为了边疆兄弟民族的人民，无私地贡献着自己的一切。她和维吾尔农民用同一个粗瓷碗饮水，在同一块地里干活，她像维吾尔姑娘一样围着头巾，她重视生产技术，即使遭到误解、遭到奚落，她也绝不屈服。她的心和维吾尔人民在一起，无论是长胡子的老人，是戴着耳环的妇女，还是躺在摇床上的婴儿，她都对他们充满感情，当地上了年纪的农民都亲切地称她为"我们的女儿"。

小说里的人物就是这样清新、生动、鲜活地站在我们面前，充满特殊年代热腾腾的生活气息。

小说的另一大特色就是为我们呈现了热腾腾的生活场景。打馕、扬场、割麦、扛麻袋、割苜蓿、赶马车、围着火炉脱玉米粒……每个场景都是那么热烈和不可复制。使用钐镰居然像打高尔夫，最贴心与骄傲的农活竟是扬场，那金色的彩虹又如瀑布一样的麦粒，让人释放。特别是关于馕，作者是怀着多么深厚和特殊的感情，一次又一次地提到馕对维吾尔人的重要，一次又一次不惜笔墨地介绍馕的制作、馕的种类、馕的味道、馕的来源、打馕手艺的传承……"馕就奶茶"成了作者最大的念想。

历史的魅力在于它的纵深、丰富与距离感。而小说的魅力在于它的生活和生命气息，在于热腾腾的饮食男女，这正是这部小说的魅力所在。

永远的安子湾

# 《芳华》时代的人性

　　朋友送了一张文化宫的电影票，周末我便约了家人一起去追剧。正值冯小刚导演作品《芳华》热映，我们便选择一起看了《芳华》。应该说影片拍得还不错，很有情怀，但我总担心导演断章取义，歪曲了作者的本意。倒不是不喜欢冯导的作品，而是电影时长毕竟有限，截取的几个片段恐怕不足以反映原著的内涵，我还是更喜欢到原著中去阅读故事，寻找人物。

　　网购了严歌苓的同名小说《芳华》，一气呵成读完，方完此劫。

　　关于人物、情节、环境这小说三要素，鲁迅早就说过："写小说，说到底，就是写人物。小说艺术的精髓就是创造人物的艺术。"想想狂人、阿Q、祥林嫂、孔乙己……鲁迅每一篇小说作品中的人物都很典型，人物形象的巨大概括性更是无人比肩。严歌苓是聪明的，她的小说越过了中越战争、跳出了十年动乱，但成功地塑造了一个特别善良的人物形象——刘峰。

　　按道理，善良不是什么了不得的品质，但聪明是天分，善良却是一种选择。特别是在那人人自危、以讲别人坏话为荣的时代，刘峰的善良就显得尤为可贵，散发着人性的光辉。

　　萧穗子纸上恋爱被揭发，遭到大家的孤立、唾弃、围攻，人人避之不及，不堪受辱的萧穗子甚至想到了上吊自杀。是刘峰的善良挽救了她，刘峰救下绝望中的萧穗子，又时常暗中守护，才使萧穗子走过了人生最黑暗的日子。

　　何小曼，从她到达部队文工团的那天起，她就成了大家打趣和取笑的对象。乳罩事件让她的被歧视发生了重大升级。她在乳

247

罩的两个半圆凹陷里填塞黄色海绵，那海绵是用来搓澡的，被她挖下来两块圆形，再粗针大线地钉在乳峰部位，看上去寒碜无比。何小曼塞着的不过是对自己身体的不满，以及对这不满的积极改造，但被以郝淑雯为首的女兵穷追猛打，无望的何小曼发出了无助的号叫。但歧视就像瘟疫一样快速由女兵传染给了男兵，跳舞的时候，没有一个男舞者愿意搭档何小曼，连出汗多也被说成整个人是馊的。歧视来得如此汹涌，小曼除了假装置身事外别无他法，杨老师调解遭拒后也束手无策。是刘峰挺身而出，主动要求做小曼的新搭档。他们把《红军飞渡金沙江》的高潮部分——"男舞者把女舞者托举起来，女舞者一腿跪在男舞者的肩膀上，另一腿伸向空中的动作"演绎得默契和谐，杨老师说："只有他俩还保持了我们部队的优良传统。"

刘峰的善良无疑是雪中送炭，他维护了小曼做人的尊严。

但大家是如何消费刘峰的善良的呢？招之即来，挥之即去。连炊事班的猪跑了，也要找刘峰帮忙，郝淑雯的一根缝衣针掉了也得刘峰帮着找出来。他耗费一个夏天为马班长打沙发，也没能让马班长闭上说他坏话的嘴……大家表面拥护英雄标兵，叫他雷又峰，暗地里却期待看他的破绽，想看他犯点儿错，露点儿马脚什么的。刘峰的"严重缺乏弱点"让人有点焦虑，他好得缺乏人性，缺乏人的卑琐自私。如果说"触摸"事件的爆发是众望所归，也许有点夸大其词，但不得不说，刘峰果真"触摸"了，大家都长舒了一口气。一旦发现英雄也会落井，投石的人便格外勇敢，人群会格外拥挤。文工团里的那些可怜虫，十几二十岁，都缺乏做人的看家本领，只有在临时集体，相互借胆迫害一个人的时候，才觉得自己强大一些。

林丁丁感到了"惊悚、幻灭、恶心、辜负"，情急之下，居然破口大喊"救命"，这声"救命"让会爱的刘峰死了，从此，他没有爱过任何人。被告发，被批斗，被下放，被枪眼穿破手臂都已经不重要了，重要的是他失去了林丁丁。也许他爱的不过是假想的林丁丁，但他把一生的爱都给了她。

林丁丁倒不是被刘峰的"触摸"强暴了，而是被刘峰爱她的念头"强暴"了。刘峰距离"超我"越近，就距离"自我"和"本我"越远，这个完美的人格越是完美，所具有的藏污纳垢的人性就越少。这样的刘峰怎么从画像上、从大理石雕塑基座上下来了？还敢爱林丁丁，甚至触摸她？林丁丁无疑受到了惊吓，一声"救命"也彻底改变了刘峰的人生走向。

在刘峰的批判大会上，小曼是唯一没有发言的人，她坚持了自己做人的底线。这个最不被善待的姑娘，反而最能识别善良。她无法改变别人的态度，只好坚决地表明自己的立场。刘峰被下放到连队时，她是唯一为他送行的人。刘峰的遭遇，让小曼对自己所处的集体彻底寒了心，以至于当真正的 A 角来临时，小曼先是婉拒，后来不惜装病抗拒。是的，她在心里已经与他们划清界限，她以有这样的队友为耻，尤其，她不能原谅林丁丁。

小说荡开一笔，写到小曼被捧为英雄之后得了精神分裂症，在嘴巴里一直念叨"我离英雄差得远，我不是你们要找的人……"这是小说的高明之处。小曼是喜极而疯？未必，我倒觉得一直被践踏的小曼，对被捧成英雄怀有深深的恐惧，她从刘峰身上悟到，大家可以把你捧多高，就能把你摔多惨。她只是尽了一个善良人的本分，自己觉得再正常不过，是个人都会这么做。但她的行为被无限夸大、美化，甚至到了不上班专门去作报告的程度，这让小曼因焦虑而无法自处，因恐惧而想逃避，她在极度兴奋、惊恐、慌张中丢失了自己。

一代人芳华已逝，背叛者的悔悟与当事人已经毫无瓜葛，善良的人，心中自有一份美好天地。刘峰在善良的指引下，心安理得地做一个无愧于内心的好人，一生不曾欺负人，一生不曾背叛谁。而小曼用了几十年的时间明白了一桩事，那就是她只能爱这个善良过剩的男人。这，也许就是我们要善良的真正原因——获得内心的平静和自由。

# 道是无情却有情

## ——读梦凌老师闪小说《孤独剑》有感

读梦凌老师的闪小说《孤独剑》，脑海里却不由自主地浮现出古龙小说《多情剑客无情剑》里的李寻欢来。李寻欢，小李探花是也，明宪宗朱见深成化年间探花，出身书香世家。李家三父子俱擅长于文墨，均在科举中高中探花，李家的门联就是御书的："一门七进士，父子三探花。"但淡泊名利的性格却让李寻欢流落江湖。

江湖就是社会，梦凌老师笔下仗剑走天涯的潇洒剑客为何据守对面山峰，竟对美人如玉剑如虹的她熟视无睹。自尊、骄傲、哀怨促使她上山挑战……

有时候，你看到的无情，可能恰恰是一往情深；你自认为的多情也许恰恰是对别人最大的无情。每个人都是世界上一道独特的风景，那些不为人知的背后都藏着自己独一无二的故事。或悲凉或心酸，或无奈或长情，谁也没有权利随便打扰别人的幸福，更没有权利任性揭开别人的伤疤……就算美人如玉剑如虹又如何，他有自己的故事，故事的主角不是她。

梦凌老师寥寥几笔就成功地塑造了刁蛮而任性的女剑客。她芳华绝代，武艺高强，追求者甚众，可她却只想得到他的青睐。叹落花有意、惜流水无情，她因爱生恨，她的骄傲绝对不允许他的漠视。仗剑上山，只为征服和一探究竟，可真相却分明挑动了她心底最柔软的一根弦。他有妻子，正是自己失散多年的双胞胎妹妹。妹妹芳魂已逝，可他却痴痴地守着她的一方墓地，守着她的孤独的剑。对她如此绝情，对自己的爱人却又是如此痴情，他的无情与痴情令人动容失色。

他长啸一声，飞奔下山，分明选择了逃离，只因她是妻子的翻版，触痛了他的心殇。他不愿伤害她，而她分明打扰了他的宁静和幸福，因为她看到了他无情背后的款款深情。

孤独的何尝是剑，而是人心。但孤独又何尝不是一种另类的幸福，因为有爱妻相伴（虽然爱妻已亡），即使孤独，内心却丰盈而不寂寞；即使苦涩，却因回忆和念想而收获幸福。

想那古龙笔下的李寻欢，本与林诗音琴瑟和鸣，订下婚约，欲结为夫妻。却因获悉义兄龙啸云爱上林诗音，为报恩义兄，不得不故意纵情酒色，促成义兄与林诗音的结合。还把自己的万贯家财送给林诗音做嫁妆，自己却出关隐姓埋名。看似违背性情的"无情"，其实却暗藏着"情深义重"；看似侠义铮铮的"多情"，对爱人来说却恰又"无情"至极。十年，看似过着风流倜傥、醉酒光阴的日子，内心却是何等的凄凉，何等的落寞，没有了挚爱的人在身边，再多的红颜也是枉然。爱一个人，就是希望她过得比自己好！哪怕抛家弃舍，哪怕隐姓埋名，哪怕流落他乡……

十年生死两茫茫，为了十年后和林诗音见上一面却又不至于让龙啸云误会，李寻欢可谓大费周章。爱人，岂是可以随意抛却的红尘往事？一旦抛却，就注定了自己相思相痛的一生。就算小李飞刀，例无虚发；就算英俊潇洒，扬名立万，也终究是赢了江湖，输给了自己。"多情剑客无情剑"，与梦凌老师笔下的"孤独剑"如出一辙，写尽人间沧桑事，道是无情却有情。

愿得一心人，白头不相离！

爱，是这个世界唯一的支点，是我们活着的全部意义和勇气。

梦凌老师的作品视角独特，语言优美，如泣如诉，读来真挚感人。是小说，却有着散文行文的潇洒；是小说中的微雕盆景，却人物形象丰满，有血有肉。可见有限的是笔墨，而无限的是文章的表达和内涵。

## 【附原文】

### 孤独剑

她孤身上峰，为了向他挑战。

美人如玉剑如虹，江湖上多少英雄豪杰跪倒裙下，唯独他！虽然在对面而居的峰岭上，他却冷漠如霜。

她提剑而立，明眸横怒。

他兀自低着头，悠悠地吹着洞箫。

箫声鬼魅般哀怨，如诉如泣。

除掉他！一代剑宗又如何？冷漠无视就是耻辱。

她倏地袭来。他似乎感觉到了面前好重的杀气！

箫声一转，从缓慢到急骤，似千军万马，十面埋伏。

她手中的剑在颤抖，周围的杀机重重。

整座山林似乎都在动摇，野兽猛虎的啸声此起彼伏。

她萎倒于地，盘足，用内力抵抗他的箫声。

许久，一切都恢复平静。

他冷冷地看着脸色苍白的她，突然，心底一颤。长啸一声，向山下疾奔。

她挣扎着起身，拭去嘴边的血，这时，她看见了他刚才所坐之地后面，立着一块灰白的墓碑：爱妻潇潇女侠。碑边，插着一柄银光闪闪的剑，与自己手中的一模一样。

她呆怔着，失散多年的双胞妹妹，原来……

她望着手中的剑，在灰色的天空下，剑是如此孤独。

# 从一而终

## ——重温经典《霸王别姬》

近日休假，重温经典《霸王别姬》。

有评论说，《霸王别姬》是中国电影的巅峰之作。这话并不夸张。以现在观众的挑剔口味，《霸王别姬》在豆瓣评分上高达9.6分，足以见其受欢迎程度。

这部电影时间前后延展五十年左右。在时代变迁的大背景下，着力于人物性格的刻画。整部电影不是用情节推动故事，而是让情节贴着人物性格走。无论是程蝶衣、段小楼，还是菊仙，甚至是袁四爷、那爷、关师傅、艳红、小癞子都有着鲜明的性格特征。吃京戏这碗饭不容易，要想成名成角儿就更难。小石头、小豆子挺过了最艰难的时期，成了家喻户晓的名角儿：霸王段小楼、虞姬程蝶衣。

程蝶衣无疑是整部电影的灵魂。他是一个纯粹的戏痴、戏魔，已经到了人戏不分、雌雄难辨的境界。虞姬对霸王从一而终，忠贞不渝，最后自刎收场，但那是戏。程蝶衣是妓女的儿子，从小在青楼长大，见惯了风月场中的肮脏，他痛恨这样的男女关系。被送到戏班后，他与外界隔绝，一派天真，无法从戏中剥离。在舞台上，他为霸王斟酒舞剑；在生活中，他对师哥体贴有加。可惜他是真"虞姬"，师哥却是假"霸王"。他在情感上不断遭遇背叛和打击。他不懂人情世故，更不懂和现实妥协，他的精神洁癖为世人所不容，他与世俗对峙，一步步把他逼到了"自刎"的绝境。

这部影片，结构浑然天成，多处伏笔尤为巧妙。母亲艳红将蝶衣送到戏班时说："不是养活不起，实在是男孩大了留不住。""女大不中留"何以成了"男孩大了留不住"？这是伏笔一。母亲为了让戏班收下他，狠心剁下他的小六指，六指乃多余，喻指什么？这是伏笔二。进戏班的当晚，小豆子被戏院光屁股的男孩欺负，小石头挺身而出护卫小豆子，被罚雪夜长跪。后小石头哆嗦进屋，小豆子用棉被一把将其抱住，为其宽衣解带，阴柔尽显。而后赤裸着相拥入睡，这是伏笔三。那坤探戏，已有一些花衫模样的小豆子又把《思凡》唱错，身着霸王黑靠的小石头大怒，流着眼泪，亲手把铜烟杆子插到师弟嘴里。这一幕定下了阴阳乾坤，完成了小豆子的性别认定。只见他口溢鲜血，缓缓起身，凄凄厉厉，开口唱道："……我本是男儿郎，又不是女娇娥……"至此埋下了程蝶衣命运的伏笔。张公公府上堂会，小虞姬唱"摇板"，小霸王唱"散板"。虞姬妩媚，项王威武，俨然一对。堂会散后，小石头抄起张府一把宝剑，对小豆子说："霸王要有这把剑，早就把刘邦给宰了，当了皇上，那你就是正宫娘娘。"小豆子脱口而出："师哥，我准送你这把剑。"霸王已醒来，虞姬却仍在戏中。于他而言，师哥就是霸王，他就是虞姬，霸王要有这把宝剑，他就是正宫娘娘。这为程蝶衣的一生苦恋埋下了伏笔。堂会过后，他被独自送往张公公寝房以供玩弄，那坤之言："你说这虞姬她再怎么演，她都有一死不是？"戏里虞姬的命，戏外程蝶衣的命，两两相应，早已注定。

这部影片的人物刻画让人印象深刻。程蝶衣不谙世事，不懂世故，虽然饱经磨难，但始终与世俗对峙，保持了抗争不屈的本色。他在法庭上说："青木不死，京戏就可以传到日本国去了。"天真啊，完全不懂人事，只迷恋于自己的舞台。"质本洁来还洁去，强于污淖陷沟渠"用在程蝶衣身上再恰当不过。他是极致简单的人，"不疯魔不成活"，他把自己活成了虞姬，从一而终。段小楼，是真正"混社会"的人，是个"人精"，知道"见什么人唱什么戏"。他有血性的一面，也有油滑的一面；他有豪气的一面，也有认的一面。"唱戏也好""脑门拍砖"也罢，段小楼并不十分当真，他是真正的俗人。他有手艺，但习惯见好就收；他要大义，但又不想牺牲太多；他想出人头地，却不得不苟全性命于乱世；可真到他只想苟全性命于乱世时，世道却容不下他这样一个无用无害的人。菊仙，一个懂得迎合男人，耍心机装可怜，让段小楼上套娶了她过日子的女人。正是她一步步还俗了"霸王"，让程蝶衣的苦恋无依无着，屡遭背叛。她更像是插在段小楼和程蝶衣之间的第三者，正是她一次又一次地拖住小楼，致使蝶衣从失望走向绝望。还有袁四爷，是大众眼中蝶衣的镜像，可笑，癫狂；艳红，是菊仙的对照，一个展现母性和柔情多一些，一个展现妖娆和妩媚多一些。就算是那坤、关师傅、小四等人也有着鲜明的个性特征，让人过目难忘。

除了结构、人物性格刻画，这部电影的细节处理令人动容，它与演员的精湛演技融为一体。你看蝶衣为小楼勾画黑魁的动作和眼神；你看师兄要跟着菊仙走，蝶衣那委屈而蓄满泪水的眼眶；你看小四要登台唱虞姬，小楼欲拒演，蝶衣对小楼那亦步亦趋；你看蝶衣穿着白袜走过煤渣路后，提起脚抖动的那几下；十一年后，小楼、蝶衣重逢，欲登台再唱《霸王别姬》时，蝶衣在边上那细语提醒……张国荣就是程蝶衣，而程蝶衣就是虞姬。艳红，出场不过两三分钟，却做了三件事：抛弃儿子，暗示戏班师傅性交换，粗暴地剁了儿子的手指。她那别扭的一跪、一笑，当真是"浪"到家了，"浪"得惊艳。想不到一向贤妻良母的蒋雯丽也有这样的大手笔。在袁府，蝶衣穿上戏衣，为袁四爷画上黑魁，唱到最后，蝶衣舞剑舞到差点像虞姬一样抹了脖子。多么惨痛，两个人借个空壳子上演一幕独角戏。袁四爷在蝶衣扮上虞姬时对其深情款款，在戏外却置抽大烟、要死要活、甚至被抓去牢房的程蝶衣不管不顾。说到底，他爱的只是虞姬，而不是戏子程蝶衣。袁四爷临死前走的却是台步，葛优，带着他惯有的黑色幽默，让人在"滑稽"中感到彻骨的"冰凉"。蝶衣戒烟，菊仙搂着他，不断拉扯东西往他身上盖；菊仙临死前把宝剑送到被批斗的蝶衣脚下，临走两次回头，微微一笑，母性的柔情尽显。巩俐对这一细节的生动诠释，让我们明白，菊仙终究理解了蝶衣，她把最后的信任给了蝶衣，她要把霸王还给蝶衣。还有段小楼的"虚硬"，那坤的唯利是图……让观众在细节中不断深入角色，深入电影的内核。

　　这部影片对人性弱点的诠释更是拿捏得恰到好处。"文革"中，段小楼遭那坤揭发，程蝶衣遭段小楼揭发，逼急了的程蝶衣又反过来揭发段小楼、菊仙。段小楼在情急之下，大声喊出："她是妓女，我不爱她，我现在就和她划清界限。"遭到爱人背叛和抛弃的菊仙心灰意懒，上吊而亡。逼死菊仙，背叛蝶衣，"人精"段小楼也只不过是为了苟活于世。时代扭曲了人的性格，左右着人的命运，偏偏是小四这样糟蹋国粹的人物，人模狗样地负责批斗，真是让人悲从心来，唏嘘不已。

　　十一年后，蝶衣与小楼再次重逢。蝶衣唱《思凡》："……我本是女娇娥，又不是男儿郎……"短暂的清醒更令人伤痛，还是回到戏里，做我的虞姬，为我的霸王斟酒舞剑。

　　乌江迷梦，拔剑自刎，从一而终。

　　程蝶衣终究没逃脱虞姬的宿命，他把自己活成了真正的虞姬。

# 永远的三毛

## ——重读三毛《梦里花落知多少》

> 记得当时年纪小
>
> 你爱谈天
>
> 我爱笑
>
> 有一回并肩坐在桃树下
>
> 风在林梢鸟儿在叫
>
> 我们不知怎样睡着了
>
> 梦里花落知多少

这是一首歌，读来却更像一首情诗。荷西，十七岁时那棵大树下痴情的孩子，十三年后在枕畔共呼吸的亲人，他是三毛生命中的挚爱。有一次，三毛看到一张撒哈拉沙漠的照片，感应到前世的乡愁，于是决定搬去住，苦恋三毛的荷西也二话不说地跟着去了。后来换三毛追随荷西，到马德里，到加纳利群岛，到拉芭玛岛。在岛上，在海潮声里，三毛推醒了荷西，对他说："荷西，我爱你！""你说什么？"荷西全然被骇醒。"我说，我爱你！"黑暗中三毛有些呜咽。"等你这句话等了那么多年，你终是说了！""今夜告诉你了，是爱你的，爱你胜于自己的生命，荷西——"六年的夫妻，竟然为着这几句对话，在深夜里泪湿满颊。

初读三毛，还是在初二的时候。那时，我年纪比同班同学要小几岁，整天只知道疯玩。对其他女生的悲秋伤春不以为然，对她们在男生面前的扭捏和怅然嗤之以鼻。就是在那种懵懂无知的情况下，我读到了三毛的《撒哈拉的故事》。几页下来，我已彻底沦陷。大漠的狂野温柔，大漠的异域风情、民俗文化，大漠的山川草木，就算平凡如一介顽石，也被三毛赋予了浪漫的诗意。在撒哈拉沙漠这样恶劣的环境，这样恶劣的气候，这样人迹寥寥的贫瘠地带，经营自己的婚姻，享受浪漫的爱情，结交知心的朋友，光是想想都觉得疯狂。但这就是三毛，也许任性，也许执拗，但又如此洒脱，如此浪漫，如此特立独行。

读《撒哈拉的故事》，读的是爱与信任，依赖与重生；读的是生命的热烈和坚持，细节与感动。

记得当时女生都喜欢捧着琼瑶的小说哭得稀里哗啦，把自己当成琼瑶小说中的女主人公，深陷灰姑娘逆袭的剧情而无法自拔。但我在读完琼瑶的《碧云天》《鬼丈夫》后，便彻底摒弃了琼瑶。我相信生命的意义不在于等待白马王子空降来拯救自己，而在于通过自身的努力来完成自我救赎。与其把希望寄托在他人身上，做白日梦，不如把时间花在有意义的事情上（比如读书和旅行），成就更好的自己。三毛的作品让我感受到生存与生活的意义，也是作为一个完整的人的全部意义：那就是独立和勇敢、乐观和坚强，享受生活赋予我们的一切，包括不幸和灾难。

三毛，像一阵飓风，从此刮起了我内心的情感风暴。

她是真实的、平淡的；却又是积极的、乐观的。她的一颦一笑都是淡淡的，既不惨烈也不壮观，却又是与众不同的。她可以那么投入地去爱一个人，可以那么坚强地去面对生命和生命中恶劣的条件。她是敏感的，对生活的感受是强烈的。她的作品不会让人痛彻心扉，也不会让人歇斯底里；她的作品里有渗透的忧伤、有细微的恐慌，有对生活漫不经心的思量和拷问。但这只会引发人的思考，而不会摧毁人的意志。

写《梦里花落知多少》时，三毛已痛失荷西，那个被三毛用生命去爱的大胡子男人。为了生存，荷西潜水遇险，葬身大海，令三毛肝肠寸断。

《背影》里的父母小心翼翼，食不甘味，痛惜失去丈夫的女儿，却又无能为力。他们的背影在耀眼的阳光下是那样哀伤、委屈、顺命。荷西去了的日子，三毛没有想象中坚强，她完完全全将父母亲忘了，自私的哀伤令她死去活来，竟不知父母还在身边，竟忘了他们也痛。回忆至此，三毛泪眼婆娑，爱是什么？为什么那么心酸那么苦痛，但只要还能握住它，便死也不肯放弃，到死也是甘心？

《似曾相识燕归来》："那幢加那利群岛的房子——你是永远住下去的啰？当初是多少钱买下的也没告诉过我们。"

"目前讲这些还太早。"

"是这样的，如果你活着，住在房子里面，我们是不会来赶你的，可是一旦你想卖，那就要得到我们同意了，法律怎么定的想来你也知道了。"

"法律上一半归你们呀！"

"所以说，我们也不是不讲理，一切照法院的说法办吧！我知道荷西赚很多钱——"

"妈妈，晚安吧！我胃痛呢！"三毛打断婆婆的话，眼泪冲了出来。

这就是痛失荷西后三毛的痛上加痛。婆婆悲伤，但现实。甚至到岛上参加完荷西的葬礼后，荷西的兄弟姊妹也不忘赶着上街去抢购一些岛上免税的烟酒、手表、相机，包括做母亲的，都没有忘记买了新表再走。

而这些，却是三毛不忍面对，连讲也不肯多讲的，生怕荷西的灵魂听去了会不安。

"妈妈打电话要我来，因为我跟你的情形在这个家里是相同的，你是媳妇，我是女婿，趁着吃饭，我们来谈谈加那利群岛那幢房子的处理，我代表妈妈讲话，你们双方都不要激动……"姐夫说。

"我要先吃鱼，吃完再说好吗？"三毛笑望着姐夫。

姐夫将餐巾啪一下丢到桌子上："我也是很忙的，你推三阻四做什么？"

这时婆婆竟戏剧性地大哭起来："你们欺负我……荷西欺负我……结婚以后第一年还寄钱来，后来根本不理这个家了……"

"妈妈，你平静下来，我用生命跟你起誓，荷西留下的，除了婚戒之外，你真要，就给你，我不争……"为了他们是荷西的父母，再委屈也不肯与之决裂。尽管知道公公婆婆很有钱，光是南部的橄榄园……但比起荷西，这些实在一文不值。"只要不把人逼太急，都可以忍的"。

三毛的一生何曾为金钱工作，连最初写文章，也不过是为了让父母高兴。她又何尝肯为金钱所累，她回不到普通、平凡与世俗。她在意的，只是她和荷西的回忆。"难道连荷西的死也没教会你们一个功课吗？"她问荷西的妹妹伊丝帖，"人生如梦——"

那幢房子是他们的家，他们的爱巢，是荷西临死前他们全部的生活记忆。荷西走了，可三毛还在，她要替他的爱人守护家，守护爱，守护儿时的梦和希望。而这些，鄙陋如姐夫如何懂？凡俗如公婆如何懂？"本是同根生，相煎何太急？"这不过是典型的中国式想法，在马德里，这就是不肯面对现实的借口和托词。

房子最后还是卖了，割裂式地疼痛。把房子打扫得纤尘不染，却以对折不到的价格出售了。母亲问到价格，"……没有价格啦！卖给了一对喜欢的人，就是好收场……"典型的三毛式回答，什么东西给了喜欢的人就是好收场，至于价格，从来都没有价格，有饭吃就好了。一个"艺术之家"，除了一半的家具，讲好留给买主，剩下的摩托车、潜水器材、雕像、录音机、吊床、挂毡、木琴、羊皮鼓、汽车、藏书……每一样东西都送给了喜欢的人，三毛为着朋友的快乐，也快乐得眼眶发热。

"什么东西给了喜欢的人就是好收场"，这是豁达，更是对生命本真的领悟。

《梦里花落知多少》，因为幸福满溢，三毛一直怕得悲伤。她回想年少时的荷西，种种预兆，以为自己会先去。山盟海誓、夜半私语，一日泛滥一日，是否缘分将尽，更让人心惊。因为深爱而更怕失去，爱得痴了的两人，让旁人看了也甚是不解。一时半会儿的分开，也感觉是生死诀别。

秋天还没有过完，荷西就永远地去了。锥心的痛让三毛几欲放弃生命，但她仍然庆幸是自己活着在忍受失去爱人的伤痛，而不是荷西，如果让荷西来忍受这种生离死别，她宁愿马上和他换回来。

这样的炽热，这样的坦诚，这样的勇敢，这样的忍耐，唯有三毛，永远的三毛。

《荒山之夜》《克里斯》《夏日烟愁》：拉蒙、巧诺、奥克塔维沃、伊芙、克里斯、巴洛玛、夏依米、强尼、贝尼……三毛的朋友从木匠、学徒、律师、工程师、银行工作人员，到岛上常住的外国人、村里人、神父、白痴……三教九流，无不真诚相待。朋友有难，就是掏光家底也在所不惜，为了帮朋友渡过难关，借钱相帮也是常事。三毛交友，不问出身，一切随心自由。她的浪漫、勇敢、洒脱和真性情，让人欢喜、欣羡和着迷。她的朋友上至耄耋老人，下至懵懂孩童，大家都亲切地称呼她"Echo"。

读《梦里花落知多少》，读的是诀别和深情，读的是伤痛与热爱，读的是豁达与温暖。

旅行和读书是三毛生命中的两颗一级星，最快乐与最疼痛都夹杂其中。她以自由不羁的灵魂浪迹天涯，也用最真诚的爱书写人性的光辉。她的文字纯净、清明，带着荡涤灵魂的真诚和掏心掏肺的热烈，读来如甘泉在口，清洌迷人。

在有限的生命里，三毛一直在努力给予人温暖，引导人们热爱自然、热爱环境、热爱生活、热爱并承受自己所遭受的一切。三毛让我们明白，重要的不是在大陆还是在沙漠，不是在中国还是西班牙，重要的是哪里有爱，哪里就是天堂；哪里有信任，哪里的生活就会有光芒。时至今日，三毛千金散尽的气魄依然让人仰视。她的纯粹，在于她始终忠实于自己的内心，忠实于爱与信任，她活成了我们心中的三毛，永远的三毛。

# 为自己喝彩

## ——观影《当幸福来敲门》

"如果你有梦想，那就去捍卫它！"

荧幕上的主人公克里斯·加德纳，手击铁网，眼神直直地射向远方，对儿子如是说。

很难想象，这是一个刚刚经历了投资失败、生活拮据的医疗仪器推销员。他每天奔波于各家医院和诊所，但医生们对他的骨密度扫描仪毫无兴趣，因为这台仪器和 X 光扫描仪功能相差并不大，却比 X 光扫描仪贵出两倍。账单、房租、税单、罚单……尽管克里斯一再宽慰自己的妻子：我们会渡过难关，一切都会好起来的，好吗？却无法抵挡生活越来越困窘的事实。不堪忍受生活压力的妻子琳达终于撇下他和 5 岁的儿子离家出走。

背运并没因此放过这对父子，他们因付不起房租而被扫地出门。走投无路的克里斯，在地铁站把卖不出去的仪器说成是时光机，对儿子说"我们回到了恐龙时代，我们被恐龙袭击，啊！我们找到了一个洞口……"真相是克里斯只能在厕所里反锁大门，用厕所里所有的厕纸铺好地面，小心抱着熟睡的儿子。越来越响的厕所敲门声，让克里斯局促不安，他生怕惊醒了熟睡的儿子，只好双手掩好儿子的耳朵，悲怆地痛哭。

最艰难的时光，是克里斯拿到一家投资公司的六个月实习机会。没钱住旅馆，但又不想父子分开，克里斯每天不得不到收容所排队。奔跑，不停地奔跑。为了赶公交，为了赶商务会议，为了排到收容所的床位。克里斯一直在不停地奔跑，他要用 6 小时的时间完成 9 小时的工作，提前下班去幼儿园接儿子，再带着儿子一路狂奔到收容所门口排队。在 6 个小时内，他不喝水、不去厕所，不放下电话，只为一再地节省时间。他既要面对二十选一的残酷竞争，又要被主管差来遣去干杂活，实习期没有薪水，他不得不继续卖他的医疗仪器以维持生活。老板要借 5 块钱打的，他犹豫再三还是从瘪瘪的钱包里摩挲着纸币把钱递了过去。

被逼到卖血，拿着卖血的钱，克里斯去买了电子元件。在收容所安顿儿子睡下后，他继续埋头修理医疗仪器，坚持看那本厚厚的笔试书。

获得实习机会的头一晚，克里斯为了抵还房租正在刷墙，却接到了警局的电话，因无法交上罚款，他被监禁到第二天。当他满身泥浆地坐在几个面试官面前时，他选择了诚实以告："我坐在那儿半个多小时一直想编出个故事来解释为什么我到这里却穿着这身衣服，我想编出故事来证明我拥有你们所期待的品质，比如诚实、勤奋、团队精神等，但我什么也没能想出来，事实上我因为没有付清停车罚款被拘捕了……我是这样的人，如果你问的问题我不知道答案，我会直接告诉你'我不知道'。但我向你保证：我知道如何寻找答案，而且我一定会找出答案的。"

面试官问："如果我雇用了一个没有穿着衬衫走进来的人，你会怎么说？""他一定穿了一条很棒的裤子。"他的回答让几个经理相视而笑，他也因为幽默和才华获得了实习资格。实习最后一天，他艰难地又坐到了面试官的对面，等待命运的裁决。当白人老板宣布他被录用时，他强忍着眼眶里的泪水，颤抖着拿起自己的物品，走入了茫茫人海。在熙熙攘攘的人群中间，克里斯举起手，开始鼓掌，那无声的，一下一下重重的掌声都是在为自己喝彩。

这是一部经典励志影片。

励志影片很多，但能成为经典的很少。影片取材于真实故事，主人公原型是美国黑人投资专家克里斯·加德纳。片中主人公在任何艰难困苦下都心怀梦想，并为此不懈努力，有了目标就全力以赴，哪怕一丁点的希望，他都要去坚持。妻子离家出走后，克里斯父子被房东扫地出门，但他仍然坚持一边兜售医疗仪器一边学习。失败，坚持，再失败，再坚持，克里斯的努力和智慧，格外令人动容。"如果你有梦想，就要捍卫它。当人们做不到一些事情的时候，他们就会对你说你也同样不能。如果你有理想的话，就要去努力实现。就这样。"

就这样，拿出决心、毅力、行动，公然挑战命运，坚持梦想并为此不懈努力，幸福就一定会来敲门。当幸福来敲门的那一刻，内心的感受一定是无以言表。

它还是一部温情的亲情片。

克里斯与5岁的儿子相依为命，坚持在任何情况下都不分开，哪怕睡汽车旅馆、收容所、地铁站卫生间，父子两人都要在一起。父亲每天坚持睡前亲吻儿子，每天接儿子都会给儿子一个紧紧的拥抱。他告诉儿子："你要尽全力保护你的梦想，那些嘲笑你梦想的人，因为他们注定会失败。我相信，只要有梦想，我就会变得与众不同，你也是。"当儿子问出："妈妈离开是不是因为我？"克里斯断然否决："妈妈离开有她自己的原因，这件事与你无关。"儿子说："你是一个好爸爸。"孩子的评判像一个天使，哪怕食不果腹，哪怕居无定所，可是他毫不畏惧，也不怯懦，更不自卑，因为他有一个好爸爸，而且是一个有梦想的好爸爸。"别让别人告诉你你不行，包括我。"儿子说："我相信你，爸爸。"父亲精心护佑孩子幼小的心灵，而孩子也给了父亲最珍贵的回报。

幸福是什么？我想是爱，是温情，是梦想，是坚持，是我们了解了生活的真相和残酷之后却更加热爱生活，更加满怀希望和热忱，更加为每一天努力的自己喝彩。

# 力　量

第一次读加西亚·马尔克斯的作品并不顺畅，因为《百年孤独》的厚重，更因为它的表现手法，对我来说新异、诡谲，几近阅读障碍。我读得很吃力。我发现自己越是想读出它的妙处，就越是感受到痛苦，越是游离在人物之外。我清楚这是由于我的阅读能力，更多的是由于我的文学欣赏水平不够而导致的。

后来，我遇到了《礼拜二午睡时刻》，读得很好，很舒服。它是马尔克斯的一部短篇集，虽然是微雕盆景，却让我感受到大师之笔。它甚至没有一个完整的故事，每篇小说只是一个片段，集中了焦点、矛盾、感情冲突和人性挣扎。它没有前奏，也没有尾声，就像是大海之巅的一朵浪花，惊艳、蓬勃。翻开它，就像翻开一本装帧精美的画册，每一帧都是一处绝美的风景，这风景不需要一个完整的故事：开篇、伏笔、高潮、结局，它本身就站在故事的核心，处在审美之巅，你只需好好地欣赏，细细地体悟，就会触摸到生活本身，感受到生命的力量。

其中，我最喜欢《礼拜二午睡时刻》这一篇。

……

神父吁了一口气。

"您从来没有试过把他引上正道吗？"

女人签完字，回答说："他是个很好的人。"

神父看看女人，又看看女孩，看到她们根本没有要哭的意思，感到颇为惊异。

那个女人还是神色自若地继续说："我告诉过他，不要偷穷人家的东西，他很听我的话。然而过去，他当拳击手，常常被人打得三天起不来床。"

"他不得不把牙全部拔掉了。"女孩插嘴说。

"是的。"女人证实说，"那时候，我每吃一口饭，都好像尝到礼拜六晚上他们打我儿子的滋味。"

"上帝的意志是难以琢磨的。"神父说。

……

这段话让人有种石破天惊的感觉。

儿子因为行窃上礼拜一凌晨三点被人用枪打死，而女人失去了唯一的儿子。但她能做的也只是带上自己的幼女，坐车去儿子被打死的小镇，到公墓为儿子献上一束花。失去儿子的母亲，内心的伤痛不言而喻。但她在神父面前，在小镇人面前，倔强地忍住伤痛，不允许自己，甚至也不允许自己的幼女掉一滴眼泪。她要的不是同情、不是怜悯，而是儿子真正的安息。

文章虽短，却有一种撼动人心的力量。做小偷固然不是正道，但盗亦有道，不偷窃穷人家的东西，就是他的道德。神父说的正道，女人的儿子不是没有尝试过，他常常被人打得三天起不来床，甚至为此拔光了所有的牙齿。一个母亲和着儿子的血泪吞咽的每口饭菜都是如此艰难，从某种程度说，母亲宁愿自己的儿子是个小偷，也不愿他每周六被打得死去活来。生活对穷人，真是"不可琢磨的意志"。

三十岁左右，我曾颓废过一段日子。曾经的优秀外地引进人才，跌落神坛，遭遇事业的滑铁卢。领导的误解、同事的排挤让我一度跌入谷底。向来顺风顺水的我第一次感到所有事情不是你努力了就会有结果，它还需要天时、地利、人和。正是在那段颓废的日子，我读到了马尔克斯，读到了《礼拜二午睡时刻》，它让我明白：我所遇到的困难在生存面前，在真正的生活面前，再微小不过，甚至不值一提。我之所以顺风顺水，是因为我还没遭遇真正的生活。而当真正的生活到来时，我甚至没有做好任何迎接它的准备。以至于怨天尤人，使情况一度变得更糟。认清了这一点，我开始了对自己工作和整个生活的反思。

马尔克斯的这篇作品不仅改观了我对短篇小说一贯的看法，它也带给我一种力量，一种努力生存、努力活着的力量。后来，我一气呵成地读完了整部小说集，从中感受到悲天悯人似乎是作者与生俱来的一种气质，贯穿了他整部作品。只有对生活对生命怀有大爱的人，才会常怀悲悯之心，珍惜生活，爱惜同胞，同情那些身处苦难而无法自救的人群。

一个被枪打死的小偷，但他其实是个很好的人，他主观上不想危害任何人，只是生活把他从曾经的"正道"逼到了如今的绝境。也许他有错，但错不至死，他死前的那一声低哑的、有气无力的、极度疲惫的呻吟："哎哟！我的妈！"简直就是一个孩子撒娇般的求救。他是母亲唯一的儿子，承担着养家糊口的责任，母亲对他没有丝毫责备、丝毫怨尤，有的只是痛心、怜惜和爱。

这部小说让我很快从脱离的轨道回归。我决心抛却已有的光环，一切从零开始。三十岁，正是事业发展的黄金期，没有什么是输不起的。业余时间，我重拾文学经典，阅读＋写作，让我的心境豁然开朗。人生从来不是按预设进行，不如意事十常八九，但唯有读书不可辜负。阅读让我获得一种心灵的平静和满足，也让我的胸襟更加开阔，能够站到一个更高的高度来审视自己的生活。

直到今天，我再读《礼拜二午睡时刻》，依然能感受到那文字背后的悲悯、温暖和鼓舞人心的力量。只是我现在的体悟更深了一些，当我们清楚人性的复杂和多面的时候，我们就更能理解和包容他人；当我们清楚生活的真相就是与困难和磨难不断抗争的时候，我们就会更加热爱生活，勇往直前。

# 花儿为什么这样红？

## ——读《天边——寻访 1959 年溧阳进疆支边青年》有感

最近在看一本《天边——寻访 1959 年溧阳进疆支边青年》的书，里面还原了 1959 年溧阳支边青年招工、进疆、吃发糕土豆大白菜，睡戈壁沙滩地窝子，冬卧冰雪、夏战酷暑，用辛勤的劳动改变边疆一穷二白的面貌，用勤劳的双手在荒地上建立自己家园的历史画面。

这是一段血泪史，也是一段光荣史。当年的支边青年，如今的耄耋老人纷纷出场，向两位作者讲述他们的亲身经历，讲述他们当年的艰辛，讲述他们多年来坚持不懈的努力给边疆带来的巨大变化……

当年，报名支边的人里面既有烈属、抗战英雄，也有煤矿矿长、缝纫厂厂长；既有三年自然灾害中吃不饱的困难户，也有大户人家出身的少爷小姐；既有已婚夫妻，也有学生孩子……但能被选中支边的青年，无疑都是当年最光荣的人。

进疆支边既是祖国的号召，也是个人的选择；既是历史的机遇，也是命运的筛选。

1959 年，溧阳两批支边援疆青壮年奔赴新疆：第一批 533人，来自全县各乡镇，目的地是伊犁哈萨克自治州尼勒克县焦煤厂；第二批 316 人，以溧城镇和杨庄乡人员为主，208 人留在了乌鲁木齐"油运司"工作，98 人去了塔城地区县乌拉乌苏公社当农牧民种地。800 多名溧阳青年，响应祖国号召："到边疆去，到祖国最需要的地方去！"

他们主动选择了历史，而历史也挑中了他们，他们之间的双向选择，注定在边疆建设的历史长卷中留下浓墨重彩的一笔。

"支边人员也是按部队建制的，溧阳第一批去的五百多人编为'营'，营长是县团委工作的严荣义，扬中人；副营长叫吕小全，当时在南渡供销社工作。营下面设连、排、班。每位'支青'除胸前佩戴大红花外，还有一条飘带，上写'支边青壮年'。凡有一官半职的，另有臂章，上面写'连长''排长'之类。"

从最初的喜悦、兴奋、激动，到车上的各种实际困难，再到摆到眼前荒凉一片的蜂场，空无一房的焦煤厂。"不少丫头、伢儿哭开了！感觉这次招工受骗了，吵着要回家。大哭小喊的，毕竟才十几岁的孩子嘛！在路上是躲着偷偷哭，到了蜂场是撕心裂肺地放声哭！想家啊！可回得去吗？家在万里之外啊！叫天天不应，叫地地不灵。"

作者没有一味地拔高支边青年的政治觉悟，而是让我们看到真实的、鲜活的、富于丰富人性的历史真实，让人感同身受，潸然泪下。镜头下那些青涩的面孔，稚嫩的脸庞，意气风发的神情，既让人怜惜，又让人感叹。

吃的是黑馒头，住的是地窝子，交通工具是马匹和爬犁，干的是挑煤、炼焦、支坑道、做风箱、盖房子、运木头的活儿。1966 年，焦煤厂和蜂场合并后，不吃商品粮，他们开始自己种地产粮，自给自足。

"一片荒凉的蜂场，由于溧阳人的到来，有了房，有了村，有了小镇。"

"我们从小跟溧阳人生活在一起，蜂场是溧阳人用坎土曼一锄一锄挖出来的！"

当年的 533 颗江南的种子，在边疆生根开花，由小草长成了草地，由草地繁衍成了一片草原。那些年纪轻轻就葬身异乡的支边青年，他们大多数连坟墓都没有，他们的骨肉，已经和那片黑土地融为一体，长成了麦子，化作了白杨或不知名的野花。

当看到柏锁坤手握坎土曼的照片时，我被作者的有心深深感动了。记得王蒙曾在自己的茅奖作品《这边风景》里盛赞过坎土曼，盛赞过"扬场"与"打钐镰"。经历过三年自然灾害的那一代人，无论是对劳动还是对承载劳动的工具都怀着深沉的热爱啊。

这不是一次普通意义的采访，而是一段历史的抢救性工作。两位作者是第一批从内地赶去新疆采访支边老人的人，艺术的敏感与责任，使命和担当赋予了他们与这段历史相互成全的机缘。

历史是不能忘记的，尤其是那些影响历史进程、改变社会面貌的非凡时间！

"原来还有个想法，老了能埋在寠里（老家）的土里，叶落归根，但子女们都在这边，清明节让他们怎么上坟？"

故乡不是他乡，但他乡早已成为第二个故乡。

"献了青春献终身，献了终身献子孙。"新疆如今的遍地绿洲离不开他们的无私奉献。他们在这片疆土上付出了热血、汗水和智慧。他们为祖国边疆的经济发展和社会稳定、为企业的发展壮大立下了不可磨灭的功勋。

乌鲁木齐的"油运司"里隐藏着多少刀尖上舔血的故事，就隐藏着多少命悬一线的时刻。"油运司"的 208 名溧阳支边青年都是好样的。

彭佐、管全保、史一龙、郭富松……

他们都是时代的弄潮儿，他们把古老的西域之路走成了支边之路。

打土块、运土块、筛沙子、挖石头、背土块、拉青石；吃苞谷面、高粱面、洋芋、白菜、萝卜；住地窝子盖篷布，天当被，地当床，数着星星想爹娘。油运司里 10 个车队中，有 4 个队长是溧阳人。他们参加过石油东运、南粮北调、抢险救灾、中印边境自卫反击战、西藏阿里军用战备物资运输，为建设中的核武器试验基地拉过建筑材料，上蒙古拉过马，从可可托海矿区运过宝石，到独自山拉过油……

他们遇到的险情比天上的星星还多。

也许是浓雾，也许是冰雪；也许是雷雨，也许是冰雹；也许是雪崩，也许是滚石；也许是塌方，也许是泥石流；也许是盘山路，也许是火焰山；也许是盐碱地，也许是戈壁滩；也许是沙尘暴，也许是冰槽子；也许是沙漠，也许是狼群；也许是悬崖，也许是暴风雪，也许是高原反应……

2019 年暑假，我曾到北疆旅游，最大的感受就是辽阔。汽车一开几百公里，不过是跑过了草原的一隅，再跑几百公里，不过是途经了沙漠的一角，再继续跑几百公里，又不过是越过了一座山峰下的雅丹地貌……那种恢宏、辽阔、苍凉而磅礴的气息扑面而来。茫茫无涯间，只有远处的天山山脉依稀可辨，荒漠的天空，只有一只鹰在孤独地盘旋。

这样的背景让人终身难以忘怀。向进疆支边青年致敬，向历史致敬，向抢救这段历史的邓超、沈佳宾两位作者致敬。向"不忘初心、牢记使命"，尊重并铭记当年支边青年建设边疆、奉献青春的决心和信心，继承他们的红色基因，牢记党和人民赋予他们的使命，努力建设好边疆的"疆二代"致敬！

亲情、友情、爱情、乡情……远在异乡的他们因为有了亲情的支撑，因为有了爱情的鼓舞，因为有了乡情的关怀，在前行的路上，他们不孤单。

溧阳政协文史委肩负"存史、资政、团结、育人"的重任，以敏锐的触角、高瞻远瞩的战略目光，自创《天南海北溧阳人》

采编文史品牌。《天边》一书正是溧阳市政协文史委组织采写的。在邓超、沈佳宾两位作者于 2013 年首次深入新疆当地采访后，尼勒克的电视台播出了家乡新闻报道组的采访，他们也读到了"新疆有个溧阳村"的文章和摄影作品。他们感谢家乡政府领导的关心，感谢家乡人民的惦念，感谢家乡人为弘扬宣传支边老人的精神而做出的种种努力。2017 年，常州援疆项目在曾经的尼勒克蜂场镇东头，新建了"溧阳人家"景观项目，展示了从 1959 年开始，一群溧阳人的梦想和奋斗，记录他们为边疆建设做出的巨大贡献，宣传弘扬他们的支边奉献精神。

"花儿为什么这样红？为什么这样红？哎——红得好像燃烧的火，它象征着纯洁的友谊和爱情。花儿为什么这样鲜？为什么这样鲜？哎——鲜得使人，鲜得使人不忍离去，它是用了青春的血液来浇灌。"

花儿为什么这样红？在《天边》一书里，你也许能找到答案——因为它是用了青春的血液来浇灌。

史留红生命的戛然而止，杨凤英 5 名花儿般姑娘的毁容经历，才子佳人潘正祥、陈三妹夫妇的磨难一生，水中芙蓉史火金、许水英夫妇的相知相爱相守……几多人间绝唱，几多余音绕梁。

他们是博格达峰上的雪莲，他们是乌尔禾的胡杨，他们是昆仑山上的雪菊，他们是准格尔盆地的风滚草……

时间苍老了他们的容颜，岁月沉寂了他们的青春，然而他们的足音一直强劲地回响在边疆的大地，让我们跟随《天边》一书，循着他们的足迹，在自己的工作岗位上踏出时代的强音。

# 后记：愿我们的勇气一直都在

小时候，特别喜欢一首歌，它是那样打动人的心弦：

晚风轻拂澎湖湾白浪逐沙滩/没有椰林缀斜阳只是一片海蓝蓝/坐在门前的矮墙上一遍遍幻想/也是黄昏的沙滩上有着脚印两对半/那是外婆拄着杖将我手轻轻挽/踩着薄暮走向余晖暖暖的澎湖湾/一个脚印是笑意一串/消磨许多时光/直到夜色吞没我俩在回家的路上/澎湖湾澎湖湾/外婆的澎湖湾/有我许多的童年幻想/阳光、沙滩、海浪、仙人掌/还有一位老船长。

澎湖湾里有外婆蹒跚的步履、喑喑的啜泣，有潘安邦童年的脚印、生命的轨迹，有潘安邦与外婆的祖孙深情。

我的老家也有一道湾，它位于大山脚下，名叫安子湾。全湾面积不超过一万平方米，占据我们大队约五分之一的宅基地。人口密度很有限，总共住着四户人家。这四户人家分别占据着东北、西南、东南、西北四角，就像人手牵着土地神被褥的一角，维系着湾里风水的平衡。

我家就在湾里的东北角，整个房屋坐落在一把扶手椅的地形里。左右地势稍高正是座椅天然的扶手，房屋背靠一座海拔几百米的小山，正好充当椅背。但由于小山不在屋的正后方，风水先生建议父亲在屋后种了一排笔挺的柏树。远远看过去，那排苗壮挺拔的柏树接上那海拔适中的山坡，竟是浑然一体的椅背。这把扶手椅形状的地形，据说风水特别好，是祖上能够冒青烟、庇佑后人的那种。对此我一直深信不疑。

小时候，我天天绕着屋后的小山晨跑，对着小山大声朗诵，心里怀揣着对未来的无限憧憬和对走出安子湾的必然信念。

初中，我考取了镇中学，住宿，一个礼拜回一次家；高中，我考取了县中，住宿，一个月回一次家；大学，我到了四川最南端的西南师范学院，而安子湾差不多在四川的最北端，我一年回两次家，寒暑假各一次；大学毕业，我应聘到江苏溧阳工作，一年回一次家；结婚生子后，我一年娘家，一年婆家，两年回一次家……我离安子湾越来越远，安子湾离我却越来越近。它时不时地就要到我梦中报到，我还是在草坪上打滚，在小山上奔跑，在那张三面围起来的大床上酣睡，在母亲再三的呼喊声中不情不愿地回家吃饭……

每每从梦中醒来，我都忍不住疑惑自己身在何处。一切的背景都是安子湾，一切的呼喊都来自安子湾。

"近乡情更怯，不敢问来人。"

多少次踏上回乡路，心里总惴惴不安。万千思绪乍风起，往事纷繁入心头。我突然品咂到乡愁的滋味，触摸到故土的魂脉。

"乡愁如汾水，无日不悠悠"，我甚至心生恐惧"却恐它乡胜故乡"，以至于在梦中反复确认，循环往复。

一次选择，两个故乡，让我常常有撕裂的疼痛，但这疼痛又常常伴着双份的感激。我在溧水岸边读书、工作、运动、生活，我的儿子在这片土地上出生、成长，我已扎根于这片土地，因为这里有我血脉相连的亲人。

《永远的安子湾》收录了我全部怀乡的文字：有对故土安子湾的深情回眸，有对第二故乡溧江水岸的自我解读，有对家乡人事的缅怀和纪念，有对溧水人事的感恩和忠实记录……种种生活况味，不一而足。我感激生命的赐予，感恩生活中的遇见，感谢冥冥之中的缘分，也感激自己一直在追梦的路上。

不止是我，也许每个人的心中都有一道隐秘的湾，它是我们生活中的避风港。每当生活有感叹，我们便龟缩进湾，疗伤、自愈，再重新起航。

写作于我是一场修行。它让我休憩、调整、倾诉、发泄，让我不断积蓄向上的力量，让我的生命因它的存在而韧劲十足。它让我跳出自我带来的种种局限，站在一个更高更远的高度观察他人，审视自我。它常常让我心怀悲悯，想要努力地去爱。什么都爱固然让人不以为然，但什么都不爱，生命将走入绝境。干涸，直至枯萎。每一个鲜活的独立的生命个体都是上帝的杰作，他值得被尊重、被呵护。不依附、不盲从、不人云亦云、不随波逐流；不妥协、不颓丧、不草木皆兵、不轻言放弃。

我相信，只有我们学会如何去爱，我们才能善待自己，更善待他人。

感恩遇见，感恩一路走来提携我、支持我、鼓励我的老师和文友以及其他社会各界的朋友。特别感谢胡军生主席辛苦作序；感谢钱栋先生于百忙之中题写书名；感谢谷代双主席、向迅等老师在散文写作上给予我的指导和帮助；感谢恩师葛安荣和陈芳梅主席，他们不薄新人，唯作品说话，他们对我的鼓励、呵护、鞭策、提携令我铭感于心；感谢黑凝老师，他总是能提出中肯的意见和建议。感谢溧阳市政协、溧阳市文联、溧阳市作协、溧阳市融媒体中心、溧阳市宋团城文化研究会提供的平台和帮助，感谢所有见证我在文学路上摸爬滚打的朋友，他们接纳我、鼓励我、包容我、支持我，使我不断捡拾起丢失的勇气，继续前行。

坚持就是最好的写作方式。愿文学不老，青春不老，愿我们的勇气一直都在。

赵洪香
写于社渚 2021/7/15